Hugo Wiener

Ich gratuliere mir

Hugo Wiener

Ich gratuliere mir

Die besten Satiren zum
100. Geburtstag

Amalthea

Besuchen Sie uns im Internet unter:
http://www.amalthea-verlag.de

Umschlaggestaltung: Wolfgang Heinzel
Umschlagmotiv: Rudolf Angerer
Herstellung und Satz: VerlagsService Dr. Helmut Neuberger
& Karl Schaumann GmbH, Heimstetten
Gesetzt aus der 11,2/14,25 Punkt New Caledonia
Druck und Binden: Ueberreuter Buchproduktion, Korneuburg
Printed in Austria
ISBN 3-85002-512-8

Inhalt

Väter, Söhne, Zigaretten

Wien, ca. 1916

Ich besuchte mit meinem Freund Glatter die Realschule am Henriettenplatz und studierte nebstbei Musik. Mein Vater war Pianist, also sollte ich in seine Pedale treten. Dank Glatter kam es anders. Er war es, der mir die erste Zigarette gab, sie schmeckte mir nicht, also blieb ich Nichtraucher. Er war es, der mir mein erstes Glas Wein zuschob, es schmeckte mir nicht, also blieb ich lange Zeit Antialkoholiker. Er war es, der mich mit meinem ersten Mädchen bekanntmachte, es – na gut, aber begeistert war ich auch davon nicht. Ich war ein dummer Bub, aber es war eine andere Zeit. Damals waren die Väter böse, wenn sie ihre Söhne mit einer Zigarette im Mund erwischten, heute sind sie froh, wenn das, was die Herren Buben rauchen, nur Tabak ist.

Kindheit und Kaiser

Wien, ca. 1916

Noch eine Erinnerung an meine Kindheit? Wir wohnten im 14. Bezirk, Mariahilferstraße 201, in einem Haus, an dem der Kaiser zweimal am Tag vorüberfuhr. Am Morgen von Schönbrunn zur Hofburg und am Spätnachmittag von der Hofburg nach Schönbrunn. Und ich, als Vierjähriger, stand zweimal am Tag am Fenster, auf dem Kopf einen Papiertschakko, in der Hand eine schwarzgelbe Fahne und salutierte. Lange Zeit nahm der Kaiser keine Notiz von mir, da, eines Tages, machte ihn sein Adjutant auf mich aufmerksam. Der

Kaiser sah zum Fenster hinauf, lächelte und salutierte zurück. Von diesem Tag an wiederholte sich diese Szene zweimal. Der kaiserliche Wagen fuhr vorüber, der Kaiser sah zu meinem Fenster hinauf, ich salutierte, und er salutierte zurück. (Wie mir meine Eltern später erzählten, soll der Kaiser oft schon einige Häuser vorher nach mir gesucht haben. Einbildung? Möglich, aber mich hats gefreut.)

Im Leben eines jeden Menschen gibt es etwas wofür er dem Schicksal dankbar sein sollte. Wenn Sie arm sind und wenn Sie Schulden haben, seien Sie dankbar, daß Sie nicht einer Ihrer Gläubiger sind. Auch mir sprach einmal ein Mensch seinen Dank aus. Ich hatte ihn gesund gemacht, ohne es zu wissen. Und ich bin dankbar, daß er mir dankbar ist, denn eines der schönsten Gefühle ist die

Dankbarkeit

Ich saß im Kaffeehaus.
»Entschuldigen Sie«, kam ein Herr auf mich zu. »Sie sind doch Herr Wiener?«
»Ja«, sagte ich.
»Darf ich?« Er setzte sich zu mir. Ich betrachtete ihn. Er sah aus wie einer, der mit dem Leben zufrieden ist. Gepflegt, gut gekleidet, und vor allem: er strotzte vor Gesundheit.
»Sie sind doch der Autor, der diese lustigen Satiren schreibt?« fragt er mich.
»Ja.« Meine Brust schwellte sich vor Stolz, und von meinem Anzug, der mir etwas zu eng war, sprang ein Knopf ab.
»Gestatten Sie, daß ich Ihnen meinen Dank ausspreche«, fuhr der Herr fort. »Mein Name ist Weber. Sie haben mich dem Leben wiedergegeben.« Verwundert sah ich ihn an.
»Ich war krank«, setzte er fort. »Sehr krank. Es war nichts Organi-

sches, ich war seelisch krank, ich litt an Depressionen. Ich war schwermütig, unglücklich, melancholisch, kämpfte ständig mit den Tränen, nichts auf der Welt konnte mich aufheitern, ich war dem Selbstmord nahe. Ich lag monatelang in einer Nervenklinik, als mir meine Frau eines Tages eines Ihrer Bücher brachte.«

Aha, dachte ich geschmeichelt. Er hat es gelesen, hat zuerst geschmunzelt, dann gelächelt, dann gelacht, mein Humor gab ihm neuen Lebensmut, er wurde gesund.

»Welches meiner Bücher war es?« fragte ich interessiert.

»Ich weiß es nicht«, antwortete er. »Ich legte es auf mein Nachtkästchen – ich sah es zunächst gar nicht an. Am nächsten Tag besuchte mich meine Frau wieder. »Hat es dir gefallen?« erkundigte sie sich.

»Was?«

»Das Buch, Hasi.«

»Was für ein Buch, Hasi?« fragte ich etwas unwirsch. »Das Buch, das ich dir gestern gebracht habe.«

»Ich habe es noch nicht gelesen.«

»Aber Mausi! Nicht einmal eine Geschichte?«

»Nein.«

»Das solltest du aber. Es würde dich erheitern.«

»Mich kann nichts erheitern.«

»Das glaubst du doch selber nicht, Affi. Du wirst sehen, du wirst lachen, und das ist wichtig. Der Arzt sagt, wenn du erst wieder lachst, bist du gesund.«

»Ich kann aber nicht lachen!« sagte ich weinerlich. »Weil du nicht willst, Bärli! Ich komme morgen wieder – versprich mir, daß du bis dahin das Buch gelesen hast.«

»Ich verspreche es dir.« Sie ließ mich allein. Ich nahm das Buch zur Hand und las: Hugo Wiener, Heiterkeit auf Lebenszeit, neue Satiren mit Zeichnungen von Rudolf Angerer, Amalthea. Ich konnte nicht lachen, also legte ich es wieder weg. Am nächsten Tag kam meine Frau wieder.

»Hast du es gelesen?« fragte sie.
»Was?«
»Das Buch, Vogili.«
»Was für ein Buch?«
»Das Buch, das ich dir gebracht habe.«
»Ich habe damit begonnen.«
»Und wie weit bist du gekommen?«
»Nur über die Titelseite.«
»Das ist zu wenig, mein Maikäferli. Du mußt weiterlesen. Du wirst sehen, wie lustig es ist.« Sie sprach wie zu einem kleinen Kind. »Da sind die Geschichten vom Dr. Robinson, vom Dr. Wronsky, vom kleinen Ladi und so fort.« In mir kochte es. Trotzdem, als sie gegangen war, las ich weiter. Zweite Seite: 1979 by Amalthea Verlag, Wien-München, alle Rechte vorbehalten, Schutzumschlag Rudolf Angerer, Satz Druckerei Ludwig Auer, Donauwörth, Druck und Binden Mohndruck, Reinhard Mohn OHG, Gütersloh, Printed in Germany, ISBN 3-85002-108-4. Ich konnte nicht lachen. Am nächsten Tag kam meine Frau wieder.
»Hast du es gelesen, Taubili?« fragte sie.
»Was?«
»Das Buch, das ich dir gebracht habe. Du hattest es mir doch versprochen, mein Regenwurmi!«
»Ja, ich habe es gelesen.« Nun müssen Sie wissen, daß mich die Tiernamen, die mir meine Frau gab, seit Jahren nervös machten. Vielleicht war dieses »Ja, ich habe es gelesen«, etwas lauter ausgefallen als gewöhnlich.
»Und wie weit bist du gekommen?« fragte sie mich gereizt.
»Bis zum Inhaltsverzeichnis.«
»Willst du mich zum besten halten?« zischte sie mich an. »Du sollst die Geschichten lesen, nicht das Inhaltsverzeichnis!«
»Die Geschichten interessieren mich nicht!« zischte ich zurück.
»Weil du nicht gesund werden willst!« schrie sie. »Weil es dir gefällt,

im Bett zu liegen, anstatt zu arbeiten!« So ging es weiter. Tag für Tag. Hast du das Buch gelesen? Was für ein Buch? Das Buch, das ich dir gebracht habe. Nein. Warum nicht? Weil ich keine Lust habe. Wir wurden immer gereizter, wir befetzten uns, wir beleidigten uns. Die Tiere, nach denen sie mich nannte, wurden immer größer. Aus dem Mausi wurde ein Ochse, aus dem Hasi ein Nilpferd und aus dem Regenwurmi ein Rhinozeros. Wir begannen uns zu hassen. Und eines Tages, als ich sie ein Trampeltier nannte und sie mich einen Orang-Utan, nahm ich das Buch und warf es ihr an den Kopf. Das war ihr zuviel. Sie ging zum Anwalt und brachte die Scheidungsklage ein – und dafür muß ich Ihnen danken, danken, danken! Ich bin jetzt mit der jungen Krankenschwester verheiratet, die mich in der Klinik betreut hat, ich bin glücklich, ich bin gesund, ich habe keine Depressionen mehr, ich kann wieder lachen! Sie und Ihr Buch haben mich dem Leben wiedergegeben!« Er drückte mir die Hand und ging an seinen Tisch zurück.
So war es also. Ich war ein wenig enttäuscht. Eines meiner Bücher hat einen Menschen glücklich gemacht – und nur, weil er es nicht gelesen hat.

Nichts geht den Menschen so sehr auf die Nerven wie die Menschen.
Ich erfuhr das anläßlich einer

Kaffeehausbekanntschaft

Joschi und ich treffen einander fast täglich in unserem Stammcafé. Wir sprechen über Kritik, Produzenten und Regisseure, über den und den und wer mit wem. Über wer mit wem sprechen wir am liebsten. Eines Nachmittags war das Café überfüllt, nur in unserem Fenster war noch ein Stuhl frei. Bald näherte sich ein älterer Herr,

klein, mit grauen Haaren, grauem Gesicht, grauer Krawatte, grauem Anzug und grauen Schuhen. Er sah aus wie ein trostloser Regentag auf dem Land oder – wie Joschi fand – wie ein Mäuserich. Höflich fragte er, ob er bei uns Platz nehmen dürfe, wir sagten »Gern!« und wünschten ihn innerlich zum Teufel.
Der Mäuserich setzte sich und war unangenehm. Er las keine Zeitung, keine Illustrierte, er löste kein Kreuzworträtsel – nichts. Er saß da und ließ sich den Bart wachsen. Unser Gespräch war erledigt. Aus. Wie konnten wir über wer mit wem reden, wenn jemand am Tisch saß, von dem wir nicht wußten, ob er nicht den und den kannte? Wir wechselten das Thema, sprachen von Politik, von Hunden und Ärzten. Plötzlich ritt Joschi der Teufel – ich halte diese Redensart für blanken Unsinn, ebenso wie ich den »blanken Unsinn« für offenen Blödsinn halte – aber irgendwie muß ich mich ausdrücken. Plötzlich also ritt Joschi der Teufel, und er erwähnte den Namen Berger. »Berger?« rief da unser Mäuserich. »Ich kenne auch einen Berger. Mit dem ist mir einmal folgendes passiert: Ich sitze im Stadtpark, plötzlich … «, und nun folgte eine Geschichte, lang und wellig und uninteressant, bis Joschi und ich bezahlten und das Lokal verließen.
Am nächsten Tag war das Café leer, nur der Mäuserich war da und setzte sich zu uns. Und am dritten Tag wieder und am vierten Tag auch. Wir beachteten ihn nicht, wir taten, als ob er nicht vorhanden wäre, aber was nützte es? Sobald einer von uns einen gewissen Soundso nannte, sagte er: »Einen Soundso kenne ich auch, mit dem ist mir einmal folgendes passiert«, und schon begann er zu erzählen. Joschi und ich waren verzweifelt. Wir beschlossen, am nächsten Tag überhaupt nichts zu sprechen.
Der nächste Tag kam und mit ihm der Mäuserich. Wir erwiderten seinen Gruß, ansonsten blieben wir stumm. Der Mäuserich wartete. Wir auch. Heute, dachten wir, wirst du dich nicht in unser Gespräch einmischen, weil wir keines führen. Dachten wir. Wir muß-

ten umdenken. »Die Herren sind heute so schweigsam«, sagte nämlich der Mäuserich plötzlich. »Ich kenne noch so einen schweigsamen Herrn, einen gewissen Handl, mit dem ist mir einmal folgendes passiert. « Und schon begann er seine Erzählung. Joschi war den Tränen nahe, und ich, ein bekannt ruhiger Mensch, den nichts aus der Fassung bringen kann, mußte krampfhaft an mich halten, um dem Mäuserich nicht den Aschenbecher an den Kopf zu werfen.

Am folgenden Tag hielten wir Kriegsrat. Der Mann, der da in unser Kaffeehausleben getreten war, drohte dieses zu zerstören. So weit durften wir es nicht kommen lassen. Joschi, der die Ideen bekanntlich aus dem Ärmel schüttelt, hatte auch schon einen Plan.

»Hör mich an«, sagte er.

»Sollte der Kerl heute wieder kommen, reden wir einen solchen Blödsinn, daß er einfach nicht mitkommt. «

»Und die Namen?« fragte ich. »Was ist mit den Namen?« »Namen nennen wir nur die ausgefallensten, bei denen er nicht sagen kann: ›Da kenne ich auch einen!‹ Klar?«

»Klar.«

Schweigend drückten wir uns die Hände – bald würden wir wieder im Besitz unseres Kaffeehauses sein. In Erwartung dieses großen Augenblicks gingen wir hin und setzten uns an unseren Stammtisch. Es waren noch keine fünf Minuten vergangen, als der Mäuserich eintrat.

»Sie gestatten doch?« fragte er uns.

»Aber natürlich!« sagten wir beide und boten ihm seinen schon gewohnten Platz an. Die Vorfreude lachte uns aus den Augen, und während er – der Mäuserich – seinen Mokka bestellte, fragte mich Joschi: »Du erinnerst dich doch an die Gingelings?«

»Selbstverständlich«, sagte ich. »Das reizende Paar, das wir auf der Party bei Gongelongs kennengelernt haben.« »Genau«, sagte Joschi. »Da wirst du ja auch wissen, daß Radieschens Sohn zurückgekommen ist … der Dings … wie heißt er nur … du weißt schon … der mit dem tschechischen Namen … «

»Tacitus«, sagte ich.

»Richtig. Tacitus war doch in Amerika. Er kämpfte dort unter Kaiser Franz Joseph im Zivilkrieg Wolverhampton gegen Chelsea und gewann 7:1. General Lasalle hat ihm vor fünftausend Menschen persönlich das Kreuz der Ehrenlegion an die Brust geheftet und hat ihn geküßt.«

»Und?« fragte ich gespannt. »Was war weiter?«

»Er mußte ihn heiraten«, sagte Joschi.

Der Mäuserich sah verwundert von einem zum andern. Er kannte sich nicht aus.

»Die arme Klytemnästra!« sagte ich bedauernd. »Wie hat sie es ertragen?«

»Kly?« fragte Joschi. »Am Anfang sehr schwer. Dann hat sie das Vorzimmer grün tapezieren lassen, das hat sie über das Schlimmste hinweggebracht.«

»Sie war immer ein tapferes Mädel«, sagte ich gerührt.

»Ein Kumpel«, pflichtete mir Joschi bei. »Natürlich ist die Sache mit dem Motorrad nicht spurlos an ihr vorübergegangen.«

»Das kann ich verstehen«, sagte ich. »Es muß schon ärgerlich sein, von einem Elefanten zu fallen.«

»Noch dazu in der Küche«, meinte Joschi. »Aber was willst du dagegen tun? Das sind Unfälle, mit denen man rechnen muß, wenn man Feuerwehrmann ist.«

»Berufsrisiko«, gab ich zu. »Dabei hatte sie noch das Glück, daß Chihuahua das Haferfeld nicht verkauft hat.«

»Der Alte?« hohnlachte Joschi. »Der hat ihr doch nicht eine einzige Quilpe gegeben.«

»Nicht möglich!« Ich war richtig empört. »Der Mann muß doch Millionen besitzen.«

»Milliarden!« korrigierte mich Joschi.

Der Mäuserich wurde nervös. Unruhig rückte er auf seinem Stuhl hin und her. Was bedeutete das alles?
»Milliarden?« zweifelte ich. »Übertreibst du da nicht ein bißchen?«
»Durchaus nicht«, sagte Joschi. »Garibaldi kann es dir bestätigen. Der Alte war Portier bei der Mafia und ist heute nicht nur Präsident des größten Stahlkonzerns von San Marino, sondern auch Hauptaktionär der Bleistiftminen in Alaska und Aufsichtsrat im Verband der BB.«
»Bundesbahnen?« fragte ich.
»Besenbinder«, sagte Joschi. »Der Mann ist so reich, daß er sich eine neue Jacht gekauft hat, bloß weil die alte naß geworden ist.«
»Erstaunlich!« wunderte ich mich. »In diesem Alter. Der Gute muß doch mindestens achtzig sein.«
»Cicero?« lachte Joschi. »Zweiundneunzig! Und geistig so rege, daß er jeden Abend mit mir eine Partie Schach spielt.« »Und körperlich? Wie ist er körperlich beisammen?« erkundigte ich mich.
»Riesig!« sagte Joschi. »Wenn er einmal eine Partie verliert, wirft er mir das Schachbrett an den Kopf.« Wir strengten uns an, unbändig zu lachen.
Der Mäuserich hörte zu, er stand nicht auf, er ging nicht fort. Wir waren gezwungen, weiterzumachen.
»Warst du wieder einmal bei dem griechischen Orangenfabrikanten?« fragte ich.
»Bei Appendizitis? Ich habe vorgestern bei ihm gespeist.«
»Und?« fragte ich vertraulich. »Was macht die schöne Epidermis?«
»Leider aus«, sagte Joschi mit einem Anflug von Traurigkeit. »Sie hat sich mit dem Sohn seines Konkurrenten verlobt.«
»Mit Hepatitis?« rief ich überrascht.
»Mit Laryngitis«, sagte Joschi. »Du weißt, sein jüngerer Bruder …«
Der Mäuserich sah uns verächtlich an. Er schien uns durchschaut zu haben. Gleich wird er aufstehen, gleich wird er gehen, jubilierte ich innerlich. Leider machte mich der Gedanke übermütig. Anstatt

den Erfolg unseres Planes abzuwarten, fragte ich mutwillig: »Laryngitis? Das ist doch der Neffe des –?«

In diesem Moment wurde Joschi durch die Beine eines vorübergehenden Mädchens abgelenkt. »Neffe des –?« wiederholte er abwesend, nachdem ich ihm unter dem Tisch einen Tritt versetzt hatte.

Ich sah die Gefahr kommen. »Der Neffe des –?« fragte ich drohend.

Und da passierte es. Joschi, dem größten Genie aller Zeiten, fiel nichts Besseres ein, als zu sagen: »Der Neffe des Cäsar.«

Der Mäuserich strahlte.

»Cäsar?« rief er. »Ich kenne einen Mann, der einen Hund hat, der Cäsar heißt. Mit dem ist mir einmal folgendes passiert: Ich fahre mit der Bahn von Wien nach Graz …«

Wir gaben uns geschlagen. Da wir unsere Taktik nicht mehr wechseln konnten, wechselten wir das Kaffeehaus.

Lügen haben kurze Beine, die aber sehr schnell laufen können.
(Hugo Wiener)

Toplitz ist im Geschäft

Toplitz war Schauspieler. Engagementlos. Wieso? Keine Ahnung. Toplitz hatte schon ganz nette Rollen verkörpert, er hatte sich auf dem Theaterzettel vom 3. Diener über den 2. Verschwörer bis zum 1. Offizier hinaufgespielt, er bekam Partien, die im Programmheft einen Namen trugen, wie den O'Kelly in »Maria Stuart« – er hatte zwar bloß zu sagen: »Flieht, Mortimer, flieht! Alles ist verloren!« – aber immerhin. Trotz allem – Toplitz war mit seiner Karriere nicht zufrieden. Er ging an ein kleines deutsches Theater, dann an ein noch kleineres, und dann an das allerkleinste. Aber je kleiner die

Theater waren, desto größer wurden die Rollen, die er spielte. Und eines Tages holte man ihn nach Wien zurück. Für eine Hauptrolle an eine Kellerbühne, für eine Nebenrolle an ein Kabarett, Toplitz war im Kommen – plötzlich war es aus. Wieso? Siehe oben. Es ist oft so im Theaterleben. Kaum ist man in, ist man wieder out. Natürlich durfte niemand wissen, daß Toplitz, wie man im Bühnenjargon so schön sagt, »nicht mehr im Geschäft ist«. Ein Künstler, der nicht mehr im Geschäft ist, kommt nie wieder ins Geschäft. Also mußte er lügen. Neulich fragte ihn Dr. Wronsky: »Wo spielen Sie, Toplitz? Man sieht Sie nirgends mehr.« Und Toplitz anwortete: »Ich bin erst gestern zurückgekommen. Ich habe vom 1. bis 10. April in München Fernsehen gemacht, bleibe zwei Tage hier und fliege übermorgen nach Berlin, wo ich vom 14. April bis zum 2. Mai als Higgins in ›My fair Lady‹ gastiere.« – »Gratuliere!« sagte Wronsky respektvoll. »Wenn Sie zwei Tage hier sind, kommen Sie doch heute zu uns zum Abendessen!« – »Gern!« sagte Toplitz. So war er dahintergekommen, daß ihm seine imaginären Engagements nicht nur die größte Achtung, sondern auch Einladungen verschafften.
Natürlich waren außer ihm noch andere Gäste bei Wronskys. Die Ehepaare Knoll, Wimmer und Pfandl. »Unser Freund«, sagte Knoll und meinte damit den Hausherrn, »hat uns erzählt, daß Sie so stark beschäftigt sind, Herr Toplitz. Sonst hätten wir Sie gern auch zu uns gebeten.«
»Ach ja!« flötete Frau Knoll.
Toplitz zückte seinen Taschenkalender. »Moment!« sagte er und las: »Bis 2. Mai Higgins in Berlin – vom 4. bis 15. Mai, Higgins in Zürich. Am 16. bin ich in Wien, habe aber bereits am 17. wieder Fernsehen in Wiesbaden.«
»Dann am sechzehnten«, schlug Knoll vor.
»Bitte, bitte!« flehte seine Frau.
»Es wird zwar sehr knapp ausgehen, aber wenn Ihnen soviel daran liegt …«, meinte Toplitz gnädig.

»Und was ist mit uns?« fragte Frau Wimmer, süßsauer lächelnd. Sie war wütend, daß ihr die Knolls zuvorgekommen waren. »Sie werden doch auch uns das Vergnügen schenken?«

Toplitz lächelte. »Von Herzen gern, gnädige Frau, aber wann?« Er blickte wieder in den Kalender. »Am 24. Mai komme ich von Wiesbaden, am 26. fliege ich nach Hamburg, am 25. habe ich vormittags eine Besprechung, am Nachmittag probiere ich die Kostüme für Hamburg ...«

»Wie wäre es mittags?« fragte Wimmer.

Toplitz überlegte. »Mittags könnte ich es schaffen.«

»Dann erwarten wir Sie am 25. Mai zum Mittagessen«, sagte Frau Wimmer und warf Frau Knoll einen triumphierenden Blick zu.

»Und wir?« fragte Pfandl. »Was ist mit uns?«

»Ach ja!« sagte Frau Pfandl und setzte ihr schönstes Schmollmündchen auf.

Toplitz blätterte. »Ab 27. Mai spiele ich in Hamburg an acht Abenden den Othello – ich könnte am 5. Juni in Wien sein ...«

»Abgemacht – 5. Juni«, sagte Pfandl.

Toplitz kam die Einladung ungelegen. »5. Juni ...«, wiederholte er zögernd. »Vom 5. bis zum 12. Juni habe ich mir mit Mühe acht Tage reserviert. Sie verstehen ... man braucht einmal Urlaub ...«

»Den verbringen Sie bei uns«, sagte Frau Pfandl schnell. »Wir haben ein Haus in Anif bei Salzburg, mit einem entzückenden Gästezimmer. Sagen Sie nicht nein!« setzte sie bittend hinzu.

»Also gut, gnädige Frau – ich komme.« Frau Knoll biß sich wütend auf die Unterlippe, während sich Frau Wimmer die Fingernägel ins Fleisch preßte. Das Essen kam. Toplitz delektierte sich daran. »Es ist wunderbar!« sagte er. »Wenn man, so wie ich, gezwungen ist, monatelang in Hotels zu essen ...«

Fünf Tage später traf Knoll Toplitz auf der Straße. »Ich denke, Sie sind in Berlin?« fragte er verwundert.

»Ich war in Berlin«, antwortete Toplitz. »Ich habe das Gastspiel abgebrochen. Man hat mir eine Partnerin zugemutet – direkt aus der Theaterschule.«

»Da können Sie doch heute abends bei uns speisen?« Toplitz zierte sich. »Das können Sie Ihrer Frau nicht antun ... so im letzten Moment ...«

»Unsinn«, sagte Knoll. »Kommen Sie gleich mit. Wir sind immer auf Gäste vorbereitet.« Toplitz ging mit. Es gab ein köstliches Abendessen.

Toplitz war glücklich. Die Einladungen brachten eine angenehme Abwechslung seines Speisezettels, für seinen Urlaub hatte er auch vorgesorgt, und die Arbeitslosenunterstützung kam pünktlich per Post ins Haus.

Knoll kannte Lichtmann, der als Abteilungsleiter beim ORF beschäftigt war. Stolz erzählte er ihm, daß Toplitz bei ihm gegessen habe.

»Toplitz?« fragte Lichtmann. »Wer ist Toplitz?«

Knoll lachte. »Das wissen Sie nicht? Toplitz ist einer der meistbeschäftigten österreichischen Schauspieler. Ein Mann, der in ganz Europa gastiert.«

Lichtmann kam ins Büro und rief seinen Stab zu sich. »Warum erzählt mir niemand, daß wir in Österreich einen göttlichen Schauspieler besitzen, der überall zu sehen ist, nur nicht bei uns?« Lichtmanns Mitarbeiter sahen einander an. »Wer ist dieser göttliche Schauspieler?« fragte Zebisch, der Regisseur. »Toplitz.«

Wieder sahen die Mitarbeiter einander an. Toplitz? Seit wann ist Toplitz ein göttlicher Schauspieler?

»Ich wünsche, daß Toplitz für die nächste Eigenproduktion von uns engagiert wird!« sagte Lichtmann energisch.

Zebisch rief bei Toplitz an. Toplitz kam persönlich zum Apparat.

»Ja?« fragte er.

»Herr Toplitz?«

»Ja.«

»Hier Regisseur Zebisch vom ORF. Wir hätten Ihnen eine Rolle anzubieten. Vierzehn Tage.«

»Und wann?«

»Vom 1. bis zum 15. Mai.«

»Hm«, machte Toplitz. »Lassen Sie mich nachsehen.« Er nahm seinen Kalender zur Hand. »Schade«, sagte er bedauernd. »Das schneidet sich mit einem andern Termin.« Er glaubte selbst schon an seine Termine. »Vom 4. bis 15. Mai bin ich in Zürich.«

»Dann vielleicht ein andermal«, meinte Zebisch erleichtert. »Auf Wiedersehen!« Er legte den Hörer auf. Toplitz griff sich an den Kopf. Was war das? Er hatte eine Fernsehrolle abgelehnt? Warum? Er war doch gar nicht in Zürich?

Zebisch meldete Lichtmann, daß Toplitz nicht frei sei.

Lichtmann tobte. »Das gibt es nicht!« schrie er. »Sie müssen es möglich machen! Sagen Sie ihm, wir werden ihm in allem entgegenkommen!«

Zebisch ging wieder ans Telefon: »Herr Toplitz?«

»Ja …«

»Hier Zebisch. Wir brauchen Sie und werden keine finanziellen Kosten scheuen. Fahren Sie doch einfach jeden Abend nach der Vorstellung mit dem Schlafwagen nach Wien. Am Vormittag zeichnen wir auf, und am Nachmittag fliegen Sie mit der Maschine zurück.«

»Ein bißchen strapaziös«, überlegte Toplitz. »Wie ist es denn mit der Gage?« Zebisch nannte einen hohen Betrag.

»Also gut«, entschied Toplitz seufzend, »ich nehme es auf mich.«

»Danke, Meister!«

Toplitz bekam im Mai vierzehn Tage hindurch täglich eine Schlafwagenkarte Zürich-Wien sowie ein Flugticket Wien-Zürich. Im Reisebüro »Kolumbus«, dessen Inhaber ihm bekannt war, ließ er jeden Tag Bahnfahrt und Flug stornieren und bekam, nach Abzug von 15 Prozent, eine – gemessen an seinem bisherigen Einkommen – große Stange Geld.

Im Atelier war man von seiner Leistung begeistert. »Toplitz ist ganz groß geworden!« sagte man. Kein Wunder. Umsonst ist man nicht so gesucht.

Toplitz bekam einen Filmvertrag. Diesmal beschloß er, sein Gastspiel an einen Ort zu verlegen, der von Wien weiter entfernt war als Zürich.

»Wann brauchen Sie mich?« erkundigte er sich. »Vom 6. Juli bis zum 1. August.«

»Ganz ausgeschlossen«, sagte Toplitz. »Vom 10. Juli bis zum 20. Juli spiele ich in Stratford-on-Avon, der Geburtsstätte Shakespeares, den ›Kaufmann von Venedig‹.

»Das soll Sie nicht abhalten«, meinte der Produzent. »Wir stellen Ihnen ein eigenes Flugzeug. Sie fliegen jeden Abend, nach der Vorstellung, von Stratford nach Wien, drehen bei uns, und fliegen am Nachmittag nach Stratford zurück.«

»Ich brauche kein Flugzeug«, sagte Toplitz, »ich brauche die Tickets. Außerdem fällt mir eben ein, daß ich am 25. Juli in New York bin. Ich drehe einen Werbespot in einer Serie, in der gezeigt wird, wie die größten Schauspieler der Welt Coca-Cola trinken. Für Deutschland trinkt Boy Gobert, für Frankreich Belmondo, für Italien Mastroianni und für Österreich Toplitz. Ich muß mit drei Tagen Aufenthalt rechnen.«

»Das ist keine Sache. Wir zahlen Ihnen auch in diesem Fall das Flugticket, und für die drei Tage, die Sie nicht bei uns drehen, die volle Gage. Nur bitte, bitte, sagen Sie ja!«

Toplitz sagte »ja«. Die Journalisten rissen sich um Interviews, die Stadt Wien verlieh ihm den Josef-Kainz-Ring und der österreichische Bundespräsident das Große Goldene Ehrenzeichen der Republik. Auf der Autogrammbörse schnellte der Wert seiner Unterschrift sprunghaft in die Höhe. Gestern bekam man noch für zehn Peter Alexander einen Emmerich Toplitz, heute mußte man bereits einen Sir Laurence Olivier (sehr selten) dazulegen, und morgen –

so raunte man sich zu – wird Toplitz' Unterschrift nur noch im Schwarzhandel erhältlich sein.
Toplitz war ein Superstar geworden.

Wer sagt, daß Lügen nichts eintragen, ist selbst ein Lügner.

Die Ehe gibt es schon in der Geometrie. Manchmal findet man Dreiecke in den besten Zirkeln.

Ich betrüge meine Frau

Steve ist in Wien. Er ging mit mir zur Schule, wanderte dann nach Amerika aus und machte sich dort einen Namen. In Österreich hieß er Müller, in Amerika heißt er Miller. Wir gaben ihm zu Ehren eine kleine Party. Joschi war da, die Robinsons und die Wronskys. Nach dem Essen zogen wir Herren uns in das Rauchzimmer zurück und nahmen vor dem offenen Kamin Platz. Um genau zu sein, wir haben kein Rauchzimmer und keinen offenen Kamin, wir gingen ins Nebenzimmer und setzten uns zum Ofen. Warum ich es dann geschrieben habe? Weil mir der Satz so gut gefällt. Ich habe ihn bei Galsworthy gelesen, und Galsworthy ist kein schlechter Mann.
Nach vielen »Erinnerst du dich noch?«, was die anderen langweilte, weil sie nicht mit uns zur Schule gegangen waren, kam das Gespräch auf die Frauen. Steve – oder wie er damals hieß »Stefan« – war seit je ein schrecklicher Frauenheld. Man sah ihn immer mit schrecklichen Frauen. Und davon ist er, wie er behauptet, nicht abgegangen, obwohl er heute verheiratet ist und zwei Kinder hat.
»Erinnerst du dich?« fing er wieder an, »an die kleine Uschi?«
Ob ich mich an sie erinnerte! Sie war wie eine Blume, die ich am

liebsten in ein Glashaus gestellt und angebetet hätte. Es kam nicht dazu. Ich machte sie mit Stefan bekannt, und er pflückte sie.
»Du warst Frauen gegenüber immer zu langsam«, lachte er noch heute über diese Geschichte.
»Und zu feige!« ergänzte Joschi. »Ich glaube nicht, daß er seine Frau schon einmal betrogen hat. Oder –?« wandte er sich an mich.
Alle sahen mich an.
»Gut«, sagte ich nach kurzer Überlegung. »Um den abgebrauchten Satz vom Gentleman, der genießt und schweigt, nicht wiederholen zu müssen, werde ich euch eine Geschichte erzählen. Ein Abenteuer.« Ich zündete meine Pfeife an, starrte in die Flammen des Kamins und begann. (Merken Sie den feinen Galsworthy-Stil?) »Ihr dürft nicht erwarten, daß ich Namen nenne, ich will mich auf die Anfangsbuchstaben beschränken. Sie hieß F. B. – Fridl Bernd –, und es war in G. In Graz. Ich hatte dort eine Operettenpremiere, und nach der Vorstellung gab es eine der üblichen Premierenfeiern im Hotel Steirerhof. Die Operette hatte einen ausgesprochenen Mißerfolg, da aber das Essen bereits bestellt war, mußte man diesen feiern. Als ich von meiner Knödelsuppe aufsah, sah ich SIE! F. B.! Sie war meine Tischnachbarin, war aber etwas später gekommen, weil sie sich erst abschminken mußte. Ich habe vergessen zu erwähnen, daß sie beim Ballett war. Sie war schön wie die Mona Lisa, die mir übrigens nie gefallen hat. Aber F. B. gefiel mir. Sie sehen und mich in sie verlieben war das Werk eines Augenblicks.«
»Hast du ihr das gesagt?« fragte Stefan.
»Nicht sofort«, antwortete ich. »Ich stellte mich vor und sagte: ›Heute war schönes Wetter.‹ Sie sagte: ›Ja.‹ Beim garnierten Tafelspitz mit Essigkren sagte ich: ›Man hätte das nach dem gestrigen Regen gar nicht erwartet.‹ Sie sagte: ›Nein.‹ Unsere Konversation wurde immer angeregter, und bei der Omelette surprise sprachen wir bereits von Operationen. Ihrer Tante hatte man die Gallenblase herausgenommen. Ich sagte: ›Das macht nichts, ohne Gallenbla-

se kann man hundert Jahre alt werden.‹ Sie sagte: ›Meine Tante ist daran gestorben.‹«

»Ein unterhaltendes Gespräch«, meinte Joschi ironisch. »Warte nur«, sagte ich. »Am nächsten Tag trafen wir uns in einem Café.«

»Uff!« machte Stefan. »Du bist ein Draufgänger geworden. Worüber spracht ihr? Über die Salk-Impfung?«

»Nein«, sagte ich. »Da sie am selben Abend in der ›Schönen Helena‹ tanzte, sprachen wir über griechische Mythologie. Ich erzählte ihr von Odysseus, von Skylla und Charybdis ...«

»Und sie?«

»Sie hielt die beiden für ein Liebespaar, aber das störte mich nicht. Im Gegenteil! Ich hütete mich, sie aufzuklären – war ja dadurch das Gespräch endlich auf das Thema ›Liebe‹ gekommen.«

»Jetzt wird's interessant«, meinte Robinson.

»Ich holte sie nach der Vorstellung ab, führte sie in eine Bar und begleitete sie dann nach Hause. Es war der letzte Abend, den ich in Graz verbringen konnte.«

Wronsky wurde ungeduldig. »Kommen Sie schon zu einem Schluß!« drängte er.

»Moment!« Ich lehnte mich zurück und blätterte genüßlich in meiner Erinnerung. Dann setzte ich fort: »Es war Mitternacht. ›Du bist süß!‹ sagte ich.«

»Und sie?« fragte Wronsky.

»Sie sagte: ›Wirklich?‹ und zog die Schuhe aus. Ich sagte: ›Du bist die schönste Frau, die ich je gesehen habe!‹«

»Und sie??« fragte Joschi.

»Sie sagte: ›Das sagst du wahrscheinlich einer jeden!‹ und zog die Strümpfe aus. Ich sagte: ›Das sage ich nur dir!‹« »Und sie???« fragte Robinson.

»Sie sagte: ›Ich glaube dir!‹ und zog das Kleid aus. Ich sagte: ›Willst du nicht ins Bett gehen?‹«

»Und sie????« fragten alle vier mit gierigen Froschaugen.

»Sie?« wiederholte ich und machte eine kleine Pause. »Sie hauchte: ›Ja, Liebling!‹ – und legte den Hörer auf.«

»Treue Gattin! Du siehst, ich habe dich nur per Telefon betrogen, aber selbst dafür bitte ich Dich um Verzeihung! Dein Hugo.«

Es gibt von dieser Geschichte eine Ausgabe mit einem anderen Schluß, die ich aber nicht in meinem Haus sehen möchte.
Der Verfasser

Kurti

Caracas, Venezuela, ca. 1939

Die drei Meloparodisten wohnten mit Greta in einer Pension, Pension Beckermann, und als Beckermanns Tochter heiratete, versprachen die drei zu singen, und wenn auch Cissy singen und ich Klavier spielen würde, könnten wir essen und trinken, soviel wir wollten. So weit war es mit uns gekommen. Vom Volksopernautor zu Beckermann, statt Tantiemen Essen und Trinken. Und Cissy, die in Wien auf der Bühne stehen könnte, hatte ich mitgezogen.

Während des Festes sagte Beckermann zu mir: »Das Klavier ist ausgeborgt. Sie sind musikalisch, tragen Sie es morgen zurück.« Er hielt das für einen guten Witz und schüttelte sich aus vor Lachen, aber ich sagte »Gerne!«, bekam zehn Bolivar, nahm einen Mann mit einem Handwagen, wir luden das Klavier auf und fuhren es zu seinem Besitzer, einem Herrn Kiermayer, einem Czernowitzer. Er war nicht zu Hause, seine Frau gab mir einen Likör und fragte mich, wie ich dazukomme, ihr Klavier zurückzubringen. »Sie sehen nicht aus wie ein Möbelpacker«, setzte sie hinzu. Ich erzählte ihr meine Geschichte. »Das trifft sich gut«, fand sie. »Ich habe einen achtjährigen Sohn. Ich möchte schon lange, daß er Klavier spielen lernt. Wollen

Sie ihn unterrichten?« Ob ich wollte. Am nächsten Tag sollte er die erste Klavierstunde haben. Ich mußte die ganze Nacht umlernen, weil nicht nur die Noten, sondern fast alle musikalischen Begriffe auf Spanisch anders heißen als auf Deutsch, aber es ging. Kurti, so hieß mein erster Schüler, war der schlimmste Bub, den ich je kennengelernt habe. (Wer eines oder alle meine Bücher gelesen hat, wird sich vielleicht an meinen Neffen Ladi erinnern. Obwohl ich damals nicht daran dachte, jemals ein Buch zu schreiben, ist Kurti Ladis Urbild.) Einmal, während der Stunde, sagte er: »Ich muß hinaus.« Ich ließ ihn natürlich gehen – er kam nicht mehr zurück. Ein anderes Mal hörte er plötzlich zu spielen auf und sagte ganz unvermittelt: »Mein Papa ist nicht schön, aber er ist ein guter Mensch.« Er dürfte das von seiner Mutter gehört haben. Kiermayer war wirklich nicht schön, aber ein guter Mensch. Ich hatte acht Bolivar pro Klavierstunde verlangt – er gab mir zehn. Und nicht nur das. Er sollte mir einmal einen lebenswichtigen Dienst erweisen. Von Beruf war er Elektriker. Er hatte ein großes Elektrounternehmen, richtete ganze Siedlungen ein, und auch damit half er mir, als alles andere zu versagen drohte. Kurti war auch nicht schön, aber er war auch kein guter Mensch, zumindest vorläufig nicht. Er war weder talentiert noch hatte er Lust, Klavier spielen zu lernen, aber ich konnte ihn nicht aufgeben, weil wir das Geld brauchten. Jetzt hatten wir soviel, daß wir die Miete bezahlen und uns ein ausgiebigeres Frühstück leisten konnten. Wir aßen dann den ganzen Tag nichts und gingen am Abend »zufällig« am Café Bolivar vorbei, wo immer jemand saß, der uns auf eine Eierspeise oder auf ein Paar Würstel einlud.

Wenn eine Frau fahren lernen will, soll man ihr nicht im Wege stehen. Zu dieser Erkenntnis kam ich, als mich die meine, anläßlich ihrer ersten Ausfahrt, gegen das Garagentor schleuderte. Seither warne ich jeden:

»Vorsicht! Meine Frau kommt!«

Die Worte, die ich sage, sind immer wohlüberlegt. Und trotzdem – ein Satz hätte nie über meine Lippen kommen dürfen. Er lautete: »Frau Hermann macht den Führerschein.« Ich hatte die Folgen nicht bedacht, die dieser Satz nach sich ziehen würde. Meine Frau sprang auf und rief: »Siehst du, das hast du davon!«

Ich verstand nicht. »Was habe ich von was?« fragte ich. »Daß andere Frauen den Führerschein machen und deine nicht! Daran ist nur deine Knauserei schuld!« Ich war konsterniert.

»Liebling«, erinnerte ich sie, »wir haben doch gemeinsam beschlossen, lieber alle Wege im Taxi zu erledigen, als einen Wagen zu kaufen. Das Taxi bringt dich bis vor das Haus, du hast keine Parkplatzsorgen, mußt keine Reparaturen bezahlen –«

»Und muß dafür sehen«, unterbrach sie mich, »wie Frau Hermann mit hämischem Lächeln an mir vorüberfährt, während ich das Taxi bezahle.«

Nun ist Frau Hermann eine sehr nette, sympathische Dame, die ich mir mit einem hämischen Lächeln gar nicht vorstellen konnte.

»Wir kaufen ein Auto!« erklärte meine Frau, »und ich mache den Führerschein!«

»Oho!« sagte ich und wollte mit der Faust auf den Tisch schlagen, aber der Tisch stand leider – oder zu meinem Glück – zu weit von mir entfernt. »Oho!« wiederholte ich deshalb. »Ein Auto? Nie und nimmer!«

Das war Mittwoch abend. Donnerstag früh sahen wir uns die neuen Maseratis an, und am Nachmittag kaufte ich einen gebrauchten Volkswagen.

Nun kam die Frage der Garage. Meine Frau wollte natürlich eine Dauergarage haben. Wir lasen sämtliche Angebote, meine Frau rannte von einer Adresse zur andern – nichts. Endlich, nach einer Woche, kam sie strahlend nach Hause.

»Ich habe die Garage!« rief sie. »Kostet drei Millionen, und da ist noch ein Haus dabei!«

Unser Hausarzt, Dr. Brosch, wohnt gleich um die Ecke, und so dauerte es nicht lang, bis er mich ins Leben zurückgerufen hatte.

»Drei Millionen!« rief ich. »Wo sollen wir die hernehmen?«

»Wir brauchen sie nicht auf einmal«, beruhigte mich meine Frau. »Die erste Million müssen wir cash bezahlen, die andern zwei in Raten. Wir werden eben sparen. Du wirst nicht mehr in deinen Klub gehen, und ich werde dir das Rauchen abgewöhnen. «

Gerührt über die Opfer, die sie zu bringen bereit war, sprach ich mit meinem Anwalt. Er verschaffte mir eine Million als Hypothek auf das Haus, das noch nicht uns gehörte. Wie wir den Rest aufbringen sollten, wußte nur Gott. Und ich glaube, nicht einmal ER wußte es.

Nun kam die Fahrschule. Meine Frau, mit der ich bisher zu Hause über alles reden konnte – ob Politik, Wirtschaft oder Kunst, sie wußte in allem Bescheid –, sprach plötzlich nur noch über Nockenwellen, Zündkerzen und Ventilatoren und ließ mich, der ich von alldem keine Ahnung hatte, meine Nichtigkeit fühlen.

So fragte sie mich zum Beispiel: »Welches Rad dreht sich in der Kurve am wenigsten?«

Ich sagte: »Das Reserverad.«

Die Antwort war nicht richtig, aber billig. Sie kostete meine Frau nur ein höhnisches Lachen.

Es war eigenartig, aber entgegen den meisten anderen Frauen war sie in der Theorie besser beschlagen als in der Praxis. Aber sie machte auch darin Fortschritte. Ihr Fahrlehrer, den ich kennengelernt hatte, sagte mir: »Es wird schon gehen. Heute bin ich nur noch dreimal blaß geworden. «

Und es ging. Den Führerschein schaffte sie in zehn Minuten. Der Prüfungskommissar versprach ihr: »Ich lasse Sie durchkommen – lassen Sie mich aussteigen!«
Und nun fuhr sie. Mein Freund Pepper, dessen Frau eben erst begonnen hatte, Fahrstunden zu nehmen, fragte mich: »Wie viele hat deine gebraucht, bis sie fahren konnte?« Ich sagte: »Vier.« Er meinte Stunden, ich meinte Autos. Dabei war sie eine gute Fahrerin. Sie hatte nur Pech. Zum Beispiel der Baum neulich. Jahrzehntelang stand er auf seinem Platz, plötzlich sprang er ihr in den Weg. Oder die nachlässige Art, mit der die Stadt Wien ihre Straßen zu bauen pflegt. Meine Frau wollte in eine Seitenstraße einbiegen, und es war keine da.
Und dann fuhr ich zum erstenmal mit ihr. Mit einem Gefühl, wie es Andreas Hofer gehabt haben muß, als er vor dem Hinrichtungsposten stand. Mutig, den Tod vor Augen. Aber ich bewunderte sie. Wenn sie am Volant saß, kannte sie nichts. Keine Einbahnstraßen, keine Verkehrsampeln – nichts. Ich, der ich ja als Fußgänger auch gewisse Kenntnisse besaß, bat sie verzweifelt: »Wenn es grün wird, fahr – wenn es rot wird, steh – wenn ich weiß werde, nimm das Gas weg!« Aber sie dachte nicht daran. Und als ich sah, wie geschickt ihr die andern auswichen, wurde auch ich ruhiger. Ich drückte nur immer die Augen zu und hatte ein Gefühl, als ob Milz und Leber den Platz getauscht hätten. Plötzlich rief sie: »Die Bremse versagt! Was soll ich tun?« Ich flehte sie an: »Fahr gegen etwas Billiges!« Aber sie – krach! – fuhr in das Schaufenster eines Porzellanwarengeschäftes.
Wissen Sie, was heute ein Schaufenster kostet? Und erst Porzellanfiguren? Und gar künstlerische Porzellanfiguren, wie Meißner, Augarten usw.? Und das Schaufenster war voll damit. Wir brachten die Scherben nach Hause und bemühten uns, sie richtig zusammenzusetzen. Das erste, was uns gelang, war ein Reiter der Spanischen Hofreitschule mit zwei Köpfen. Dafür fanden wir ein Pferd,

das überhaupt keinen Kopf hatte. Meine Frau setzte ihm einen Beethovenkopf auf, dessen Körper in tausend Stücke zersprungen war. Wir nannten das Gebilde »Centaur« und stellten es in die Vitrine, wo es noch heute von allen unseren Besuchern bewundert wird. Als wir das sahen, bemühten wir uns gar nicht mehr, die richtigen Stücke zusammenzusetzen. So haben wir jetzt einen dirigierenden Johann Strauß mit einer Rose an Stelle des Kopfes, einen Veilchenstrauß, aus dem das Gesicht Kaiser Franz Josephs blickt, sowie eine Ballerina mit Elefantenbeinen. Den Rüssel des Elefanten klebten wir Fanny Elßler ins Gesicht. Die Kritik nannte es »Pop-Art«, und wir bekamen ein Kaufangebot nach dem andern. Bald entwickelte sich ein schwungvoller Handel.
Meine Frau kaufte alle verfügbaren zerbrochenen Porzellanfiguren auf, und heute haben wir vierzig Klebedamen, die die Stücke zusammenleimen, wie sie ihnen in die Hände kommen. »Känguruh mit Weihnachtsbaum«, »Pierrot mit Kuhkopf«, »Kuh mit Schmetterlingsflügeln« usw. Unsere Käufer, hauptsächlich Amerikaner, freuen sich über die Zertifikate, die wir ihnen ausstellen und in denen wir ihnen bestätigen, daß von dem von ihnen gekauften Kunstgegenstand kein zweites Stück existiert. Ich bekam das Goldene Ehrenzeichen der Republik, meine Frau wurde Kommerzialrätin.
Inzwischen haben sich auch ihre Fahrkünste verbessert. Natürlich kann immer etwas passieren, und so hatten wir gestern unseren, wie ich hoffe, letzten Prozeß wegen eines Verkehrsdelikts. Meine Frau hatte einen Mann niedergestoßen, der eine leichte Verletzung am linken Fuß davontrug und der jetzt von uns 20000 Schilling Schmerzensgeld verlangte. »Zwanzigtausend Schilling!« rief ich. »Ich bin doch kein Millionär!«
»Und ich bin kein Tausendfüßler«, sagte er, worin ich ihm recht geben mußte. Ich muß abwarten, bis meine Frau die Lust am Fahren verliert. Es wird schon werden. Und es wurde.

Vorgestern war sie zu ihrer Freundin gefahren, während ich am Schreibtisch saß und arbeitete. Plötzlich schnarrte das Telefon. Ich hob ab, es war unsere Reparaturwerkstätte. »Die gnädige Frau hat eben ihren Wagen eingeliefert, und da möchten wir wissen, wer …«

»Schon gut«, unterbrach ich ärgerlich, weil ich durch den Anruf bei der Arbeit gestört worden war. »Ich bezahle die Reparatur von dem Wagen.«

Darauf die andere Seite: »Das interessiert uns nicht. Wir möchten nur wissen, wer die Reparatur von der Werkstatt bezahlt!«

Zwei Stunden später kam meine Frau nach Hause, schmutzig, zerschunden, am Boden zerstört. Sie schwor, sich nie wieder hinter ein Lenkrad zu setzen. Den Wagen ließen wir herrichten. Im Dunkeln sah er noch ganz passabel aus.

Am nächsten Tag gaben wir zwei Inserate in die Zeitung:

1. Inserat: Volkswagen zu verkaufen. Nur abends zu besichtigen.
2. Inserat: Haus mit Garage billig abzugeben.

In den Fernsehkrimis werden derart haarsträubende Brutalitäten gezeigt, daß man manchmal glaubt, die Nachrichten zu sehen. Ich liebe die Nachrichten. Ich bin auf keine Sendung so gierig wie auf die

Zeit im Bild

Ich kam ins Kaffeehaus und war excited, wie mein Freund Robinson zu sagen pflegte, seitdem er 14 Tage in den Vereinigten Staaten zugebracht hatte. Da saß Joschi. Joschi im Kaffeehaus sitzen zu sehen, ist noch kein Grund, excited zu sein. Das Kaffeehaus ist sein Büro, hier trifft er sich mit Freunden und Freundinnen, mit Gläubigern und Pfändungsbeamten, es ist sein Wintersport- und sein

Sommerkurort – sein Alles. Hier pumpt er sich Geld, hier bleibt er Anton, dem Ober, die Zeche schuldig – hier lebt er. Von der Hand in den Mund. Oft gehört diese Hand einem andern, am öftesten mir. Joschi lebt von Ideen, die ihm von leichtgläubigen Menschen abgekauft werden, und daß die wenigsten dieser Ideen realisierbar sind, ist das Pech der Abnehmer.

Joschi saß also im Kaffeehaus. Aber wie er saß. Zigarre rauchend, den Kopf stolz erhoben, vor sich eine Flasche Sekt. Ich trat näher.

»Servus«, sagte ich.

»Servus. Setz dich. Anton, noch ein Glas.«

Anton brachte ein Glas für mich. Seine Hand zitterte, als er mir einschenkte. Noch wußte er nicht, wer den Sekt bezahlen würde. Daß Joschi nicht daran dachte, war ihm klar. Jetzt, wo ich da war, schöpfte er wieder Hoffnung.

»Was feierst du?« fragte ich verwundert. »Die Idee meines Lebens.«

»Wieder einmal?«

»Wie meinst du das?«

»Du hast schon so oft die Idee deines Lebens gefeiert, und was ist dabei herausgekommen? Nichts.«

»Diesmal kannst du unbesorgt sein. Trink!«

»Prost!« Wir tranken.

»Also – was ist es?«

»Schwörst du mir, daß du es nicht weitersagst?«

»Ich schwöre.«

»Die Sache muß nämlich, auch wenn sie einmal unter Dach und Fach gebracht ist, ein Geheimnis bleiben.«

»Du kannst dich auf mich verlassen.«

»Hast du einen Fernsehapparat?«

»Farbe.«

»Unwichtig.«

»Deine Idee hat also mit dem Fernsehen zu tun.«

»Ja.«

»Eine neue Sendereihe?«
»Ein ›Extra‹ zu einer alten Sendereihe. Siehst du dir öfters die ›Zeit im Bild‹ an?«
»Ja.«
»Die ›Tagesschau‹ in der Bundesrepublik?«
»Wenn ich draußen bin.«
»Okay. Ich will dir damit nur zu verstehen geben, daß meine Idee nicht nur für Österreich Gültigkeit hat, sondern auch für die BRD. Für die ganze Welt. Man kann sie in alle Sprachen übersetzen. Sie ist international.«
»Was ist es?« Ich wurde ungeduldig.
»Ist es dir noch nie aufgefallen, daß die Nachrichtensprecher ihren Text das eine Mal so schnell wie möglich herunterhudeln, während sie das andere Mal zwischen den Nachrichten Pausen einlegen?«
»Nein. Jetzt, wo du es mir sagst – vielleicht.«
»Ich werde dir den Grund dafür nennen. Es gibt Abende, an denen sie einfach zu wenig Nachrichten haben. In diesem Fall müssen sie sie strecken.«
»Aha.«
»Den Leuten sind aber die Nachrichten das Liebste vom ganzen Programm. Deshalb gibt es an solchen Abenden Hunderte von wütenden Anrufen wie: Was fällt Ihrem Sprecher ein? Warum diese Pausen? Wir wollen Nachrichten hören! usw.«
»Woher weißt du das?«
»Eine der Telefonistinnen, die diese Beschwerden entgegennehmen, erfreut sich momentan meiner Gunst.«
»Die Glückliche! Und deine Idee?«
»Ich werde den Fernsehanstalten Zusatznachrichten liefern. Diese Zusatznachrichten sind nach Bedarf einzubauen, und – was die Hauptsache ist – sie sind nicht zu widerlegen.«
»Wieso nicht?«
»Nimm einmal an, der Sprecher sagt: ›In Asien, in Hai-Ngong, dem

früheren Tschu-lang, ist folgendes passiert etc.‹ Weißt du, wo Hai-Ngong oder Tschu-lang liegt?« »Nein.«
»Weiß es der Herr dort beim Spiegel oder die Dame im Fenster? Auch nicht. Niemand weiß es, weil weder Hai-Ngong noch Tschu-lang existieren.«
»Ein Geographieprofessor könnte es wissen.«
»Ausgeschlossen. Die Staaten in Asien und in Afrika wechseln heute so oft ihre Namen, daß kein Mensch sie behalten kann. Der Geographieprofessor wird höchstens denken: ›Hai-Ngong? Wo liegt das bloß?‹ Inzwischen ist die nächste Nachricht da, und er hat die vorhergegangene vergessen.«
»Und was hast du davon?«
»Ich gründe die GEFINA, die Gesellschaft für fiktive Nachrichten, und verlange für ein Monatsabonnement dreißigtausend Schilling.«
»Ob das nicht zuviel ist?«
»Zuviel?« Joschi war empört. »Den Fernsehanstalten ist nichts zuviel, um die Seher zufriedenzustellen.«
Wenn Joschi recht hat – wieso merkt man das nicht am Programm?
»Du hast doch sicher bereits einen Entwurf gemacht?« fragte ich.
»Entwurf? Ich habe die Nachrichten für den ersten Monat fertig.«
»Lies vor.«
»Wenn es dich interessiert?« Joschi nahm selbstgefällig einige Bogen Papier aus der Tasche und begann: »In Baschkastan, im früheren Mübarek, stieß der 42jährige Janik Jumurta in betrunkenem Zustand mit einem Schnellzug zusammen. Ein Toter.«
»Nicht schlecht«, sagte ich.
Joschi las weiter: »In Amasat, Bezirk Murad Habulam, wurden drei Personen auf offener Straße erschossen. Die Polizei schließt ein Verbrechen nicht aus.«
Ich mußte zugeben, die Idee hatte etwas für sich.
»Den Ärzten ist es in letzter Zeit immer wieder gelungen, siamesische Zwillinge zu trennen. In Bihar, in Indonindien, schenkte die

Frau des 40jährigen Schneiders Assam Hini ihrem Gatten das 14. Kind. Man will jetzt versuchen, die Eltern zu trennen.«
»Sehr gut! Weiter!«
»In Kafra bei Bragan gelang es dem Terroristen Scharka el Barscha eine Bombe zu basteln, deren Größe und Gewicht es erlauben, sie unterm Fingernagel zu tragen. Als Scharka el Barscha heute, die Bombe unterm Nagel, zum Flugplatz ging, um eine Maschine zu entführen, explodierte der Sprengkörper aus bisher unbekannten Gründen. Von dem Bastler fehlt jede Spur.«
»Gut.«
»In den Friedensverhandlungen zwischen den schwarzafrikanischen Staaten Batarabata und Batarabutu wurde gestern von Batarabata die Tür zugeschlagen, heute von Batarabutu wieder geöffnet und von Batarabata neuerlich zugeschlagen. Mnumbanga, der Präsident des Staates Batarabiti, machte den Vorschlag, eine Drehtüre machen zu lassen.«
»Ausgezeichnet!«
»In Lupal, dem Ministaat am Fuße des Patatschunko, wurde ein Gesetz erlassen, dem zufolge jedem Verbrecher jener Körperteil abzuhacken ist, mit dem er das Verbrechen begangen hat. Dem Lügner die Zunge, dem Dieb die Hand, dem Mörder der Arm usw. Man erhofft sich davon einen Rückgang der Ehebrüche.«
»Wunderbar! Weiter!«
»Auf der Insel Mancara ist dem 60jährigen Physiker Wata Pumanga eine bemerkenswerte Erfindung gelungen: ein Apparat, mit dessen Hilfe man mit jedem Verstorbenen noch eine Stunde nach seinem Tod reden kann. Allerdings ist es bisher noch nicht gelungen, die Toten zu einer Antwort zu bewegen.«
»Bravo! Noch etwas!«
Joschi sah auf die Uhr. »Ich muß gehen«, sagte er aufgeregt. »Ich habe in dieser Angelegenheit die erste Besprechung mit dem Generalintendanten des ORF. Wenn du auf mich warten willst – ich

bin längstens in einer Stunde zurück. Ich werde fünfzigtausend Schilling verlangen und dreißigtausend bekommen. Rechne inzwischen nach, wieviel ich dir schuldig bin – und halt mir die Daumen.«
Er ging.
Ich rechnete – es waren insgesamt 14631 Schilling und 11 Groschen, die ich von Joschi zu bekommen hatte. Ich hätte nie gedacht, daß es so viel ausmachen würde. Ich hielt also die Daumen doppelt intensiv.
Joschi war bereits nach einer halben Stunde wieder da. Er sah nicht sehr siegreich aus. Im Gegenteil. Geschlagen ließ er sich in einen Stuhl fallen.
»Was ist los?« fragte ich. »Seid ihr nicht einig geworden?« Joschi schüttelte verneinend den Kopf.
»Hast du zu große Ansprüche gestellt?« Schweigen.
»Was hast du verlangt?«
»Fünfzigtausend.«
»Und?«
»Der Generalintendant bedauerte und sagte: »Solche Nachrichten kriegen wir von fast allen internationalen Nachrichtenagenturen!«
Den Sekt bezahlte ich. Joschi schuldet mir jetzt 14845 Schilling und 13 Groschen.

Apropos Verwandtschaft! Kritisieren Sie niemals die Verwandtschaft Ihrer Frau. Erinnern Sie sich: Sie haben sie sich selbst ausgesucht. Wenn es früher, als ich noch Idealist war, an meine Tür klopfte, dachte ich: »Das ist das Glück.« Heute weiß ich, es ist die Verwandtschaft.

Mein Neffe Ladi

Meine Frau rief aus dem Vorzimmer: »Ladi ist da!« Ladi ist nicht nur mein siebenjähriger Neffe, sondern auch die Abkürzung von

»Ladislaus«. So hießen einige ungarische Könige, die mit unserer Familie weder verwandt noch verschwägert waren. Und Ladi hieß auch nicht Ladi, sondern Heinz. Da aber »Ladi« das erste Wort war, das seine damals noch unschuldig-kindlichen Lippen formten, nannte ihn seine Mutter ab diesem Tag »Ladi«. So rufen ihn auch alle Verwandten und Bekannten »Ladi«, bis auf seinen Vater, der ihn immer mit »Was-hast-du-schon-wieder-angestellt-du-Lausbub« begrüßt.

Ladi war ein hübscher Junge und ein Kind seiner Zeit. An seinem letzten Geburtstag schenkte ich ihm ein Atomstrahlengewehr, wie man es heute in allen Spielwarengeschäften zu kaufen bekommt. Ladi ging damit in den Park, wo seine rückständigen Kameraden Indianer und Trapper spielten. Wolfgang, der Trapper, richtete seine Pistole auf ihn und rief: »Bäng, bäng, du bist tot!« Aber Ladi dachte nicht im Traum daran, umzufallen. Er hob sein Strahlengewehr und sagte: »Zap, zap, du bist sterilisiert!«

Jetzt stand er im Zimmer. Ich wußte, weshalb er gekommen war. Er hatte in der Schule in Grammatik eine Fünf bekommen, und das ist bei uns in Österreich die schlechteste Note, über die wir verfügen. In anderen Staaten, in Venezuela zum Beispiel, reichen die Noten von eins bis zwanzig. Eine Zwanzig ist die beste Note, eine Eins die schlechteste. In Venezuela, behauptete Ladis Mutter, wäre er mit seiner Fünf immerhin ein durchschnittlicher Schüler. Daß er in Österreich leben muß, ist die Schuld seiner Eltern.

Aber Ladi war ein richtiger Lausbub. Sein Vater sagte einmal zu mir: »Ich gebe ihm jeden Morgen eine Ohrfeige. Wenn ich nicht weiß, warum – er weiß es!«

»Also?« fragte ich und legte mein Gesicht in strenge Falten. »Was gibt es?«

Ladi gestand treuherzig: »Ich habe in Grammatik eine Fünf bekommen, und Papa schickt mich zu dir, damit du mir die Konjugation beibringst.«

Halb war ich stolz, daß mein Schwager mir solches zutraute, halb hätte ich ihm am liebsten eine Ohrfeige gegeben.
»Das mußt du mir genauer erklären«, meinte ich.
»Ich konnte das Wort ›Fahrrad‹ nicht konjugieren.«
»Das Wort ›Fahrrad‹ könnte ich auch nicht konjugieren«, gab ich gütig zu, »weil ›Fahrrad‹ ein Hauptwort ist, das man dekliniert. Nur Zeitwörter konjugiert man.«
»Das hat unser Lehrer auch gesagt, aber ich habe gesagt, ich kann auch Hauptwörter konjugieren, und da ist er bös geworden.«
Jetzt wußte ich es. Ladi war wieder einmal frech gewesen. Schon wollte ich auffahren, aber ich hielt mich zurück. Ich dachte an meine Frau, die immer sagt, Kinder haben sensible Nerven, mit denen man vorsichtig umgehen muß.
»Was liegt hier auf dem Schreibtisch?« fragte ich und zwang mich zur Ruhe.
»Pfeifentabak«, sagte Ladi.
»Richtig. ›Pfeifentabak‹ ist ein Hauptwort – wir deklinieren also: der Pfeifentabak, des Pfeifentabaks, dem Pfeifentabak, den Pfeifentabak. Hast du verstanden?«
»Ja«, sagte Ladi, »Aber ich kann ›Pfeifentabak‹ auch konjugieren. Ich pfeife Tabak, du pfeifst Tabak, er pfeift Tabak –«
»Sei still!« unterbrach ich ihn streng. »Das ist ein Unsinn. Ich werde dir jetzt eine Geschichte erzählen, wie ich als Kind das Konjugieren erlernte. Ich war im Sommer mit meinen Eltern in Laufen bei Ischl.«
»Ich laufe bei Ischl, du läufst bei Ischl, er läuft bei Ischl!« konjugierte Ladi vergnügt.
»Ruhe!« sagte ich bereits ziemlich gereizt und fuhr fort: »Wir lernten dort einen Herrn aus Wien kennen. Er wohnte hier auf dem Platz vorm Finanzamt.«
»Ich platz vorm Finanzamt, du platzt vorm Finanzamt, er platzt vorm Finanzamt!« warf Ladi sofort ein.

»Genug!« rief ich. Fast hätte ich auf den Tisch geschlagen, als mir zum Glück noch rechtzeitig die verdammte Sensibilität des kindlichen Nervensystems einfiel. »Der Herr war immer sehr gut gekleidet, und besonderen Eindruck machten auf mich seine mausgrauen Handschuhe.«

»Ich maus graue Handschuhe, du maust graue Handschuhe, er maust graue Handschuhe –«

Jetzt schlug ich auf den Tisch, und auch meine Stimme klang lauter, als ich fortsetzte: »Er hatte eine berühmte Antiquitätensammlung, und als wir wieder in Wien waren, lud er meine Eltern und mich zum Mittagessen ein, um uns diese Sammlung zu zeigen. Zuerst gab es Braten mit Wirsingkohl –«

»Wir singen Kohl, ihr singet Kohl, sie singen Kohl!«

Ich ignorierte ihn. »Dann Grießpudding –«

»Ich grüß Pudding, du grüßt Pudding, er grüßt Pudding!«

»Und dann zeigte er uns seine Sammlung«, erzählte ich weiter, während ich die Zähne zusammenbiß und meine Fingernägel in die Handflächen bohrte. »Der Mann besaß zwei der ältesten Stehlampen.«

»Ich stehl Lampen, du stiehlst Lampen, er stiehlt Lampen!«

»Ich stehle keine Lampen!« schrie ich und sprang auf.

»Ich konjugiere ja nur!« verteidigte sich Ladi. Ich fühlte, wie der Herzinfarkt nach mir griff. »Willst du mir zuhören? Ja oder nein?«

»Ja.«

Ich beruhigte mich langsam. »Endlich zeigte er uns das Glanzstück seiner Sammlung: eine Spieldose.«

»Ich spiel Dose, du spielst Dose, er spielt Dose …«

»Schweig!« brüllte ich so laut, daß meine Frau aus dem Nebenzimmer kam. Ich faßte Ladi an beiden Schultern, schüttelte ihn und schrie: »Es war ein japanisches Kunstwerk aus Nagasaki!!!«

»Ich nag a Sacki, du nagst a Sacki, er nagt a Sacki!«

»Schau, wie er es schon kann!« rief meine Frau freudig überrascht.

Ich tobte. »Nichts kann er! Er soll gehen! Hinaus! Ich enterbe ihn!« Ladi verflüchtigte sich. Meine Frau sah mich vorwurfsvoll an. »Mußtest du so schreien?« fragte sie. »Weißt du nicht, wie sensibel die Nerven eines Kindes sind?«
Seit einigen Tagen trage ich einen Kopfverband. Seien Sie niemals unfreundlich zu einem Kind. Erstens hat es sensible Nerven, und zweitens könnte es Ihnen einen Stein nachschleudern.

Winston Churchill sagte: »Ersparnisse sind eine schöne Sache – besonders, wenn Ihre Eltern sie für Sie gemacht haben.« Bei uns ist das nicht der Fall.

Wir müssen sparen

Meine Frau und ich prüften unsere Finanzlage, wobei wir zu der Erkenntnis kamen, daß wir, falls wir so weiterlebten wie bisher, in fünfzehn Jahren zwanzig Millionen Schulden haben würden. Es galt also zu sparen – und zwar ab sofort. Ich drehte den Luster ab und zündete eine Kerze an, wir schalteten weder Radio noch Fernsehen ein, wir verzichteten auf den gewohnten Drink vor dem Schlafengehen – wir mußten sparen.
Am nächsten Abend kam ich nach Hause und berichtete stolz von meinen Erfolgen. 1) hatte ich große Schritte gemacht, um die Sohlen zu schonen, 2) hatte ich gewartet, bis niemand hinschaut, und hatte dann die Briefe ohne Porto in den Postkasten geworfen, und 3) hatte ich meine Kaffeehausbesuche von vier auf zwei reduziert. Das alles zusammen brachte eine Kürzung meiner Ausgaben um 56 Schilling.
Meine Frau war tüchtiger gewesen. Sie hatte von einem Supermarkt gehört, der das Glas Pfefferoni anstatt um 12 Schilling, um 10 Schilling 50 absetzte. Ich belobte sie. Wir essen zwar keine Pfef-

feroni, aber es war eine einmalige Gelegenheit, und vielleicht kommt doch einmal der Tag, an dem wir Pfefferoni essen werden. Daß sie gleich zwölf Gläser davon genommen hat, war vielleicht übertrieben, aber es brachte uns immerhin eine Ersparnis von 18 Schilling. Und um 18 Schilling bekommt man schon – was bekommt man schon um 18 Schilling? Nichts. Aber das war auch nicht alles. Auf dem Nachhauseweg hatte sie auf Bus und Straßenbahn verzichtet – das Wort »Taxi« darf in unserm Haus nicht mehr ausgesprochen werden – und war, die zwölf Gläser mit Pfefferoni in der Hand, zu Fuß gegangen. Daß sie nach einer halben Stunde Marschierens Fußschmerzen bekam und sich ein bequemeres Paar Schuhe kaufen mußte, ist einzusehen. Noch dazu, wo sie diese Schuhe in einem Ausverkauf bekam, wo sie anstatt 550 Schilling bloß 470 bezahlte. Auf diese Weise hatte sie an einem einzigen Tag 98 Schilling erspart. Zu essen gab es Suppe.

Am zweiten Tag beschloß ich, den Friseur aufzugeben. Ich gestehe beschämt, daß ich mir bisher den Luxus leistete, mich täglich rasieren zu lassen. Das sind, inkl. Trinkgeld, 20 hinausgeworfene Schilling pro Tag. Meine Frau war natürlich wieder erfolgreicher gewesen. Sie hatte von einem Supermarkt erfahren, wo die Pfefferoni bloß zehn Schilling kosteten. Es war ein Supersupermarkt, in dem man einfach alles bekam. Meine Frau kaufte diesmal 24 Gläser Pfefferoni sowie ein pfefferonigrünes Hauskleid um 600 Schilling, das überall anderswo 660 gekostet hätte. Sie hatte, allein an dem Kleid, 60 Schilling erspart, von den Pfefferoni nicht zu reden. Zu essen gab es Suppe.

Ich schämte mich vor meiner Frau. Was waren meine Einsparungen gegen die ihren? Ich ließ mich in der Folge weder rasieren noch maniküren, noch ließ ich mir die Haare schneiden. Was nützte es? Sie hatte eine Quelle entdeckt, wo die Pfefferoni bloß 9 Schilling 50 kosteten und war dabei auf ein Parfum gestoßen, für das man vor Weihnachten noch 1000 Schilling verlangt hatte und das man jetzt

um 598 Schilling abgab. Natürlich hatte sie gleich zwei Fläschchen davon gekauft. Eine Ersparnis von 804 Schilling! Zu essen gab es die ersten Pfefferoni. Scheußlich!
Ich entschloß mich, nicht mehr zu arbeiten, um das Geld für Papier und Kugelschreiber zu sparen. Vergeblich. Meine Frau übertrumpfte mich immer wieder. Sie hatte – gegenüber dem Supermarkt – einen kleinen Kaufmann gefunden, der, in der Absicht den Supersupermarkt zu ruinieren, die Pfefferoni verschleuderte. 9 Schilling das Glas! Dazu bekam man noch gratis einen Karton Waschpulver. Meine Frau bestellte 50 Gläser Pfefferoni – der Kaufmann lieferte ins Haus – und, da er auch die billigsten Gurken führte, nahm sie davon die gleiche Menge. Das machte unsere Menüs abwechslungsreicher. Mittags gab es Pfefferoni mit Gurken – abends Gurken mit Pfefferoni.
Ich wankte durch die Straßen. Mein Bart war gewachsen, die Haare hingen mir über die Ohren, mein Gesicht hatte ein völlig anderes Aussehen bekommen. Pfefferoni und Gurken hatten mir den Mund zusammengezogen. Ich kam nach Hause und erkannte unsere Wohnung nicht wieder. Meine Frau hatte die Möbel umgestellt, um Platz für die Pfefferonigläser zu schaffen. Wo ich hinsah, waren Pfefferoni. Auf dem Kasten, auf dem Schreibtisch, auf der Kredenz – anstatt des Meißner Porzellans, das ich so geliebt hatte – Pfefferoni. Und wo waren meine Bücher? In der Bibliothek stand das Waschpulver. Und immer mehr Pfefferoni kamen an. Um 8 Schilling, 7 Schilling, 6 Schilling das Glas! Und da der Kaufmann tagsüber im Laden stehen mußte, lieferte er bei Nacht.
Das war auch der Grund, weshalb ich eines Tages verhaftet wurde. Nachbarn hatten uns beobachtet. Was waren das für Kisten, die da allnächtlich abgeladen und ins Haus gebracht wurden. Vor allem – was war ihr Inhalt? War es Rauschgift? Waren es Bomben? Schließlich wollte man nicht in die Luft gesprengt werden. Meine Unschuld stellte sich bald heraus, trotzdem behielt man mich eine

Nacht auf der Polizei. Warum? Ich hatte darum gebeten. Ich hatte nämlich gesehen, daß eben das Essen für die Sträflinge ausgegeben wurde. Ich bekam auch eine Portion und machte mich gierig darüber her. Ich weiß bis heute nicht, ob ich Bohnen oder Spaghetti gegessen habe – Pfefferoni waren es nicht, und das genügte mir.
Als ich wieder auf der Straße stand, war mein erster Weg zum Friseur. Ich ließ mir die Haare schneiden, ließ mich rasieren und maniküren. Dann beschloß ich, so zu sparen wie meine Frau. Ich kaufte mir einen Anzug, der bis dahin 10 000 Schilling gekostet hatte, um 8000, machte dasselbe mit Schuhen, Hemden, Krawatten usw. – und als ich nach Hause kam, hatte ich an diesem einen Tag 5000 Schilling gespart. Und das war nicht alles. An einer Telephonzelle hatte ich einen Anschlag gelesen, daß, wer diese Zelle zertrümmern sollte – was in letzter Zeit »in« ist –, eine Strafe von 3000 Schilling bekommt. Ich habe sie nicht zertrümmert, was eine weitere Einsparung von 3000 Schilling bedeutete.
Meine Frau hatte ebenfalls gut gearbeitet: sie hatte einen Waggon Pfefferoni gekauft, direkt vom italienischen Großhändler, wodurch das Glas nur auf 3 Schilling kam. Wir prüften wieder unsere Finanzlage und fanden sie nicht mehr alarmierend. Im Gegenteil. Bei einiger Sparsamkeit werden wir uns in fünfzehn Jahren leisten können so zu leben, wie wir es leider heute schon tun.
Wir drehten den Luster an, schalteten den Fernsehapparat ein und genehmigten uns endlich wieder den langentbehrten Drink vor dem Schlafengehen. Zu essen gibt es wieder Steaks, Salate und andere Köstlichkeiten. Die Pfefferonis verwenden wir als Mitbringsel zu Weihnachts-, Geburtstags- und anderen Parties. Seither werden wir nicht mehr eingeladen.
Seit einigen Tagen fürchte ich, daß der Sparsinn meiner Frau wieder erwachen könnte. Ich sah, ganz in unserer Nähe, in einem Pelzgeschäft einen Nerzmantel, der – bisher mit 100 000 Schilling angeschrieben – jetzt um 80 000 Schilling zu bekommen ist.

Hoffentlich sieht sie ihn nicht. Sie könnte an einem einzigen Tag 20 000 Schilling ersparen.

Der alte Pianist

Wien, ca 1920

Bald kam ein neues Stück: »Wiener Volkssänger«, ein Volksstück von Victor Leon, Musik von Mahler (den Vornamen habe ich vergessen), einem Großneffen von Gustav Mahler. Der zweite Akt spielte in einem Lokal, in dem die Hauptdarsteller als Volkssänger auftraten, und da brauchte man natürlich einen Pianisten, der sie am Klavier begleitete.
Einen alten Pianisten. Volkssänger haben immer alte Pianisten. Da das Raimundtheater weder einen alten Pianisten besaß noch einen engagieren wollte, wurde ich ausersehen, den alten Pianisten zu spielen. Ich wurde auf alt geschminkt, bekam eine weiße Perücke, ging wie ein 70jähriger, trank wie ein 70jähriger und spielte Klavier wie ein 70jähriger. Als Gage bekam ich um eine Krone mehr als ein gewöhnlicher Statist. Also vier Kronen. Mit drei Kronen konnte man damals elend verhungern, mit vier Kronen nur verhungern. Aber ich war glücklich. Ich stand auf der Bühne in einer Maske, ich hatte meinen eigenen Auftritt – zu reden hatte ich allerdings nichts, aber die Schauspieler, die das Publikum mimten, versuchten jeden Abend, mich in Verlegenheit zu bringen. Sie stellten mir alle möglichen Fragen, auf die ich immer mit »ja« oder »nein« antwortete. Da einmal ritt mich der Teufel. Ich gebrauche selten solche Sprüche, aber ich wüßte mein Verhalten nicht anders zu erklären. Ich hatte, auf Anordnung der Regie, öfter aus einem Weinglas zu trinken. Da, als ich wieder einen Schluck machte, sagte einer (ich

weiß es noch heute, er hieß Louis Groß): »Du solltest dir das Trinken abgewöhnen.« Alle sahen mich erwartungsvoll an, es war anscheinend ausgemacht. Ich sagte: »Dazu ist es schon zu spät.« Drauf er: »Dazu ist es nie zu spät.« Drauf ich: »Dann wart' ich noch.« Alle lachten. Im Publikum und auf der Bühne.

Ein junger Konstrukteur sagte einmal zu einem Theaterdirektor: »Ich verwende jetzt eine Erfindung, die Ihr Haus, im Falle eines Feuers, in zwei Minuten leert. Drauf der Theaterdirektor: »Ich brauche keine Erfindung, die mein Haus leert – ich brauche eine, die mein Haus füllt.« Ich glaubte, diesem Direktor helfen zu können. Ich schrieb:

Ein tolles Stück

In einem gewissen Alter hat jeder Autor das Verlangen, etwas Bleibendes zu hinterlassen. So auch ich.

Zum Teufel, dachte ich eines Tages, soll das mein Lebenszweck sein? Operettenunsinn verzapfen. Kabarettexte hinhauen, Satiren gebären? O nein! Ich bin zu Höherem geboren. Ich schreibe ein Problemstück. Progressiv, aggressiv, negativ. Wo siedle ich es an? In den Slums von Wien. Vater Säufer, Mutter Säuferin. Vater will Tochter vergewaltigen, Mutter hindert ihn, Vater schlägt Mutter, Sohn, der mit Mutter und Schwester in erotischen Beziehungen steht, tötet Vater durch Messerstich. Gegensätze innerhalb der Familie: Vater säuft Rotwein, Mutter säuft Weißwein. Einziger Berührungspunkt: Beide saufen Schnaps. Vater und Sohn gehören zwei feindlichen Unterweltgruppen an. Sohn schickt Mutter auf den Strich, um Schwester erhalten zu können. Schwester hat Freund bei der Polente. Freund, junger, ehrenwerter Beamter, unterrichtet Vater vor jedem Fischzug, ob Razzia kommt. Bruder erschießt Freund, Schwester beißt Bruder die Kehle durch. Titelsorge. Eine feine Familie? Zu schwankmäßig. In den Slums von Wien? Titel für Fernsehserie. Vater und Sohn? Operette. Unsere Sorgen? Satire. Probleme der Großstadt? Blödsinn. Ich habe es: Die Schuld der Gesellschaft. Ich beginne zu schreiben. Ich schreibe Tag und Nacht. Ich vergesse auf Frau und Freunde. Alle respektieren es. Kommt Besuch, flüstert meine Frau: »Pst! Mein Mann schreibt ein ernstes Stück.« Ich erreiche innerhalb meines Kreises eine Bewunderung, die ich mit fünfhundert Satirenbänden nicht hätte erreichen können. Mein Bart wächst, meine Haare wachsen, meine Wangen fallen ein – ich gleiche einem wirklichen Dichter. Und ich schaffe es. Ich lasse den Wagen meiner Schreibmaschine zur Mitte fahren und schreibe: ENDE. Ich atme auf. Was jetzt? Ich lese das Stück meiner Frau vor. Sie sagt nichts. Vielleicht ist sie zu geschockt. Ich lade meine Freunde zu einer Leseparty. Sie äußern sich nicht. Sie gehen fort, ohne unsere Brötchen anzurühren. Verständlich. Sie gehören ja selbst jener Gesellschaft an, die die Schuld trägt an der Tragödie, wie ich sie in meinem Stück schildere. Ich bin entschlossen, meinem Werk den Rahmen zu geben, den es verdient. Ich gehe zum Direktor des Burgtheaters. Ich lese es ihm vor – er ist sichtlich ergriffen. Aber – und das verstehe ich – er hat mit Gästen zu rechnen, so daß er auf Jahre hinaus keinen Termin frei hat. Aber er gibt mir einen Denkanstoß. Ich möge, meint er, mein mutiges Eintreten für Progreß, Aggression und Negative intensivieren und mein Stück von einem Kellertheater zur Aufführung bringen lassen. »Unsere saturierten Stars«, sagte er, »sind viel zu sehr auf die heile Welt programmiert. Sie würden den Wert Ihres Dramas nicht verstehen.« Also ging ich zu Frau Bechstein, einer ehemaligen Schauspielerin, die jetzt die Kellerbühne »BB« leitet. (Bisher dachte ich immer, daß BB »Bert Brecht« heißt, jetzt erfuhr ich, es heißt »Berta Bechstein«.) Egal. Frau Bechstein las mein Stück durch und war, gegen einen Zuschuß von hunderttausend Schilling meinerseits, begeistert sowie bereit, mein Werk aufzuführen. Nur junge Schauspieler sollten mitma-

chen, die erstens den Kampf gegen die Gesellschaft im Herzen trugen und zweitens keine hohen Gagen verlangten.
Die Proben verliefen zufriedenstellend. Ich führte selber Regie, und ich bekam von Tag zu Tag mehr Achtung vor mir. Die jungen Darsteller waren hingerissen, und wenn ich sie während der Mittagspause zum Essen einlud, kannte ihre Bewunderung für mich keine Grenzen.
Die Frage des Premierentermins rückte näher. Welchen Wochentag sollten wir wählen? Ich schlug vor, einen Montag.
»Sind Sie wahnsinnig?« fragte Frau Bechstein. »Sie – ein Theatermensch? Montag sind die Leute noch müde vom Weekend. Außerdem sind im Fernsehen ›Die Straßen von San Francisco‹.«
»Dann Dienstag?«
»Dienstag sind die Leute müde vom Montag.«
»Und Mittwoch?«
»Mittwoch ist kein Tag für eine Premiere.«
»Dann Donnerstag?«
»Donnerstag ist gut. Donnerstag gehen die Leute ins Theater.«
»Fein!«
»Aber nicht in unseres. Donnerstag ist Nobeltag. Da gehen sie in die Oper, in die Burg, in die Josefstadt. Unser Publikum ist mehr ein Samstagpublikum.«
»Also Samstag.«
»Da fahren sie aber schon wieder auf Weekend. Freitag ist ein schlechter Tag, aber ich glaube, er wird noch der beste sein.«
Wir entschlossen uns also für Freitag, den 13. Den 13.? Ich erschrak. Das ist doch ein Unglückstag! Noch dazu in Verbindung mit Freitag!
»Nicht für mich«, lächelte Frau Bechstein. »Ich hatte noch immer Glück, wenn der 13. auf einen Freitag fiel. An einem Freitag, dem 13. wurde ich geboren – an einem Freitag, dem 13. starb mein Mann …« Es blieb also dabei.

Auf der Straße klebten die Plakate. Meine Frau, die schon während der Proben immer weniger und weniger gesprochen hatte, war ganz still geworden. Und blaß und schmal. Unser Arzt, Dr. Jellinek, gab mir den Rat, sie in ein Sanatorium zu schicken. »Das wird sie nicht wollen«, sagte ich. »Da wäre sie doch nicht bei der Premiere.« Dr. Jellinek warf hr einen Blick zu, der ungefähr ausdrückte: »Sie sehen – ich habe es versucht!« Aber das habe ich mir sicher nur eingebildet. Meine Nerven waren in jener Zeit gespannt. So bildete ich mir z. B. auch ein, daß keiner meiner Freunde mich nach meinem Stück fragte. Alles Einbildung. Alles Nerven. Zwei Tage vor der Premiere war noch keine Karte verkauft. Frau Bechstein meinte, es sieht aus, als ob es am Premierentag regnen würde, da gehen die Leute nicht aus. Sie verlangte noch hunderttausend Schilling von mir, um den Kartenverkauf anzuheizen. Ich gab sie ihr. Karten wurden trotzdem keine verkauft. Ich rief Wimmer an. Er schickte mir fünfzig Arbeiter aus seiner Möbelfabrik. Dreißig Karten bekamen meine Freunde Dr. Robinson, Joschi, Poldi, Mario etc., die ihrerseits wieder ihre Freunde und Bekannten mitbrachten. Nun waren wir schon achtzig. Frau Bechstein hatte sechzehn Stammgäste, die zu jeder Premiere kamen, ferner waren noch Frau Bechstein und Tochter, meine Frau und ich anwesend, so daß die hundert Plätze, über die das Theater verfügte, besetzt waren. Wir waren, wie man sagt: ausverkauft.

Die Vorstellung begann. Das Publikum folgte aufmerksam der Handlung. Ich konnte die Stimmung nicht taxieren. Bei einer Operette, bei einem Kabarettprogramm hatte ich einen Maßstab. Ich wartete auf den ersten Witz. Da sagte z. B. A zu B: Waren Sie im Weltkrieg? B: Nein. A: Da sollten Sie einmal hingehen. Wurde da gelacht, wußte ich, es wird ein Erfolg. Aber hier, bei dem ernsten Stück? Ich prüfte die Mienen der Zuschauer. Plötzlich bemerkte ich einen älteren Herrn, einen Stammgast von Frau Bechstein, der sich eine Träne aus dem Auge wischte. Vielleicht habe ich mich getäuscht. Ich beobachtete ihn aufmerksamer. Wieder wischte er sich die Augen aus. Diesmal beide. Jetzt schluchzte er. Er schluchzte immer heftiger. Er hörte nicht auf zu schluchzen. Er weinte! Er weinte bitterlich! Hurra! Ich hatte gewonnen! Am Schluß gab es Applaus, nicht zuviel, das Publikum war zu ergriffen. Ich schlängelte mich durch die Menschen zu dem älteren Herrn, der sich noch immer die Augen trocknete.

»Darf ich Sie etwas fragen?« bat ich, ohne mich vorzustellen.

»Bitte«, schluchzte er.

»Ich habe Sie die ganze Zeit beobachtet. Sie haben zuerst geschluchzt, dann geweint, richtig geweint. Hat Sie das Stück so ergriffen?«

»Nein«, heulte er und legte den Kopf an meine Schulter. Sein ganzer Körper wurde geschüttelt, und die Tränen flossen auf meinen Smoking.

»Was denn«, fragte ich, »hat Sie zum Weinen gereizt, wenn nicht das Stück?«

Er putzte sich die Nase. »Ich werde es Ihnen sagen«, wimmerte er. »Ich habe einen Sohn zu Hause, der ebenfalls Stücke schreiben will. Wenn ich, als Vater, mir vorstelle, daß mein Kind vielleicht auch einmal so einen Mist fabrizieren könnte ...«

Er heulte laut auf und ließ mich stehen. Mitleidige Menschen geleiteten ihn auf die Straße. Er nahm mir nicht den Mut. Warten wir die Kritiken ab.

Die Kritiken waren schlecht. Meine Schreibmaschine sträubt sich, die Beleidigungen zu wiederholen, mit denen man mich bedachte, aber maßgebend ist das Publikum. Nicht die Presse und nicht jener einzelne Mann.

Warten wir die zweite Vorstellung ab. Es gab keine zweite Vorstellung, da keine Karte verkauft wurde. Wimmers Arbeiter weigerten sich, sich das Stück noch einmal anzuschauen. Es gab auch keine dritte, keine vierte Vorstellung – es gab überhaupt keine mehr. Jetzt schreibe ich wieder Operettenunsinn, haue Kabarettprogramme hin und gebäre Satiren. Und bin glücklich.

Und doch bin ich mit dem Kritiker einer Wochenzeitung, die erst später erschien, einer Meinung. Er schrieb: Hugo Wiener wird man spielen, wenn alle anderen Dramatiker vergessen sind. Leider setzte er hinzu: Aber nur dann.

Ein Schlagerkomponist muß nicht unbedingt unmusikalisch sein, aber es hilft ihm. Doch daß jeder denkt, einen Schlager schreiben zu können, das bereitete mir einmal

Schlaflose Nächte

Ich kann nicht schlafen. Warum nicht? Mein Zahnarzt, Dr. Wronsky, hat ein Lied komponiert. Einen Schlager, wie er sagt. Es ist über ihn gekommen wie über andere eine Beinhautentzündung. Über Nacht. Die Melodie flog ihm zu, und ich wünschte, sie wäre wieder davongeflogen. Aber sie blieb. Hartnäckig, wie eine von ihm behandelte Parodontose.
Nun hätte mir das alles nichts ausgemacht, Mozart hat auch komponiert, wenn auch anders. Aber da waren die Bachlehners, die unglücklicherweise eine Party gaben und die Wronsky und mich dazu einluden. Am Büfett sang er mir seine Komposition vor. Sie war scheußlich. Jeder Takt eine Umweltverschmutzung. Sie hatte weder Melodie noch Rhythmus, sie hatte nicht einmal einen Schluß. Wenn sie zu Ende war, blieb sie im Raum hängen wie ein Spinnengewebe. Das alles sagte ich ihm leider nicht. Im Gegenteil, ich sagte, sie wäre ein Ohrwurm. Ich dachte nicht, daß er einen Text dazu haben wollte – und das ausgerechnet von mir. Ich lehnte ab. Zeitnot. Aber ich hätte keinen Whisky trinken dürfen. Nach dem vierten begann die

Melodie mir zu gefallen und nach dem achten versprach ich ihm den Text. Das war die letzte Nacht, in der ich schlafen konnte. Am nächsten Morgen erwachte ich mit Kopfschmerzen und etwas Gräßlichem im rechten Ohr. Es war Wronskys Melodie. Wieso war ich eigentlich schon aufgewacht? Das Telefon. Ich hob den Hörer ab. »Haben Sie ihn schon?« erkundigte sich eine Stimme am anderen Ende der Leitung. »Wen?« fragte ich und dachte an einen gesuchten Verbrecher. »Den Text!« sagte die Stimme. Es war Wronsky. »Ich habe doch nicht –?« fuhr es mir wie ein indianischer Giftpfeil durch den Kopf. Doch – ich hatte. Jetzt erinnerte ich mich. Ich hatte ihm den Text versprochen. »Den Text habe ich noch nicht«, sagte ich so freundlich wie möglich. »Ich warte auf einen Einfall.« Ich wartete auf einen Einfall, wie ich Wronsky loswerden könnte. »Sie erinnern sich doch noch an mein Lied?« fragte er. »Es ging so!« Er sang mir die Melodie vor, die keine war. Durch das Telefon klang sie noch fürchterlicher. »Sie kommen doch heute sowieso zu mir«, sagte Wronsky, »vielleicht bringen Sie den Text schon mit. Wenn nicht, können wir uns darüber unterhalten, während ich Ihnen die Zähne plombiere.« Diese Drohung fand ich ausgesprochen gemein und eines Komponisten unwürdig.

Am Nachmittag ging ich natürlich nicht hin. Als er anrief, sagte meine Frau, ich sei in Ceylon, aber seine Frau hatte mich im Café Stadtpark gesehen. In dieser Nacht begann es: Ich konnte nicht schlafen. Ich fragte mich dauernd: Was mache ich morgen? Am nächsten Tag wußte ich es: Ich machte nichts. Ich war so müde, daß ich nicht schreiben konnte. Am wenigsten Wronskys Text. Er rief an – meine Frau sagte, ich sei in Thailand. Leider hatte mich seine Frau im Theater an der Wien gesehen. An den folgenden Tagen war ich in Madrid, Milano, Tokio und Nowosibirsk. Wronskys Frau sah mich im Bus, beim Schneider, im Kino und in einem italienischen Restaurant. In letzterem mit einem verführerischen jungen Mädchen.

»Was war das für ein Mädchen?« fragte meine Frau mit einer Liebenswürdigkeit, die die Luster wackeln machte. Das Mädchen war Lilian. Lilian war in Dichterkreisen sehr gesucht. Sie war so dumm, daß jeder Satz, den sie sprach, schlagerverdächtig war. Man brauchte nur ein »ye, ye« oder »la la« anzuhängen. Ich hoffte, daß ihr eine auf die Wronsky-Musik passende Bemerkung entschlüpfen würde. Aber es entschlüpfte ihr nichts. Dafür entschlüpften meiner Frau ein paar Bemerkungen, die ich in diesem Buch nicht wiedergeben möchte, weil es ein Familienbuch werden soll. Meine Frau brach die diplomatischen Beziehungen zu mir ab. Ich stand dem Gegner und seinen Anrufen allein gegenüber. In dieser Nacht schlief ich wieder nicht.

Nach dem Morgengrauen erfolgte der erste Angriff. Meine Frau schloß sich zwar dem Feind nicht an, verhielt sich aber streng neutral. Das heißt, daß ich ans Telefon gehen mußte. »Haben Sie ihn schon?« fragte Wronsky. Ich begann mit einem Vernebelungsmanöver. »Ich habe die Hauptsache«, sagte ich. »Die erste Zeile. Und wer die erste Zeile hat, hat alles.«

»Wie heißt sie?« wollte er wissen.

»Das verrate ich nicht«, sagte ich, »das kann einem Schlager Unglück bringen.«

»Um Gottes willen!« wehrte Wronsky schnell ab. »Ich rufe Sie am Nachmittag an.«

Der Angriff war abgeschlagen. Wronsky gehörte zum Glück zu den abergläubischen Dentisten, seit ihm an einem Freitag, dem 13., bei einer Zahnextraktion die Zange abgebrochen war.

Am Nachmittag war ich nicht zu Hause, in der Nacht ging ich spazieren. Als ich am Morgen zurückkam, hatte meine Frau mir den Krieg erklärt. Sie war fortgegangen.Ganz vergessen aber hatte sie nicht auf mich. Es war Winter, und sie hatte mir, in ihrer rührendbesorgten Art, einen Zettel zurückgelassen: »Die Hausschuhe sind im Kühlschrank.«

Ich legte mich hin, um ein bißchen zu schlafen – ich war zu unruhig. Ich nahm ein paar Tranquilizers, was mir der Arzt streng verboten hatte. Das machte mich noch unruhiger. Ich sprang auf und ging ins Kaffeehaus frühstücken. Vorher schickte ich einen Kundschafter aus, der mir melden sollte, ob nicht vielleicht Frau Wronsky dort sei. Sie war, Gott sei Dank, nicht dort. Ich frühstückte. Der Ober, der mich nicht kannte, beobachtete mich mißtrauisch. Ich war unrasiert, unausgeschlafen, rotäugig, hohlwangig. Das hatte Wronsky aus mir gemacht. Ich haßte ihn!

Am Abend ging ich nach Hause. Meine Frau ignorierte mich. Ich legte mich hungrig ins Bett und versuchte es mit Schäfchenzählen. Als ich sechstausendzweihunderteinundvierzig Schäfchen gezählt hatte, mußte ich aufstehen. Ich wollte aus dem Haus sein, bevor Wronsky mich anrufen konnte.

Den Tag verbrachte ich, in Gesellschaft von Gastarbeitern, im Wartesaal des Südbahnhofs. Am Abend wollte ich es mit einem heißen Bad probieren. Ein Freund von mir, der an Schlaflosigkeit gelitten hatte, konnte nach einem heißen Bad wieder schlafen. Ich verbrannte mich. Am häuslichen Kriegsschauplatz nichts Neues. Am nächsten Tag suchte ich unseren Hausarzt, Dr. Meier, auf. Ich erzählte ihm, daß ich seit acht Tagen nicht schlafen könne. »Und da kommen Sie zu mir?« lachte er. »Ich kann seit acht Wochen nicht schlafen.« Ich verschrieb ihm ein Schlafmittel, ein Barbiturat, das bei mir immer sehr gewirkt hatte, das aber im Fall Wronsky anscheinend zu schwach war.

Die Nacht brachte ich in einem Café der Wiener Unterwelt zu. Man lud mich zu einer verbotenen Pokerpartie ein. Als ich mein Geld verspielt hatte, kam eine Razzia und brachte uns zur Polizei. Einer unserer Freunde und Helfer stieß mich in eine Zelle und sagte: »Schlafen Sie sich erst einmal aus!« Der Gute hatte keine Ahnung. Hätte ich mich ausschlafen können, hätte ich die Zelle nie wieder verlassen.

Am Morgen ließ man mich frei. In der Nacht hatte ich viel nachgedacht und nun wußte ich es. Ich war ein Fall für den Psychiater. Ich kannte einen solchen Dr. Eidlitz –, aber wie kam ich zu ihm! Er wohnte in derselben Straße wie Wronsky. Ich wartete, bis es dunkel war, dann schlich ich mich in sein Haus. Er öffnete persönlich die Tür und erkannte mich nicht. Es war erschütternd. Mein Freund – Dr. Eidlitz – erkannte mich nicht. Ich war ein Bild des Elends geworden. Ich sagte ihm meinen Namen, er ließ mich ein, ich legte mich auf die Couch und begann zu erzählen: von meiner glücklichen Jugend und der trostlosen Gegenwart. Ich erzählte von Wronsky, von seiner Komposition und von meiner Schlaflosigkeit. Eidlitz sagte: »Du mußt schlafen. Ich gebe dir einen Rat: Geh zu Bett, schließ die Augen und versetz dich in deine Kindheit zurück. Du hast doch den Sommer mit deinen Eltern auf dem Land verbracht. Denk an einen besonders schönen Weg, den du dort gegangen bist, denk an Bäume und Blumen – du wirst einschlafen. Du wirst träumen und gesund aufwachen.«

Voller Hoffnung ging ich nach Hause. Der Feind schlief bereits. Ich stieg in die Badewanne, sang nach langer Zeit wieder einmal leise vor mich hin, schlüpfte in meinen Pyjama und legte mich in das von meinem Gegner frisch überzogene Bett. Dann schloß ich die Augen und begann zu denken. Wo war ich einen besonders schönen Weg gegangen? Ich hatte es: in Perchtoldsdorf. Den Weg zur Heide und dann weiter, bis zur Bank unter den Föhren. Ich sah mich als Kind, ich ging und ging, ich sah Bäume und Blumen, ich hüpfte im Schrittwechselschritt, jagte den Schmetterlingen nach, ich war glücklich, selig, ich fühlte, wie ich müde wurde, meine Augen fielen langsam zu, ich bog um die Ecke, wer kam mir entgegen? Wronsky! Mit einem Schrei sprang ich aus dem Bett. Meine Frau ebenfalls. Nur mit Mühe konnte ich es verhindern, daß sie mich in eine Nervenheilanstalt bringen ließ. Nach längeren Verhandlungen rief sie Dr. Eidlitz an, der dann kam und mir eine Beruhigungsspritze gab.

Am nächsten Morgen kam ein Brief von Wronsky: »Verehrter Freund! Ich habe die letzten Nächte kein Auge zugemacht, weil ich nicht wußte, wie ich Ihnen das Geschehene mitteilen soll. Vor ungefähr einer Woche sang ich meinem Kollegen, dem Dentisten Dr. Buchfeld, meine Komposition vor. Er kann sich bis heute nicht erklären, wie es kam, er hat außer Rechnungen und zahnärztlichen Befunden nie etwas geschrieben, und doch fiel ihm auf der Stelle der zu meiner Musik passende Text ein. Verzeihen Sie, daß ich Sie in den letzten Tagen nicht mehr angerufen habe und Ihnen auf der Straße ausgewichen bin, es war mir zu peinlich. Lassen Sie uns weiterhin gute Freunde bleiben und seien Sie mir, bitte, nicht böse. Ihr Wronsky.«
Ich war nicht böse – im Gegenteil! Ich konnte mich wieder überall sehen lassen, brauchte mich vor Frau Wronsky nicht mehr zu verstecken, und – vor allem – ich fand meinen Schlaf wieder. Mit meiner Frau setzte ich mich im Hotel Imperial zu einer gemütlichen Friedenskonferenz mit Sekt und Kaviar zusammen. Es war alles wieder wie in der schönen Vorwronskyzeit!

Der Dentistensong wurde ein Hit, die beiden Zahnärzte bekamen die Goldene Schallplatte.
Jetzt kann ich wieder nicht schlafen.

Ein Schauspieler ist ein Mensch, der von der Bühne in die mit alten Versatzstücken, Schmutz, Staub, Fetzen und Requisiten vollgeräumte Kulisse blickt – und sagt: »Welch liebliche Aussicht genießt man von diesem Fenster!«
Unter den Schauspielern gibt es viele Typen. Es gibt junge Anfänger, alte Aufhörer, Bescheidene, Allürenbehaftete, Eingebildete, Ausgebildete, Stars und andere Vögel – der schlimmste Typ aber ist

Die Probenbremse

Ich kam zur Stellprobe.
»Gut, daß Sie da sind!« begrüßte mich Regisseur Zebisch. »Wir haben keine Zeit zu verlieren – Ihr Stück muß in zehn Tagen herauskommen. Die gestrige Premiere war ja leider ein Durchfall.« Er, der Progressive, sah mich, den Schwankdichter, irgendwie gehässig an. »Der Dürrenmatt wurde nicht verstanden. Von der Presse wohl, aber nicht vom Publikum. Ich begreife nicht, daß man ihn deshalb gleich absetzt.«
Ich begriff es. Schließlich leben wir vom Publikum und nicht von der Presse. Gegen das Publikum zu spielen, kann sich ein hochsubventioniertes Staatstheater leisten, aber keine Privatbühne. Die Direktion kann nicht »Das Käthchen von Heilbronn« zur Aufführung bringen, wenn das Publikum »Die spanische Fliege« sehen will. Auch ein Parfümeriehändler muß den Wünschen seiner Kundschaft entsprechen und kann einer Dame, die eine Flasche »L'heure bleue« verlangt, keinen Camembert anbieten.
Wobei ich meinen Schwank nicht mit einem Camembert vergleichen will.
Ich saß neben Zebisch im Zuschauerraum. »Ist alles auf der Bühne?« fragte er.
»Ja«, antwortete Toplitz.
Ich habe zu erwähnen vergessen: Toplitz spielte eine kleine Rolle zu Beginn des Stückes. Toplitz, über dessen Blitzkarriere ich einmal

berichtet habe. Wie eine Mondrakete war er aufgestiegen, kam dann vom Kurs ab und mußte wassern. Und nun ging ihm das Wasser, in dem er gewassert hatte, bereits bis zum Hals. Was war geschehen? Toplitz, der Star, war schwierig geworden. Er schnitt selbstherrlich alle Stücke auf sich zu, änderte die Rollen der Mitspielenden, nahm ihnen die Pointen, um sie selbst zu bringen und – was das Schlimmste war – er hatte sich zur Probenbremse gemausert. Theaterfremde Leser werden nicht wissen, was eine »Probenbremse« ist. Ich will es Ihnen erklären: Eine Probenbremse ist ein Künstler, der die Probe bremst, weil er nach jedem Satz eine Frage an den Regisseur hat. Besonders beliebt sind Probenbremser bei Film und Fernsehen, wo jede Minute Geld kostet. Zum Beispiel:

Toplitz spielt einen Managertyp. »Da steht ein Wecker auf meinem Schreibtisch. Meinst du«, zum Regisseur, »daß ein Mann, der nur an seine Unternehmungen denkt, dem die eigene Frau im 2. Akt sagt: ›Wann wirst du endlich einmal zu Hause zuhause sein?‹ – meinst du, daß ein solcher Mann einen Wecker auf dem Schreibtisch stehen hat?« Der Wecker kommt weg. »Andererseits«, erwägt Toplitz, »muß ein Mann, der von Flugzeug zu Flugzeug hetzt, immer wissen, wie spät es ist.« Der Wecker kommt wieder her. »Allerdings«, bedenkt Toplitz, »hat ein Topmanager wie dieser eine Sekretärin, die ihn auf die Zeit aufmerksam macht.« Der Wecker kommt wieder weg. »Nun ist aber diese Sekretärin, laut Handlung, in mich verliebt und hat andere Dinge im Kopf als die Uhr.« Der Wecker kommt wieder her. Natürlich werden solche Entscheidungen nicht von einem Moment zum andern getroffen – es dauert oft Stunden, bis eine derartig wichtige Frage entschieden ist –, dann kommt die nächste, und die Probe ist im Eimer.

Ich hatte Toplitz auf der Straße getroffen. »Hast du kein Engagement für mich?« fragte er. »In vier Wochen bin ich wieder für ein Jahr ausgebucht. Bloß jetzt. Ich brauche Theaterluft.«

Ich wußte, daß er Geld brauchte und keine Theaterluft. »Ich hätte etwas für dich«, sagte ich, »eine kleine Rolle – aber wir stehen unter Zeitdruck. Wenn du mir versprichst, die Proben nicht aufzuhalten ...«
»Ich verspreche es.«
»Okay!«
Nun spielte Toplitz den Buchhalter Robitschek zu Beginn des 1. Aktes. »Sie werden sehen«, jammerte Zebisch, »er wird Schwierigkeiten machen!« Ich lehnte seinen Einwand ab: »Ich bürge für ihn.«
»Fangen wir an!« kommandierte Zebisch aus dem dunklen Zuschauerraum und schrie: »Ruheeee!« Jeder Regisseur schreit zu Beginn einer Probe »Ruheeee!« auch wenn man nicht einmal das Steigen des Defizits hört. »Toplitz! Sie sitzen am Schreibtisch und rechnen!«
Toplitz blickte unentschlossen vor sich hin. »Wäre es nicht vielleicht besser ...«
»Nein!« schnitt Zebisch ihm vom Anfang an das Wort ab. »Das wäre schlechter! Wir haben keine Zeit zum Palavern! Fräulein Walcher! Sie kommen!«
Die kleine Walcher trat auf. »Guten Morgen, Herr Robitschek!«
»Moment!« Toplitz kam zur Rampe. »Ich finde, daß ›Robitschek‹ nicht der richtige Name für diesen Menschen ist.«
»Warum nicht?« fragte Zebisch erstaunt.
»Er ist zu gewollt. Zu direkt. Wie heißt ein Buchhalter in einem Schwank? Robitschek. Stimmt. Aber der Name paßt nicht zu diesem Mann. Dieser Mann ist kein gewöhnlicher Buchhalter. Ich habe das Buch gelesen. Es findet sich nirgends ein Hinweis darauf, daß dieser Mensch sich jemals hätte etwas zuschulden kommen lassen. Dieser brave, ehrliche Sklave, dieser treue Diener seines Herrn, würde wohl einen ausgefalleneren Namen verdienen.« Was will er? Die Rolle ist mit dem 1. Auftritt erledigt. Warum will er nicht »Robitschek« heißen?
»Ich habe es gewußt!« zischte Zebisch vor sich hin. Dann rief er un-

geduldig hinauf: »Nennen Sie ihn, wie Sie wollen! Wir müssen weitergehen!«
»Wie wäre es mit Philipps?«
»Meinetwegen Philipps!«
»Das ist unmöglich!« mischte ich mich ein. »Philipps ist kein Name für einen Buchhalter! Philipps ist ein Konzern!«
»Dann Philipp ohne ›s‹?«
»Philipp ist der Mann von Prinzessin Anne, Philipp ist der Gunter, Philipp sind Fürsten, Herzöge, Könige, aber keine Buchhalter!«
»Das ist doch wirklich unwichtig!« schrie Zebisch jetzt mich an.
»Schreien Sie nicht mit mir!« brüllte ich zurück. »Das ist, im Gegenteil, sehr wichtig! Sollen meine Kollegen mich auslachen, weil mein Buchhalter Philipp heißt? Bei mir hieß noch jeder Buchhalter Robitschek, und auch dieser wird Robitschek heißen!«
»Eigenartig«, sagte jetzt Toplitz ironisch. »Zuerst bitten Sie mich, diese Rolle zu übernehmen und dann –?!«
»Ich habe Sie gebeten?« schrie ich und griff mir ans Herz. »Schluß jetzt!« schrie Zebisch – und entschied: »Der Buchhalter heißt Philipp! Fräulein Walcher – vom Anfang!«
Die kleine Walcher tritt auf. »Guten Morgen, Herr Philipp!« Sie kichert.
»Warum kichern Sie?« brüllte Zebisch.
»Es kommt mir so komisch vor. Ich hatte es mir schon so eingelernt.«
»Es ist ja auch zum Kichern!« schreie ich. »Ein Buchhalter, der Philipp heißt!«
»Dürfte ich einen Kompromißvorschlag machen?« fragte Herr Ender, der Liebhaber. »Ich kenne einen netten Herrn namens Reichl – er ist ebenfalls Buchhalter. Wäre das nicht ein Name?«
»Meinetwegen!« stöhnte Zebisch. »Reichl, Speichl – nur weiter, weiter! Fräulein Walcher!«
»Guten Morgen, Herr Speichl!«

»Reichl! Wollen Sie mich zum besten halten?«
»Verzeihung, ich habe mich versprochen ...«
»Noch einmal!« donnerte Zebisch.
»Guten Morgen, Herr Reichl!«
»Speichl! Himmelherrgottnocheinmal!«
»Sie sagten Reichl ...«
»Sie hat recht«, nahm sich die komische Alte der Kleinen an.
Der Buffo erschien. »Heiße ich jetzt auch Reichl?« fragte er. »Ich bin schließlich sein Neffe.«
»Wie hießen Sie bisher?«
»Robitschek.«
»Dann heißen Sie Speichl.«
»Reichl.«
»Reichl.«
»Wie ist es dann mit dem 1. Aktschluß?« erkundigte sich die Naive. »Wenn ich dem neuen Chef das Personal vorstelle, habe ich zu sagen: ›Hier am Schreibtisch vis-à-vis – sehen Sie Fräulein Rosmarie. Hier, seit Jahren am selben Fleck – finden Sie Herrn Robitschek!‹ Da muß ich jetzt Speichl sagen?«
»Reichl!«
»Reichl. Aber das reimt sich nicht.«
»Das muß sich nicht reimen!«
»Man ruiniert mir das Stück!« jammerte ich.
»Ich denke«, warnte der Inspizient, »daß wir den Namen ›Reichl‹ besser vermeiden sollten. Herr Reichl ist unsere Verbindung zum Rathaus. Auch ›Speichl‹ würde er uns übelnehmen.«
»Dann nehmen wir doch einen ganz andern Namen«, schlug der Komiker vor. »Einen blöden, den es gar nicht gibt.« Er dachte kurz nach. »Katzenbeißer.«
Alle lachten – die Souffleuse begann zu weinen.
»Was ist jetzt wieder los?« tobte Zebisch.
»Mein verstorbener Mann hieß Katzenbeißer.«

»Entschuldigung«, murmelte der Komiker.
»Was soll ich jetzt sagen?« fragte die kleine Walcher verzweifelt.
»Sagen Sie, was Ihnen einfällt!« brüllte Zebisch zur Bühne hinauf. »Und keine Unterbrechungen mehr! In zehn Tagen muß ich mit diesem Mist fertig sein!«
»Mist?« wiederholte ich gereizt. »Diesen Mist habe ich geschrieben!«
»Na gut«, brummte Zebisch.
»Das ist keine Antwort!« schrie ich.
»Wenn Sie es wissen wollen – Dürrenmatt ist er keiner!« schrie Zebisch zurück.
»Er ist auch nicht durchgefallen!«
»Sie meinen, er ist *noch* nicht durchgefallen!« Zebisch lief rot an. »Fräulein Walcher!« rief er. »Sie sagen ›Guten Morgen, Herr Müller!‹«
Toplitz erhob sich. »Dann kann die Rolle ein anderer spielen«, sagte er. »Ich spiele keine Müllers.«
»Ach so?« Der Intrigant kam auf die Bühne. Er war Betriebsrat des künstlerischen Personals. »Was haben Sie gegen diesen Namen? Ich und vier unserer Kollegen heißen Müller. Fräulein Leslie, Frau Brixen, Herr Hardt und Herr Feiling. Wenn Sie sich nicht innerhalb von fünf Minuten bei den genannten Herrschaften entschuldigen, brechen wir die Probe ab.«
»Entschuldigen?« Toplitz war starr. »Wegen einer solchen Lappalie soll ich mich entschuldigen? Nie und nimmer!«
Inzwischen hatten sich das technische Personal, der Portier sowie die Hausfeuerwehr mit dem künstlerischen Personal solidarisch erklärt. Die Betriebsräte traten zusammen. »Kolleginnen und Kollegen!« wandte der Hauptbetriebsrat sich an die Mitglieder. »Die Probe ist zu Ende – Sie können nach Hause gehen.«
»Warten Sie!« weinte Zebisch und hängte sich an den Mantel des Hauptbetriebsrats. »Entschuldigen Sie sich, Toplitz! Wenn die Pre-

miere nicht herauskommt, ist die Zukunft des Theaters gefährdet.«
»Zuerst soll sich der Autor bei mir entschuldigen. Es ist eine Zumutung, mir eine derartige Rolle anzubieten.«
»Ich entschuldige mich«, sagte ich zerknirscht.
»Dann entschuldige ich mich auch.«
»In Ordnung«, sagte der Hauptbetriebsrat. Die Gewerkschaft hatte wieder einen Sieg errungen.
In diesem Augenblick betrat der Direktor des Hauses den Zuschauerraum. »Wie weit sind Sie?« fragte er Zebisch.
»Noch am Anfang. Die Herren können sich über den Namen des Buchhalters nicht einigen.«
»Des Buchhalters? Damit verschwenden Sie die kostbare Zeit? Wie heißt ein Buchhalter in einem Schwank? Robitschek.«
»Robitschek!« Toplitz atmete auf. Er hatte bereits gefürchtet, sein Engagement zu verlieren. »Das ist die Lösung!«
»Dann fangen wir an, Fräulein Walcher!«
»Guten Morgen, Herr Robitschek!«
Jetzt wissen Sie, was eine »Probenbremse« ist.

Sobald der Sommer hereinbricht, gibt es keine Menschen mehr. Nur noch Touristen erster und zweiter Klasse. Und alle Touristen haben den einen Wunsch: einen Ort zu finden, an dem es keine Touristen gibt. Viele Touristen reisen mit Familie. Sie sind nicht zufriedenzustellen. Im Hotel wünschen sie heimische Atmosphäre und zu Hause Hotel-Service. Meine Frau und ich verbringen unsere Ferien seit Jahren in Baden bei Wien. Heuer wollte sie eine Ausnahme machen. Sie träumte von einer

Traumreise

Ich kam hungrig nach Hause. Meine Frau saß über einem Kreuzworträtsel.
»Weißt du, wohin wir heuer im Sommer fahren werden?« fragte sie.

»Nach Baden bei Wien, wie immer.«
»Falsch. Wir werden eine Traumreise machen. Nach Nepal!«
Ich stand da, wie eine Lampe ohne Schnur.
»Wieso nach Nepal?« fragte ich besorgt. Besorgt, weil ich dachte, sie könnte momentan den Verstand verloren haben.
»Weil ich mich hier an diesem Preisausschreiben beteilige«, sagte sie und zeigte mir eine Illustrierte. »1. Preis: eine Flugreise für zwei Personen nach Nepal, verbunden mit einem vierwöchigen Ferienaufenthalt in einem Luxushotel. Ich habe bloß dieses Kreuzworträtsel zu lösen und die richtige Lösung bis zum 30. April einzusenden. «
»Aber Kind!« sagte ich. Ich sage immer »Kind«, wenn ich besorgt bin. »Aber Kind! Weißt du, wie viele Menschen dieses Rätsel lösen und die richtige Lösung einsenden werden? 100 000!«
»Mehr!« sagte sie ruhig.
»Und nur eine dieser Lösungen wird gezogen.«
»Meine. Mir stimmt nur noch einiges nicht. Zum Beispiel hier, senkrecht: Stadt in Thüringen – Jena. Aber dann hieße hier, waagrecht, Theaterabteil Loje, und es müßte doch Loge heißen.«
»Weil die Stadt in Thüringen nicht Jena, sondern Gera heißt.«
»Bist du sicher?«
»Ganz sicher. Und jetzt gehen wir essen.«
»Nur eines noch: Dichter, 1883–1924, lebte in Wien, Schilderung psychologischer Probleme. Erster Buchstabe K – ich habe Kruse geschrieben.«
»Kruse war eine Kunstgewerblerin und erzeugte Puppen. Der Dichter heißt Kafka.«
»Ah!« strahlte sie. »Dann heißt der Vogel, der seine Eier in fremde Nester legt, nicht Kackack, sondern Kuckuck!«
»Wahrscheinlich!« Ich begann, gereizt zu werden.
»Kaiserstuhl?« Sie sah mich an.
»Thron!« antwortete ich, ohne zu überlegen.

»Eben nicht!« Sie triumphierte. »Ich habe im Lexikon nachgeschlagen: Gebirge. Und zwar in der Oberrheinischen Tiefebene. Infolge teilweiser mächtiger Lößbedeckung und großer Sonnenwärme sehr fruchtbar.«
»Erstaunlich!« knurrte mein Magen. »Gehen wir essen!«
»Sofort! Nur noch das da: Maler und Baumeister, 1481 bis 1537, Villa Farnesina in Rom. Sieben Buchstaben, der erste ist P, der letzte I.«
Ich beschloß, die Sache abzukürzen.
»Penetti!« sagte ich. Ich hatte den Namen nie zuvor gehört.
»Dann heißt der Mörder Cäsars Brubes?«
»Klar!« Ich verabschiedete mich von der Traumreise. Aber was bedeutete mir Nepal gegen die Leberknödelsuppe, die ich im Vorzimmer gerochen hatte?
»Und der Wiener Volkskomponist heißt Schrammeb?«
»Natürlich. Hast du noch nie von einem ›Schrammeb-Quartett‹ gehört?«
»Und ein indisches Gewand ist ein Zmzrptuu?«
»Wenn es für einen Mann gehört«, belehrte ich sie. »Ein Frauengewand heißt Zmzrptaa.«
»Und eine altlibanesische Flöte mit N am Anfang? Drei Buchstaben?«
»Num.«
»In der Mitte ist aber ein E.«
»Dann Nem. Das ist aber eine kleine Flöte.«
Der Duft der Leberknödelsuppe schlich sich ins Zimmer.
»Dann sind noch drei Wörter da, ohne Angaben. Die muß man nicht nur erraten, man muß auch wissen, was sie bedeuten sollen. Wenn alles richtig ist, was du gesagt hast, heißt das erste Krcztipetl.«
»Das ist ein Berg in Mexico. Das zweite?«
»Zepleple.«
»Der Erfinder des ersten lenkbaren Luftschiffes.«

»Der hieß doch Zeppelin?«
»So nannte er sich. Aber er stammte aus dem vornehmen Geschlecht der Zepleples, und die Zepleples wollten keinen Erfinder in der Suppe« – ich korrigierte schnell –, »in der Sippe haben.«
»Dann haben wir nur noch eines: Krskrstechuan.«
»Das ist ein feuerspeiender Berg, geboren 1326, gestorben 1407.«
»Dann sind wir fertig!« sagte sie glücklich.
Sie sandte die Lösung pünktlich ein. Wir verbrachten den Sommer in Baden.

Gyimes

Wien, 1926

Ich hatte die Nase voll von Berlin. So kann man sich meine Freude vorstellen, als ich eines Tages ein Telegramm aus Wien bekam: »Sketch aufgeführt stop großer Erfolg stop wollen Sie Hausautor Femina werden stop Gruß Gyimes.«
Am Abend war ich schon in der »Femina«. Mein Sketch gefiel wirklich, die Leute lachten, obwohl er schlecht gespielt wurde. Ich war zufrieden, ohne zu ahnen, daß dies die Wende in meinem Leben bedeutete. Die erste. Ich hatte einige solcher Wenden, und immer waren sie zu meinem Besten.
Gyimes führte mich in sein Büro, und wir faßten folgenden Entschluß: Gyimes wird eine kleine Revue produzieren, deren Text ich schreiben werde, er wird seine Girltruppe, die wir »Golden-Girls« nennen werden, von sechs auf acht Girls aufstocken, und er wird einige schöne Frauen engagieren, die es verstehen, Kostüme zu tragen – sogenannte Beauties. (Farkas, einmal auf den Unterschied zwischen Girls und Beauties befragt, antwortete: »Die hübschen,

die tanzen, sind die Girls, die miesen sind die Beauties.«) Ich setze fort: Die Musik wird ein prominenter Komponist schreiben, bei der ersten soll es Willy Engel-Berger sein, heute vergessen, in den zwanziger und dreißiger Jahren der Schlagerkomponist, gute Komiker sollen engagiert werden, eine Kostümbildnerin soll die Kostüme entwerfen (die erste wurde von mir empfohlen, sie nannte sich »Gerdago« und war bald für alle Bühnen tätig, an denen man Kostüme brauchte), Rudi Fränzl, Ballettmeister der Wiener Staatsoper, soll die Tänze stellen – es war für mich wie ein Märchen. Am nächsten Tag holte ich den Vertrag – da sah alles ganz anders aus. Da hieß es: Punkt 1: Gyimes wird neben mir als Autor zeichnen. (Eigentlich ich neben ihm, da er als erster zeichnete.) Punkt 2: Gyimes hatte alle Rechte an der Revue. (Sollte ich sie anderswo unterbringen, brauchte ich seine Einwilligung, während er sie ohne meine Einwilligung weitergeben durfte.) Punkt 3: 50% der Tantiemen bekam er als Mitarbeiter, weitere 15% als Verleger. (Ich fragte mich: Was hat er verlegt? Er besaß nicht einmal einen Verlag.) Punkt 4: Ich sollte die besprochene Gage nur im ersten Monat bekommen. Sollte die Revue länger gespielt werden, hatte er mir nichts zu bezahlen. Es gab noch einige Punkte, die ich gar nicht mehr las. Ich war so enttäuscht und so wütend, daß ich den Vertrag zerriß, ihn in ein Kuvert gab und einen Zettel dazulegte, auf den ich schrieb: »Sehr geehrter Herr Direktor! Sie haben einen Punkt vergessen, und zwar: Der Autor (Hugo Wiener) hat jeden Morgen in meine Wohnung zu kommen und meine Schuhe zu putzen sowie sonstige allfällige Hausarbeiten zu verrichten.« Dann ging ich. Noch am selben Tag rief Gyimes mich an, ich möge am Abend in die Femina kommen. Ein neuer Vertrag war bereits geschrieben worden und nur noch von mir zu unterfertigen. Als einziger der von Gyimes hinzugefügten Punkte blieb: Wilhelm Gyimes zeichnet neben Hugo Wiener als Autor.

Das blieb so – zehn Jahre lang.

Wir sollten glücklich sein. Wir leben in der guten, alten Zeit, an die wir im Jahr 2000 zurückdenken werden.

Harte Zeiten

Ich saß im Wartezimmer unseres Zahnarztes Dr. Wronsky. Ich war »Der Nächste, bitte!«. Zwei Damen und ein Herr waren bereits hineingegangen. Allen dreien hatte man die Angst vor der Bohrmaschine angesehen. Ich verstand das nicht. Ich saß da – furchtlos wie ein Musketier, tapfer, mutig, lächelnd. Wieso? Ich war nur gekommen, um meine Frau zu entschuldigen, die ihre heutige Vereinbarung nicht einhalten konnte. Es dauerte. Ich benützte die Zeit, um an einem Schüttelreim zu basteln: »Bei Zahnärzten in Wartezimmern – da hört man nicht nur Zarte wimmern.« Schlecht. Plötzlich fiel mein Blick auf eine Zeitung, die neben mir auf der Bank lag. Da stand in fetten Lettern: »Harte Zeiten für Europa.« Ich nahm das Blatt zur Hand – das Lächeln verging mir. Da stand nicht mehr und nicht weniger, als daß Europa vor dem Bankrott steht. Die EG tritt zusammen, um auseinanderzugehen, der Gemeinsame Markt ist eine Utopie, die Aufrüstung verschlingt Unsummen, der Krieg steht vor der Tür, die Währungen fallen, das Geld wird knapp – kurz: Europa ist pleite. Und das in nächster Zeit. Mir wurde mulmig. Ich hatte mit Dr. Wronsky eine kostspielige Behandlung zur Verschönerung meines Gebisses besprochen – ich werde sie aufschieben. Bei den Zeiten, die uns bevorstehen – nur auf nichts einlassen.
»Der Nächste, bitte!« Das war ich. Der gefürchtete Stuhl erwartete mich mit offenen Armen. Ich lachte ihn höhnisch an. Heute nicht, mein Lieber!
Wronsky wusch sich eben die Hände. »Hast du einen Termin?« fragte er erstaunt.
»Ich nicht – meine Frau. Ich muß bloß absagen. Und weil ich schon da bin«, setzte ich zögernd fort, »möchte ich dir gleich sagen, daß

ich mir die Behandlung, die wir besprochen hatten, nicht machen lasse.« Und ich erzählte ihm, was ich gelesen hatte: Die EG tritt zusammen, um auseinanderzugehen, der Gemeinsame Markt ist eine Utopie, die Aufrüstung verschlingt Unsummen, der Krieg steht vor der Tür, die Währungen fallen, das Geld wird knapp – kurz: Europa ist pleite.

»Hm«, machte Wronsky besorgt. »Wenn die Zeiten wirklich so hart werden, wie du sagst? Ich wollte mir ein Zweitauto kaufen – ich werde davon absehen.«

Und er ging zu seinem Autohändler. »Ich habe mir die Sache überlegt«, sagte er, »ich brauche vorläufig kein zweites Auto.« Und er berichtete dem Autohändler von den harten Zeiten, denen wir entgegengehen: Die EG tritt zusammen, um auseinanderzugehen, der Gemeinsame Markt ist eine Utopie, die Aufrüstung verschlingt Unsummen, der Krieg steht vor der Tür, die Währungen fallen, das Geld wird knapp – kurz: Europa ist pleite.

»Schrecklich!« jammerte der Autohändler. »Ich wollte meiner Frau zum Geburtstag einen Nerzmantel kaufen, aber bei diesen Aussichten werde ich ihr lieber ein paar Nelken bringen.«

Und er ging zum Kürschner. »Ich habe mir die Sache überlegt«, sagte er, »meine Frau braucht keinen Nerz. Die Zeiten, die uns bevorstehen, sind zu hart.« Und er schilderte ihm die Zukunft: Die EG tritt zusammen, um auseinanderzugehen, der Gemeinsame Markt ist eine Utopie, die Aufrüstung verschlingt Unsummen, der Krieg steht vor der Tür, die Währungen fallen, das Geld wird knapp – kurz. Europa ist pleite.

Der Kürschner begann zu zittern. »Ich bin Ihnen dankbar, daß Sie mir das sagen. Ich wollte mir einen Bungalow bauen lassen – ich werde damit warten.«

Und er ging zum Baumeister. »Mit dem Bungalow«, gab er ihm zu verstehen, »ist es nichts. Die Zeiten, die uns erwarten, erlauben mir nicht, so viel Geld zu investieren.« Und er beschrieb, was er gehört hatte: Die EG tritt zusammen, um auseinanderzugehen, der Gemeinsame Markt ist eine Utopie, die Aufrüstung verschlingt Unsummen, der Krieg steht vor der Tür, die Währungen fallen, das Geld wird knapp – kurz: Europa ist pleite.

Der Baumeister wurde blaß. »Ich habe eine Segeljacht mit vier Kabinen bestellt«, jeierte er, »ich werde den Kauf sofort rückgängig machen.«

Und er ging zu dem Segeljachtverkäufer mit vier Kabinen. »Ich kann die Jacht nicht übernehmen«, gestand er. »Ich sehe harte Zeiten kommen.« Und er zählte auf: Die EG tritt zusammen, um auseinanderzugehen, der Gemeinsame Markt ist eine Utopie, die Aufrüstung verschlingt Unsummen, der Krieg steht vor der Tür, die Währungen fallen, das Geld wird knapp – kurz: Europa ist pleite.

Der Jachtverkäufer war wie vom Schlag gerührt. »Ich habe eine Freundin«, stammelte er, »eine kleine Schauspielerin. Ich wollte mich an einem Theater beteiligen, damit sie endlich einmal eine Hauptrolle bekommt. Hugo Wiener sollte das Stück schreiben – aber ich kann jetzt nicht eine verhältnismäßig große Summe in ein Theater stecken.«

Und er kam zu mir. »Meister«, sagte er – in dem Moment wußte ich, daß er etwas wollte – »ich habe das Projekt mit meiner Freundin noch einmal überschlafen – ich steige aus.« Und er nannte die Gründe: Die EG tritt zusammen, um auseinanderzugehen, der Gemeinsame Markt ist eine Utopie, die Aufrüstung verschlingt Unsummen, der Krieg steht vor der Tür, die Währungen fallen, das Geld wird knapp – kurz: Europa ist pleite: Ich verstand ihn. Harte Zeiten. Ich löste nicht nur den Vertrag, ich gab ihm auch noch den Vorschuß zurück, den ich bereits bekommen hatte.

Drei Wochen später bekam ich Zahnschmerzen. Ich ging zu Wronsky. Auf der Bank im Wartezimmer lag noch immer die Zeitung mit der Schlagzeile: Harte Zeiten für Europa. Ich sah sie mir genauer an, sie war vom 25. Jänner 1975, also über zehn Jahre alt.

Zuerst wollte ich Wronsky meine Meinung sagen, dann sah ich davon ab. Ich recherchierte bei anderen Zahnärzten – es war überall dasselbe. In allen Wartezimmern gab es nur antiquarische Zeitungen. Wollen Sie das Geschäft Ihres Lebens machen? Sammeln Sie alte Zeitungen, und verkaufen Sie sie an Zahnärzte.
Doch gibt es noch Überraschungen. Als ich das heutige Morgenblatt zur Hand nahm – was las ich, so viele Jahre später, auf der Titelseite: Harte Zeiten für Europa. Die EG tritt zusammen, um auseinanderzugehen, der Gemeinsame Markt ist eine Utopie, die Aufrüstung verschlingt Unsummen, der Krieg steht vor der Tür, die Währungen fallen, das Geld wird knapp – kurz: Europa ist pleite.

1. Joh. 2, 19: Die Welt lieget im argen.

Haben Sie schon einmal gequizt? Ich meine, haben Sie schon einmal bei einem Quiz mitgemacht?
Es ist herrlich! Der Quizmaster fragt: »Können Sie mir sagen, wie spät es ist? Sie haben 30 Sekunden Zeit!«, und schon haben Sie ein Einfamilienhaus mit sämtlichen Installationen gewonnen. Und selbst wenn das nicht klappt – wenn Sie z. B. keine Uhr bei sich haben –, kriegen Sie als Trostpreis noch immer ein Auto.
Das einzige ernstzunehmende Ratespiel gibt es nur noch bei einem gerichtlichen Verhör. Aber wie lange noch? Bei uns in Österreich sind Bestrebungen im Gange, die … Sie werden es gleich lesen.

Das Justiz-Quiz

Gestern las ich es in der Zeitung: Das österreichische Strafgesetz soll reformiert werden, Geldstrafen sollen einen Teil der Haftstrafen ersetzen, der bisweilen rüde Ton der Herren Untersuchungsrichter soll entschärft werden, das Verhör mit den Angeklagten in kordialer Weise vor sich gehen.

In der Nacht hatte ich folgenden Traum: Meine Frau und ich saßen vor dem Fernsehschirm, wo wir ein Ratespiel à la Robert Lembkes »Was bin ich?« sahen. Nur daß statt Lembke ein Untersuchungsrichter hinter dem Tisch saß und ihm gegenüber, anstatt Marianne, Hans, Annette und Guido, zwei Beisitzerinnen und zwei Beisitzer Platz genommen hatten, alle fünf natürlich in Amtstracht. Der falsche Lembke hatte einige Sparschweinchen vor sich stehen sowie eine Art Kalender, auf dem die Ziffer i zu sehen war. Freundlich blickte er in die Kamera: »Darf ich unseren ersten Gast bitten?«
Ein Mann trat ein, wie ich ihm nachts nicht begegnen möchte. Er schrieb seinen Namen auf eine Tafel – er hieß Woditschka –, auf der auch die Worte »angestellt« und »selbständig« standen. Vor das Wort »selbständig« machte er ein X, dann grinste er in die Kamera und setzte sich neben den Untersuchungsrichter, der ihm freundlich die Hand reichte.
»Sie sind Herr Woditschka aus Wien!« stellte er fest. »Welches Sparschwein wünschen Sie?«
Herr Woditschka wählte ein gestreiftes.
»Sehr klug!« meinte der Untersuchungsrichter. »Das bereitet Sie auf Ihre künftige Anstaltskleidung vor. Jetzt werden wir unseren Zuschauern noch zeigen, was für einen Beruf Sie haben.« Er schlug auf einen Gong – das Wort »Mörder« wurde eingeblendet, ohne daß es die Beisitzer sehen konnten. Dann setzte er fort: »Darf ich Sie noch bitten, Herr Woditschka, eine für Ihren Beruf charakteristische Bewegung zu machen?«
Woditschka nahm eine unsichtbare Hacke und schlug zu, so gut er konnte.
Der 1. Beisitzer begann: »Sie sind selbständig, Herr Woditschka?«
»Ja.«
»Aber ich darf annehmen, daß Sie einen Beruf haben?«
»Ja.«
»Ich würde es zwar eher eine Berufung nennen«, wandte sich der

Untersuchungsrichter an den Gast, »Aber ich denke, wir könnten ›ja‹ sagen.« – »Ja.«
»Brauchen Sie«, setzte der 1. Beisitzer fort, »zu Ihrem Beruf eine Sonderausbildung?«
Herr Woditschka grinste. »Nein.«
Der Untersuchungsrichter warf eine Zehnschillingmünze in das gestreifte Sparschwein und schlug die Ziffer 1 um.
Nun kam die Reihe an die 1. Beisitzerin.
»Wenn Sie keine Berufsausbildung brauchen«, fragte sie, »so darf ich annehmen, daß das, was Sie machen, reine Talentsache ist?«
Herr Woditschka strahlte. »Ja!« sagte er.
»Und macht Ihnen das, was Sie machen, Freude?«
»Ja«, sagte Herr Woditschka, noch immer strahlend.
»Macht es auch anderen Menschen Freude?«
»Nein!« sagte Woditschka und schüttelte den Kopf. Der Untersuchungsrichter gab wieder eine Zehnschillingmünze in das Sparschwein und schlug die Ziffer 2 um.
Jetzt kam der 2. Beisitzer dran.
»Sie sagen, daß Ihr Beruf anderen Menschen keine Freude macht. Ich gehe aber richtig in der Annahme, wenn ich sage, daß auch andere Menschen diesen Beruf ausüben könnten.«
»Ja!«
»Könnte zum Beispiel ich Ihren Beruf ausüben?«
Herr Woditschka sah den 2. Beisitzer abschätzend an und sagte dann: »Ja.«
»Und Sie glauben«, wollte der Beisitzer wissen, »daß er auch mir Freude machen würde?«
Fragend blickte Woditschka auf den Untersuchungsrichter.
»Ich würde ›nein‹ sagen«, meinte dieser, warf eine Münze in das Sparschwein und schlug die Ziffer 3 um.
Jetzt folgte die 2. Beisitzerin. »Üben Sie Ihren Beruf in einem geschlossenen Raum aus?« fragte sie.

Der Untersuchungsrichter beriet sich leise mit seinem Gast, dann sagte er: »Es kommt darauf an. Herr Woditschka arbeitet sowohl in geschlossenen Räumen als auch im Freien.«
Die 2. Beisitzerin, besonders schlau, wechselte das Thema.
»Fertigen Sie etwas an?« erkundigte sie sich.
»Nein!« sagte Woditschka.
Der Untersuchungsrichter gab eine Münze in das Sparschwein und schlug die Ziffer 4 um.
Sie werden schon dahintergekommen sein, daß bei jedem »Nein« der Fragesteller wechselte. Nun war also wieder der 1. Beisitzer dran.
»Ich kann also ausschließen«, fragte er, »daß Sie Falschmünzer sind?«
»Ja«, sagte Herr Woditschka mit gutem Gewissen.
»Kommen die Leute, die sich für Ihre Arbeit interessieren, zu Ihnen?«
»Nein!« Herr Woditschka schüttelte den Kopf.
Der Untersuchungsrichter gab wieder eine Münze in das Sparschwein, das bereits einen beträchtlichen Bauch hatte, und schlug die Ziffer 5 um.
»Es ist also so«, meinte die nunmehr wieder drankommende 1. Beisitzerin, »daß Sie Ihre Interessenten aufsuchen?«
Woditschka zögerte.
»Darauf müßte man ›ja‹ und ›nein‹ sagen«, meinte der Untersuchungsrichter.
Die 1. Beisitzerin ließ nicht locker.
»Habe ich recht in der Annahme, daß Sie sich mit Ihren Kunden irgendwo außerhalb treffen?«
»Ja.«
»Kennen die Kunden diesen Treffpunkt?«
»Nein!«
Wieder eine Münze, die Zahl 6 wird umgeschlagen. »Es ist also so«,

versucht es nun der 2. Beisitzer, »daß die Kunden zufällig dorthin kommen, wo Sie sind?«
»Ja«, meinte Herr Woditschka.
»Sind Sie ein Wegelagerer?« fragte der 2. Beisitzer schnell, in der Meinung, er könne Woditschka umlegen.
Woditschka grinste. »Nein!« sagte er treuherzig. Münze in das Schwein – Ziffer 7 verabschiedete sich. Die 2. Beisitzerin setzte sich in Positur.
»Gehen die Kunden, die sich mit Ihnen getroffen haben, befriedigt fort?« fragte sie.
»Nein«, sagte Woditschka.
Münze in das Schwein – Ziffer 8 sagt adieu!
»Gehen Sie befriedigt fort?« fährt der 1. Beisitzer wieder los.
»Ja! « freut sich Woditschka und lacht in die Kamera, die groß auf ihn gerichtet wird.
Der 1. Beisitzer überlegt.
»Die Leute verlassen also den Platz nicht, an dem sie Sie getroffen haben. Verkaufen Sie Wohnungen?«
»Nein!« lacht Woditschka wieder. Die Kamera fährt zurück, der Untersuchungsrichter gibt eine Münze in das Schwein und schlägt Ziffer 9 um.
Die 1. Beisitzerin paßt, das Wort geht an den 2. Beisitzer über.
»Darf ich annehmen, daß Sie zur Ausübung Ihres Berufes ein Werkzeug benötigen?« fragt er.
„Ja«, sagt Woditschka, plötzlich gespannt. Nun geht es Schlag auf Schlag.
»Ist es ein schweres Werkzeug?«
»Ja.«
»Ist es aus Holz und Eisen?«
»Ja.«
»Könnte ich ein solches Werkzeug in meiner Wohnung haben?«
»Ja.«

»Ist es eine Axt?«
»Ja!« freut sich Woditschka.
Auch der 2. Beisitzer ist sichtlich erfreut: »Sie sind ein Mörder!«
»Ja!« ruft Woditschka glücklich.
Die Beisitzer umarmen ihren Kollegen, als hätte er eben ein Tor geschossen.
Auch der Untersuchungsrichter ist befriedigt. »So nah seid ihr schon dran gewesen!« lobt er sein Team. Dann wendet er sich an Woditschka: »Wollen Sie uns, bitte, noch erklären, was die Bewegung bedeutet, die Sie anfangs gemacht haben?«
Woditschka hebt beide Arme. »Das Zuschlagen!«
»Aha! Danke, Herr Woditschka, hier haben Sie Ihr Sparschwein mit neunzig Schilling – und auf Wiedersehen bei der Verhandlung!«
»Auf Wiedersehen!« Er verbeugt sich linkisch und verläßt den Saal.
Der Untersuchungsrichter wendet sich dem Eingang zu:
»Der nächste Gast, bitte!«
Heute habe ich es in der Zeitung gelesen: Wir bekommen eine neue Strafanstalt, in der man alles finden wird, was der zivilisierte Mensch benötigt. Swimmingpools, Badezimmer, Fernsehen, Fußball. Leider sind wir in Österreich. Man wird eine große Protektion brauchen, um da hineinzukommen.

Je mehr man lernt, desto mehr weiß man, je mehr man weiß, desto mehr vergißt man, je mehr man vergißt, desto weniger weiß man – also wozu lernen? (Ladi Goldmann)

O selig, o selig …

In einem gewissen Alter gibt es zwei Klassen von Menschen, die nicht zur Schule gehen wollen: die Lehrer und die Schüler …
Es war am Tag der Zeugnisverteilung. Mein Neffe Ladi, damals 7,

stand plötzlich an der Tür meines Arbeitszimmers und blickte mich an.

Ich kannte diesen Blick.

»Was gibt's, Ladi?« fragte ich deshalb in einem Ton, der ihm von vornherein klarmachen sollte, daß er von mir nichts zu hoffen hatte.

»Ich habe zwei Nachrichten für dich«, begann Ladi zögernd. »Eine gute und eine schlechte. Die gute ist: Ich habe ein prima Zeugnis bekommen ...«

»Und die schlechte?« fragte ich.

»Die schlechte ist, daß es nicht wahr ist. Ich habe eine Drei in Betragen. Bitte Onkel, sprich mit meinem Papa.«

»Erst erzähle mir, was du angestellt hast.«

»Nichts habe ich angestellt. Ich habe nur gesagt: ›Ja, Herr Lehrer.‹«

»Und deshalb hat man dir eine Drei in Betragen gegeben?« fragte ich ungläubig.

»Ja.«

Ich glaubte ihm nicht – und mit Recht. Er hatte, wie ich bald erfuhr, nicht nur nichts, er hatte ziemlich viel angestellt. Schuld dran war ich. Ich hatte ihn vor einiger Zeit ins Burgtheater zu Nestroys »Schlimmen Buben in der Schule« mitgenommen. Das Lachen des Publikums über die Antworten, welche die frechen Schüler ihrem Lehrer gaben, hatte ihm imponiert, und nun wollte er es ihnen gleichtun. Er wollte sein Publikum – seine Mitschüler – lachen machen. Begonnen hatte es am frühen Morgen. Ladi war wieder einmal zu spät zur Schule gekommen.

»Eigenartig!« fand Herr Böckmann, sein Lehrer. »Der Wurlitschek wohnt eine halbe Stunde von der Schule entfernt und kommt immer rechtzeitig – und du wohnst der Schule gegenüber und kommst täglich zu spät.«

»Das kann ich Ihnen erklären«, sagte Ladi. »Wenn der Wurlitschek zu spät aufsteht, kann er laufen – wenn ich zu spät aufstehe, bin ich schon da.« Die Schüler lachten.

»Setz dich!« befahl Herr Böckmann. Er war ungehalten. »Wir haben eben über den Begriff ›Freizeit‹ gesprochen. Goldmann!« Ladi stand auf. »Wenn dein Vater den ganzen Tag gearbeitet hat, was macht er am Abend?«

»Das möchte die Mama auch gern wissen!« sagte Ladi. Die Schüler brüllten.

»Unerhört!« schrie Herr Böckmann und machte einen Punkt in seinen Katalog. »Setz dich!« Er war bereits sehr ungehalten. »Lechner!« fuhr er fort. »Wir werden rechnen.« Lechner, ein vierschrötiger, nicht sehr intelligenter Junge, erhob sich.

»Wenn vier Fliegen auf einem Tisch sitzen«, fragte Herr Böckmann, »und ich schlage eine tot – wie viele bleiben übrig?«

»Wenn vier Fliegen auf einem Tisch sitzen«, überlegte Lechner. Er wußte es nicht.

»Weiner!« rief Herr Böckmann.

»Wenn vier Fliegen auf einem Tisch sitzen ...« Auch Weiner wußte es nicht.

»Dann du, Goldmann! Wenn vier Fliegen auf einem Tisch sitzen und ich schlage eine tot – wie viele bleiben übrig?«

»Nur die tote«, antwortete Ladi. Die Schüler johlten.

Herr Böckmann lief rot an. Er machte einen zweiten Punkt in seinen Katalog. Lausbub, knirschte er dabei zwischen den Zähnen, weil er das Wort nach dem neuen Schulgesetz nicht laut sagen durfte. Lausbub, Lausbub, Lausbub! Er fühlte sich erleichtert.

»Kropatsch!« rief er. »Eine andere Frage. Wir sehen zwei Ochsen. Wie kann man den Begriff ›zwei Ochsen‹ auch anders ausdrücken?« Er wartete. »Durch die Worte –«

»Durch die Worte ›ein Paar‹!« fiel es Kropatsch rechtzeitig ein.

»Sehr gut! Wie heißt es nun, wenn viele Ochsen beisammen sind? Leitner, du weißt es sicher!«

»Wenn viele Ochsen beisammen sind«, entgegnete der Vorzugsschüler Leitner, »dann heißt es eine Herde.«

»Brav! Goldmann, du hast wieder nicht aufgepaßt! Wie heißt es, wenn viele Ochsen beisammen sind?«
»Wenn viele Ochsen beisammen sind, heißt es eine Behörde.«
Die Schüler schrien vor Vergnügen. Herr Böckmann machte den dritten Punkt in seinen Katalog. »Nun werden wir sehen, was ihr in Deutsch könnt«, sage er. »Huber! Was habe ich dir und deinen Mitschülern für eine Hausaufgabe gegeben?«
Huber sprang auf. »Der Herr Lehrer hat mich und meinen Mitschülern ...«
»Falsch!« unterbrach ihn Böckmann. »Du kannst nicht deklinieren. Wenn ich sage, Goldmann, ich habe mir in den Ferien nicht unterhalten – was habe ich da für einen Fehler gemacht?«
»Da haben Sie den Fehler gemacht, daß Sie sich keine Freundin mitgenommen haben«, entgegnete Ladi. Die Schüler kreischten vor Freude.
»Das ist doch zu bunt!« schrie Böckmann, innerlich aber rang er die Hände und knirschte: Schurke, Lump, Bösewicht! Er machte den vierten Punkt in seinen Katalog.
»Bleib stehen!« befahl er Ladi. »Das Thema unserer Hausaufgabe hieß: Die Ferien. Lies uns vor, was du geschrieben hast.«
Ladi nahm sein Heft und las: »Die Ferien. Heuer im Sommer waren wir auf dem Lande. Daselbst gab es gleich am ersten Tag eine Feuersbrunst. Feuersbrünste werden manchmal durch Kinder verursacht. Diese entstehen meistens aus Leichtsinn, Unvorsichtigkeit oder Spielerei.« – Die Schüler tobten.
»Setz dich!« tobte auch Herr Böckmann. »Sag deinem Vater, daß ich mit dir nicht zufrieden bin!«
»Herr Lehrer«, entgegnete Ladi ruhig. »Wer ist heute schon zufrieden?«
Die Schüler bogen sich vor Lachen. Herr Böckmann machte den fünften Punkt in seinen Katalog. »Nun reden wir frei – ohne Buch, ohne Heft. Goldmann, erzähle, was du am Sonntag gemacht hast.«

Ladi stand auf. »Am Sonntag war der Huber bei mir, und wir haben ein Spiel gespielt. Wir haben jeder einen Schilling eingesetzt und haben gesagt, wer von der ganzen Klasse heute die größte Lüge sagt, hat gewonnen.«

»Schämt ihr euch nicht?« brüllte Herr Böckmann. »Ich bin so alt geworden und habe noch nie gelogen!«

Da ging Ladi nach vorne und sagte: »Da haben Sie die zwei Schilling.« Die Schüler gerieten in einen Freudentaumel.

»Ruhe!« schrie Herr Böckmann. »Ihr Lumpen! Ihr Spitzbuben! Ihr Halunken!« Er vergaß auf das neue Schulgesetz. »Glaubt ihr, daß ich euer Trottel bin?«

»Ja, Herr Lehrer!« sagte Ladi. Das war das »Ja, Herr Lehrer«, das er mir eingestanden hatte, und das, zusammen mit den fünf Punkten im Katalog, genügte für die Drei in Betragen. Ich begleitete Ladi wie ein Abgesandter der UNO zu seinem Vater, um den Frieden im Hause Goldmann aufrechtzuerhalten.

Goldmann ließ sich auf keine Verhandlungen ein. Er gab seinem Sohn eine Ohrfeige und übernahm der Welt gegenüber dafür die Verantwortung. Dann schickte er ihn auf sein Zimmer. »Dort bleibst du bis morgen früh!« schrie er. »Dann werden wir weitersehen!«

Ladi verschwand. Während ich im Salon weiterhin versuchte, Goldmann zu Friedensgesprächen zu bewegen und mir sogar seine Frau Hermine als UNO-Truppe zur Unterstützung holte, zog Ladi auf seinem Zimmer aus einem Versteck eine Zigarette hervor, setzte sich zum offenen Fenster und rauchte. Vor seinem Vater war er sicher – den würde er erst am nächsten Morgen wieder sehen.

Inzwischen war es Hermine und mir gelungen, Goldmann umzustimmen. Er war sogar bereit, zu Ladi hinaufzugehen und ihm zu verzeihen. Zu dritt betraten wir sein Zimmer. Ladi hatte uns nicht erwartet, und so gelang es ihm nicht mehr, die Zigarette zu verstecken.

Goldmann traute seinen Augen nicht. »Du rauchst, du Lausbub?«

rief er wütend. »Weißt du nicht, daß Kinder, die rauchen, nicht wachsen? Was willst du denn werden, wenn du älter bist?«
»Liliputaner«, meinte Ladi ruhig. »Da gehe ich zum Zirkus und verdiene viel Geld.«
»Du bist und bleibst ein Nagel zu meinem Sarg!« rief Goldmann aufgeregt. »Zur Strafe bekommst du jetzt auch nichts zu essen, damit du bedauerst und bereust, was du getan hast!« Ladis Mutter weinte, als wir zu dritt die Treppe hinuntergingen.
»Der Bub wird verhungern!« klagte sie. Aber Ladi verhungerte nicht. Im Gegenteil. Er war seinem Vater für den Entzug des Essens dankbar.
Nicht weil er bedauerte, nicht – weil er bereute, sondern weil ihm schlecht war von der Zigarette.
Wir saßen noch beisammen.
»Du bist zu streng mit dem Kind!« jammerte Hermine. Goldmann schüttelte den Kopf. »Der Bub muß lernen, daß das Rauchen ungesund ist«, sagte er und steckte sich eine dicke Zigarre an.

Warum so viele Menschen neugierig sind? Weil zur Befriedigung der Neugier nicht viel gehört. Oft genügt schon ein Schlüsselloch.

Wer sind die Drei?

In einem gewissen Alter liebt man stille Bars mit leiser Musik. Klavier, eventuell Violine – aber kein Jazz oder Musikbox.
Meine Frau, Biggy und ich gingen nach dem Theater – wir spielten in den Wiener Kammerspielen – in die »Fair Lady-Bar«. Biggy ist eine reizende junge Kollegin – die »Fair Lady-Bar« ein entzückendes Nachtlokal. Ich war begeistert, als ich es sah. Oft ist ja eine solche Lokalität nichts weiter als ein Aschenbecher mit Musik. Junge

Menschen machen zu wilden Klängen ekstatische Zuckungen, Jünglinge finden ihre Partnerinnen fürs Leben bei einem Licht, bei dem ich nicht einmal eine neue Hose kaufen würde. Nicht so die »Fair Lady-Bar«. Der Besitzer legt Wert auf Atmosphäre. Auf gepflegte Atmosphäre. In einem in dunklem Rot tapezierten Raum sitzt man in gemütlichen Logen, an den Wänden hängen Bilder: Manet, Monet, Renoir – natürlich Kopien. Ein Pianist spielt leise und angenehm alte Schlager, Opern und Operetten – endlich ein Platz, an dem man in Ruhe plaudern und sich unterhalten kann. Ein Platz, an dem man sich nicht schreiend verständigen muß, wenn man sich etwas zu sagen hat, ein Platz zum Flirten, ein Platz, wie sich ihn die Menschen in dieser Stadt schon lange wünschen.
Wünschen sich die Menschen in dieser Stadt wirklich einen solchen Platz? Anscheinend nicht. Außer uns dreien war niemand da. Wir nahmen eine Flasche Wein und wollten eben gehen, da traten drei Leute ein und setzten sich an einen Tisch uns gegenüber.
Es handelte sich um ein junges Paar und einen älteren Herrn.
»Eine Seltenheit«, meinte Biggy, »daß heutzutage Vater, Mutter und Sohn zusammen in eine Bar gehen.«
Biggy sieht schlecht.
»Das sind doch nicht Vater, Mutter und Sohn«, sagte meine Frau. »Das sind zwei junge Leute und ein älterer Herr. Die jungen Leute sind bestimmt ein Ehepaar, und der alte Herr ist sein oder ihr Vater.«
»Oder Schwiegervater«, warf ich ein.
»Was dasselbe wäre«, meinte meine Frau pikiert. »Ist er ihr Vater, ist er sein Schwiegervater – ist er sein Vater, ist er ihr Schwiegervater.« Sie hatte recht.
»Ich glaube eher«, sagte Biggy, »daß die Dame die zweite Frau des älteren Herrn ist und der junge Mann sein Sohn aus erster Ehe.«
»Ausgeschlossen«, sagte ich. »Meiner Meinung nach sind die Jungen ein Ehepaar, und der Alte ist der Freund der Frau, der die beiden finanziell unterstützt.«

»Du denkst schon wieder schmutzig«, meinte meine Gesponsin. »Der Alte ist sicher nicht der Freund der Frau.«
»Dann ist er der Freund des Mannes.«
»Pfui!« sagte Biggy. Dabei hatte ich es gar nicht so gemeint. Die junge Frau und der alte Mann erhoben sich und tanzten miteinander. Der Kellner, ein gut aussehender junger Mann, näherte sich dem andern jungen Mann. Sie flüsterten miteinander.
»Der junge Mann ist der Freund des Kellners«, stellte ich fest.
»Pfui!« sagte Biggy wieder. Dabei hatte ich es wieder nicht so gemeint.
Der Tanz war zu Ende, die beiden gingen an ihren Tisch zurück. Die Frau und der junge Mann wechselten einen Blick.
»Ich hab's«, sagte ich.
»Was?« fragten meine beiden Damen.
»Die jungen sind ein Ehepaar, das mit dem Kellner zusammenarbeitet. Sie machen sich an reiche alte Herren heran – auf Bahnhöfen oder sonstwo – und bringen sie hierher.«
»Um sie hier auszunehmen?« fragte Biggy gespannt. »Das auch«, setzte ich fort. »Sie warten, bis er bezahlt, werfen einen unauffälligen Blick in seine Brieftasche – und dann …«
Ich ließ den Satz unvollendet im Raum stehen. »Und dann?« fragte Biggy zitternd.
»Dann führen sie ihn zu sich nach Hause, betäuben ihn und bringen ihn um.«
»Nein!« Biggy erbleichte.
Meine Frau stand auf. »Wir müssen ihn warnen!«
»Das können wir nicht«, sagte ich. »Wir haben keine Beweise.«
»Dann gehen wir. Ich kann den Bedauernswerten nicht mehr sehen.« Wir gingen.
Am nächsten Morgen nahm ich die Zeitung zur Hand und las die Schlagzeile: »Reicher Geschäftsmann von jungem Gaunerpaar ermordet.«

Drunter waren die Fotos. Es waren drei andere. Nichts auf Erden ist so interessant wie unsere eigenen Probleme – ausgenommen die der andern.

Herr Bei

Wien, 1926

Die Vorbereitung der ersten Femina-Revue brachte uns einige Enttäuschungen. Die Aufstockung der Golden-Girls von sechs auf acht brachte keine Probleme, ebenso wenig das Engagement der Beauties, wenngleich diese nicht so schön waren, wie Gyimes sie sich vorgestellt hatte, aber Wien ist eben nicht Hollywood. Die Kostüme waren weit kostspieliger als angenommen, aber die größten Schwierigkeiten hatten wir mit den Schauspielern, von denen keiner in der »Femina«, die sie noch als Tanzlokal sahen, auftreten wollte. Wir mußten also die zweite Garnitur nehmen, die aber immerhin noch besser war als die, die bisher in der »Femina« gespielt hatte.
Mit Gyimes stand ich auf gutem Fuß. Er erwies sich bald als Mann mit Geschmack, besonders was Frauen und Kostüme betraf. Er hatte einen ausgesprochenen Sinn für alles Schöne. So mißfielen ihm auf der Hauptprobe die Kostüme des zweiten Finales. Es waren ungefähr zwanzig Kleider, die er in seiner Wut zerriß. Gerdago mußte neue Kostüme entwerfen, die Kostümfirma, es war das berühmte Atelier Ella Bei (der Sohn wurde Doktor der Theaterwissenschaft und ist heute Ausstattungschef der Staatstheater), mußte neue Kostüme anfertigen, und das innerhalb von zwei Tagen. Während bei der Premiere bereits der erste Teil der Revue lief, wurden in der Bar noch die Kostüme für den zweiten Teil genäht.

Herr Bei, der Firmenchef, fiel von einer Aufregung in die andere. Lustiges Detail am Rande: wir spielten eine Wilhelm Tell-Parodie, die Mädchen hatten im Takt zu rufen: »Herbei! Herbei!«, worauf Herr Bei in den Saal stürzte und rief: »Was is denn schon wieder?« Die Zuschauer wunderten sich nicht. Sie dachten, es wird sich schon herausstellen, warum der Mann da in den Saal gekommen war und sich unter dem Gelächter aller, die sich auf der Bühne befanden, wieder verlegen zurückzog, aber es stellte sich nicht heraus und war bald wieder vergessen. Trotz dieser kleinen Zwischenfälle wurde die Revue ein großer Erfolg.

Geben ist seliger denn Nehmen – aber nicht, wenn man seekrank ist.
Das erfuhren wir bei unserem

Cabaret auf hoher See

Meine Frau und ich machten eine Kreuzfahrt von Bremen zum Nordkap und wieder zurück. Eine Reise, die sich nur wenige Menschen leisten können. Wir konnten sie uns nicht leisten. Wieso dann doch, werden Sie mich fragen. Wir wurden angeheuert, was in der Seemannssprache soviel wie »engagiert« heißt. Wir sollten die Oberen Zehntausend, von denen ein paar Hundert auf dem Schiff waren, durch die Veranstaltung von zwei Cabaretabenden unterhalten. Der Theatersaal war intim, das Publikum erstklassig, das Wetter herrlich. Die ersten vier Tage. Am fünften Tag war unsere erste Vorstellung. Die Passagiere kannten uns bereits, sie lächelten uns zu, als wollten sie sagen »Auf heute abend!« – es war nett, wir freuten uns direkt darauf.

Am Nachmittag kam eine leichte Brise auf, eine direkte Erholung nach der bisherigen Windstille. Um 19 Uhr war das Abendessen, um 20 Uhr begann das Schiff zu schaukeln – nicht nennenswert, aber immerhin –, und um 21 Uhr begann unser Abend. Der Saal war ebenso voll wie die Mägen unserer Zuschauer. Der Vorhang ging auf, wir kamen auf die Bühne, Applaus. Im selben Moment erhob sich ein Sturm, wie ihn – wie ich später hörte – nicht einmal Sindbad, der Seefahrer erlebt haben soll. Einige Leute verließen fluchtartig den Saal – meine Frau hielt sich tapfer.

»Text und Musik aller meiner Lieder sind von Hugo Wiener«, sagte sie mit einer anmutigen Handbewegung nach rechts, wo gewöhnlich das Klavier steht. Ich betonte: gewöhnlich. Es war, während ihrer Ansage, samt Hocker und mir nach links gefahren. Die Leute lachten. Meine Frau zeigte schnell nach links, ich stand auf, um mich zu verbeugen, wollte mich wieder setzen, aber Hocker und Klavier hatten die Rückfahrt angetreten, und ich saß am Boden. Wieder lachten die Leute, aber nicht mehr so herzlich. Das Schiff war eben von den Wellen hochgehoben und wieder niedergesetzt worden. Vier bleiche Menschen, die Taschentücher vor den Mund gepreßt, stürzten davon. Meine Frau gab nicht auf. Sie durfte nicht aufgeben. Laut Vertrag hatten wir zu arbeiten, solange sich ein Zuschauer im Saal befand. Das war ja der Zweck dieser Abende. Deshalb nahm man uns ja mit. Die Passagiere sollten über Situationen wie jener, in der wir uns eben befanden, mit Humor hinweggebracht werden. Meine Frau begann. Ihr erstes Chanson war der Text einer Speisenkarte, mit Musik der Ouvertüre von Rossinis »Barbier von Sevilla«. Wir hatten es uns so lustig vorgestellt, gerade auf einem Schiff, auf dem so viel gegessen wird, eine gesungene Speisenkarte zu bringen. Es war gar nicht lustig. Kaum hatte meine Frau von Zwiebelsuppe und Hummermajonäse gesungen, verließen uns mindestens dreißig Zuschauer. Wenn doch wenigstens alle gehen würden, betete ich. Lieber Gott, mach, daß alle – umsonst. Cremeschnitten und Salzburger Nockerln erledigten zwar noch ungefähr zehn, aber das war zu wenig. Es saßen immerhin mindestens noch fünfzig Menschen im Saal, die es einfach nicht wagten, aufzustehen, aus Furcht, es könnte ihnen dann noch schlechter werden. Nur vorn, in der ersten Reihe, saß ein Mann, dem die Seekrankheit anscheinend nichts anhaben konnte. Er saß da, unterhielt sich und applaudierte.

Meine Frau war bereits gelber als ein gelbsüchtiger Chinese. Sie taumelte auf der Bühne herum, wollte auf mich zeigen, aber wo war ich! Zuerst war ich im Kreis um sie herumgefahren, dann fuhr ich zum Seitenvorhang hinaus, Matrosen brachten Klavier, Hocker und mich wieder auf die Bühne zurück, das Klavier machte sich selbständig, fuhr wieder davon, ließ mich mit dem Hocker allein, ein Windstoß schleuderte mich gnädigerweise gegen das Instrument, ich fuhr es zurück, wobei meine Frau vor den Kühler kam und noch rechtzeitig zurückspringen konnte. »Kannst du nicht aufpassen?« schrien wir beide gleichzeitig und tippten auf unsere Schläfen. »Idiot!«

Meine Frau bemühte sich, das nächste Chanson anzusagen: »Wie man eine Torte macht!« Die Leute hörten das Wort »Torte« und flüchteten in Scharen. Ein Steward, der eben hereinkam und ausrief: »An der Reling sind noch einige Plätze frei!« wurde glatt umgerannt. Nur der Mann in der ersten Reihe blieb sitzen. Ich verfluchte ihn. Möge ihn die Seekrankheit packen und nie mehr loslassen! Jawohl, du Verbrecher, dich meine ich! Du, deine Kinder und deine Kindeskinder – ewig sollt ihr seekrank sein! Er wurde noch bleicher, aber er ging nicht. Meine Frau versuchte es mit allen Mitteln. Sie sang das »Lied vom verdorbenen Magen«, den »Song von der Hochschaubahn« sowie eine Parodie auf den Film »Das große Fressen«.

»Gib auf!« raunte ich ihr zu, während ich an ihr vorüberfuhr. Sie weigerte sich. Der Sturm, der sich zu einem Orkan ausgewachsen hatte, hob sie auf das Klavier. Jetzt konnte uns nichts mehr trennen – wir fuhren zusammen, aber er harrte aus. Auf dem Klavier sitzend,

sang meine Frau ein Lied, das ich noch nie gehört hatte. Sie machte in dieser Minute den Text, ich komponierte die Musik dazu. Es ging: »Geh, geh, geh, es ruft dich die See!« Er ging nicht. Wir mußten ihm unser ganzes Programm vorsingen. Endlich waren wir fertig. Wir wankten zum Deck hinauf und stellten uns an die Reling, wo eben zwei Plätze freigeworden waren.
Am nächsten Tag – eitel Sonnenschein.

Natürlich begegneten wir dem Mann aus der ersten Reihe. »Mensch«, sagte er, »war mir gestern schlecht! Ich hätte Sie so gern gebeten, aufzuhören, aber ich traute mich nicht.«
»Warum trauten Sie sich nicht?« fragte ich erstaunt. »Weil ich von der Besatzung bin. Ich bin der Mann, der dafür zu sorgen hat, daß nach Schluß der Vorstellung die Saaltüren geschlossen werden.«

Der Mensch soll sich nicht ärgern. Wozu auch? Die Lebenshaltung wird teurer – Sie ärgern sich –, die Lebenshaltung wird trotzdem teurer. Die Frau Ihres besten Freundes geht durch – Sie ärgern sich –, die Ihre bleibt trotzdem da.
Und nur ja keinen Ärger hinunterschlucken. Das macht krank, bringt Gelbsucht und Magengeschwüre. Reden Sie sich frei. Spülen Sie Ihren Ärger von der Seele. Sollten Sie nicht wissen, was ich meine, lesen Sie:

Von der Seele gesprochen

Man soll keine Illustrierten lesen. Man soll sie lesen, aber nicht ernst nehmen. Man soll sie ernst nehmen, aber nicht versuchen, etwas von dem Gelesenen auszuprobieren. Ich habe gegen diese drei Regeln verstoßen. Ich habe eine Illustrierte gelesen, ich habe sie ernst genommen, und ich habe etwas von dem Gelesenen ausprobiert. Da stand: »In Japan, in der Stadt Mitsuhito, gibt es einen sonderbaren Neujahrsbrauch. In der Silvesternacht versammeln sich Familie, Freunde und Verwandte in einem Zimmer, stopfen sich die Ohren zu und sagen – durcheinanderredend – alles, was sie im Laufe des vergangenen Jahres an den andern geärgert hat. Ist es vorüber, ist man wieder gut Freund.«

Ich erzählte davon bei Ladis Geburtstagsfeier – er wurde damals zwölf –, und, ich weiß nicht wie es kam, plötzlich war es eine beschlossene Sache, den japanischen Neujahrsbrauch bei unserer Silvesterparty zu praktizieren. Geladen waren: Dr. Robinson, Mela Robinson, Dr. Wronsky, Vera Wronsky, Walter Goldmann, Hermine Goldmann und beider Sohn Ladi.

Man soll nicht neugierig sein, man soll niemanden hereinlegen wollen, und man soll nicht zu wissen begehren, was andere in einem Fall wie dem oben geschilderten sagen werden. Ich war neugierig, ich wollte die andern hereinlegen, und ich begehrte zu wissen, was sie in einem Fall wie dem oben geschilderten, sagen werden. Ich versteckte Tonbandgeräte. Hinter Blumen, hinter Büchern, hinter allen Gegenständen, hinter welchen man Tonbandgeräte verstecken kann. Die Gäste trafen ein. Wir scherzten noch über unser Vorhaben, dann gingen wir in das für unseren Zweck bestimmte Zimmer. Meine Frau verteilte Ohropax, man steckte sich die Kügelchen in die Ohren, ich prüfte, ob sie fest genug drinnen waren – es konnte beginnen. Von den Tonbändern hatte niemand eine Ahnung – nicht einmal meine Frau. Die Anwesenden sprachen zuerst vor sich hin, dann wurden sie immer wütender, sie drohten mit den Fäusten, sie rissen sich bei den Haaren, Goldmann warf seiner Frau zornige Blicke zu, Robinson knirschte mit den Zähnen, Wronsky sah fuchtig auf mich, Vera war gereizt, Mela empört, Hermine zischte wie eine Schlange, Ladi schien zu fluchen, meine Frau war furios. Ich tat, als ob ich mitmachen würde.

Am nächsten Morgen nahm ich mir die Tonbänder vor. Ich war neugierig, was meine Freunde sich von der Seele geredet hatten. Ich

konnte das mit ruhigem Gewissen tun – ich hatte im Laufe des Jahres keinem von ihnen auch nur den kleinsten Anlaß zum Ärgern gegeben.
Das 1. Tonband – Dr. Robinson: »Ich halte das für den größten Blödsinn! Seit dem Frühstück habe ich nichts zu mir genommen – anstatt gleich zu Tisch zu gehen, soll ich mir vorher den Ärger von der Seele reden! In zehn Minuten den Ärger eines ganzen Jahres! Wozu? Morgen früh ärgere ich mich ja doch wieder! Es fängt schon an, wenn meine Frau mit dem Frühstück kommt und sagt: ›Das ist das Kaffeedschi!‹ Seit 19 Jahren sagt sie: ›Das ist das Kaffeedschi!‹ Wenn sie nur ein einziges Mal sagen würde: ›Da ist der Kaffee!‹ Nein – immer ›das Kaffeedschi!‹ Ich weiß, daß es da ist! Ich sehe es, ich rieche es, ich hasse es! Wie gern möchte ich sie betrügen, aber mit wem? Meine Sekretärinnen werden von ihr ausgesucht, und sie schauen danach aus! Und diese Schwiegermutter, die mir immer erzählt, daß sie Schauspielerin war und daß sie der Feind bei einem Fronttheaterauftritt gefangengenommen hat! Das muß Napoleon gewesen sein! Und diese Klienten! Dieser Bamberger! Sagt mir frech ins Gesicht, er weiß nicht, wozu er zu einem so teuren Anwalt geht, wie ich einer bin! Es gibt hunderte Bücher über Gesetze, da hätte er dasselbe lesen können, was ich ihm gesagt habe! Das stimmt, Herr Bamberger, aber ich weiß die Seite, auf der es steht! Und dieses Finanzamt! Wenn das so weitergeht, wird man bald wie ein Pferd arbeiten müssen, um wie ein Hund leben zu können! Und diese Wieners mit ihren ewigen Einladungen! So schön könnte ich jetzt beim Fernsehen sitzen! Zwei Folgen von dem Durbridge-Krimi habe ich gesehen – heute ist der Schluß, und ich werde nie erfahren, wer der Mörder ist! Und warum das alles? Damit ich hier ein hartes Steak zu essen bekomme, genauso zubereitet, wie ich es nicht mag! Oh, wie ich dieses Paar nicht leiden kann! Sie mit ihrer ewigen Politik – und er mit seinen dummen Witzen! Am liebsten würde ich ihm sagen …« Ich schaltete ab. Ich hätte nie gedacht, daß

Robinson so schlecht von mir sprechen könnte. Ich nahm das zweite Tonband zur Hand.

2. Tonband – Mela Robinson: »Meinen Ärger soll ich mir von der Seele reden? Dazu würde ich Jahre brauchen! Am Morgen beginnt es. Da komme ich mit dem Frühstück und sage: ›Da ist das Kaffeedschi!‹ Seit 19 Jahren sage ich: ›Da ist das Kaffeedschi!‹ Ein einziges Mal möchte ich sagen: ›Da ist der Kaffee!‹ – nein, ich sage immer wieder: ›Da ist das Kaffeedschi‹. Ich weiß, es freut ihn, und so opfere ich mich. Und was ist der Dank? Wie behandelt er mich? Wenn ich ihn frage: ›Was gibt es noch auf der Welt außer unserer Liebe?‹ – sagt er: ›Nichts, aber was gibt es heute zum Abendessen?‹! Am liebsten ist mir der Februar. Da sehe ich ihn um drei Tage weniger. Neulich bei Wimmers, als die Herren sich zurückgezogen hatten, kam ich gerade dazu, als sie über ihre Frauen sprachen. ›Meine Frau‹, sagte der junge Dr. Pommer, ›sieht aus wie ein Filmstar. Raquel Welch!‹ ›Meine Frau‹, sagte mein Mann, ›sieht ebenfalls wie ein Filmstar aus. Woody Allen!‹ Alle lachten, und er weiß bis heute noch nicht, daß ich es gehört habe. Aber ich habe meine Revanche! Ich betrüge ihn! Ja, mein Lieber, jetzt wo du die Ohren zugestopft hast, kann ich es dir ja sagen: Ich habe einen Freund! Ich – Woody Allen? Und weißt du wen? Bobby Singer! Bobby, Süßer, du wolltest mich heute anrufen, während mein Scheusal beim Fernsehen sitzt – und jetzt muß ich hier bei den Wieners sein und kann nur an dich denken! Warum bin ich hier? Warum muß ich hier sein? Nur um ein Steak zu essen, das ich zu Hause besser gehabt hätte, um mich von ihrer ewigen Politik langweilen zu lassen und von seinen dummen Witzen! Besonders er ...« Ich schaltete aus. Also sie auch!

3. Tonband – Dr. Wronsky: »Was soll ich mir von der Seele reden? Ich habe keinen Ärger! Ich bin ein zufriedener Mensch, verdammt noch einmal! D. h., Ärger hat jeder Mensch – oder soll ich als Dentist mich freuen, wenn Patienten mich mit Zähnen anlachen, die sie noch nicht bezahlt haben? Überhaupt dieser Beruf! Warum bin ich

nicht Gynäkologe geworden, wie ich es wollte? Da hätte ich mit schönen Frauen zu tun gehabt, anstatt mit faulen Zähnen! Und ich sehne mich nach schönen Frauen! Birgit, meine neue Sprechstundenhilfe – die wäre was für mich! Sie ist ein Wunder an Schönheit! Robinson meint, daß das ein Blödsinn ist. Ein Wunder ist etwas, das man wohl sehen, aber nicht angreifen kann. Das ist ja bei Birgit der Fall. Leider! Aber was weiß Robinson. Ich habe bald genug von ihm! Setzt sich in meinen Stuhl, läßt sich von mir behandeln, fragt nicht nach dem Honorar und bleibt es schuldig! Und mit diesem Menschen muß ich meinen Urlaub verbringen! Nur weil unsere Frauen miteinander befreundet sind. Dabei sind sie gar nicht mehr so miteinander befreundet, seit sie beide auf Bobby Singer fliegen. Ich glaube, er hat sich für Mela Robinson entschieden. Schade! Hätte er sich für meine Frau entschlossen, hätte ich einige freie Abende in der Woche gehabt und hätte Birgit überreden können, mit mir essen zu gehen. Wie schön wäre es gerade heute gewesen – Silvester! So muß ich diese nervtötende Party mitmachen! Diese Wieners …« Ich schaltete aus. Wronsky war also auch nicht unser Freund. Ich nahm das 4. Tonband zur Hand.

4. Tonband – Vera Wronsky: »Ja, ja, ich rede mir den Ärger von der Seele! Den Ärger, daß ich Mela nicht sagen kann, daß Bobby mich liebt und daß er nur auf den Moment wartet, um mit ihr Schluß zu machen! Und diese Birgit – diese Gans! Mein Mann bemüht sich um sie! Warum will sie nicht? Warum bleibt sie kalt wie ein Fisch? Ich sehe schon, ich werde mit ihr reden müssen, damit ich mehr Zeit für Bobby habe. Bobby, Süßer, du wolltest mich heute anrufen, während mein Ekel beim Fernsehen sitzt – jetzt bin ich hier bei den Wieners. Ich denke an dich! Bussi! Wenn der Abend schon zu Ende wäre! Nach dem Essen wird sie anfangen zu politisieren, und er wird dumme Witze machen! Sie geben doch diese Partys nur, um seine Witze zu testen. Wenn wir darüber lachen, verwendet er sie

auf der Bühne oder in seinen Büchern. Liebst du mich, Bobby? Sag ja! Wenn du mich nicht lieben würdest – ich würde es nicht aushalten hier unter diesen Menschen!« Ich schaltete aus. Die Enttäuschung wurde immer größer.
5. Tonband – Walter Goldmann: »Den Ärger soll ich mir von der Seele reden? Was habe ich davon, wenn es täglich neuen Ärger gibt? Allein im Geschäft! Diese Spesen! Das Heizöl ist so teuer, daß es billiger käme, wenn man sein Geld verbrennen würde! Und diese Börse! Ich möchte ein einziges Mal ein paar von den Aktien kaufen, die immer steigen, wenn man sie nicht hat! Morgen ist wieder ein Wechsel fällig! Gestern habe ich den Betrag noch gehabt, heute ist er weg! Das Geld geht so schnell von Hand zu Hand, daß die Bazillen drauf seekrank werden! Und diese Familie! Meine Frau hat sich eine Pelzkappe gekauft! Wenn einem das Wasser überm Kopf zusammengeht, braucht man keine Pelzkappe! Und das Auto! Gestern hat sie die Fahrprüfung gemacht – natürlich ist sie durchgefallen! Jetzt macht sie sie in 14 Tagen wieder! Zum Glück kann sie nicht denselben Prüfer bekommen – der muß drei Wochen im Spital bleiben! Und dieser Schwiegervater! An allem, was ich tue, hat er etwas auszusetzen. Ich habe ihm zwar das Haus verboten, aber er kommt, während ich im Geschäft bin. Ich weiß es, weil ich gesehen habe, daß jemand mein Foto auf der Kredenz angespuckt hat. Und dieser Ladi, dieser Lausbub! Auf der Straße muß er Fußball spielen und eine Schaufensterscheibe einschlagen! Wer wird sie bezahlen? Ich! Und in diesem Zustand, den Kopf voller Sorgen, muß ich noch zu den Wieners gehen! Was wird sein? Sie wird politisieren, und er wird alte Witze erzählen! Wenn ich so könnte, wie ich wollte, ich würde –.« Ich drehte ab. Daß Goldmann gegen uns ist, hätte ich nie gedacht.
6. Tonband – Hermine Goldmann, die wir immer »Die Stille« nennen: »Endlich kann ich meinen Ärger in die Welt hinausschreien! Mir könnt ihr alle den Buckel runterutschen, wie ihr da seid! Dr. Ro-

binson, der beste Freund meines Mannes, der gar nichts dagegen hätte, einmal mit mir zu schlafen! Auch Dr. Wronsky, der mir schon einige diesbezüglich Anträge gemacht hat! Alle, alle würden sie wollen – nur nicht mein Mann! Der denkt nur ans Geschäft! Für ihn ist die häßlichste Frau sexy, wenn sie fünf Meter Stoff bei ihm kauft! Und diese Mela! Bildet sich weiß Gott was ein, weil Bobby Singer ihr den Hof macht! Und Vera ebenfalls! Die dummen Gänse wissen nicht, daß er das bloß tut, um sein Verhältnis mit mir zu verschleiern! Bobby, Süßer, du wolltest mich heute anrufen, während mein Alter beim Fernsehen sitzt! Leider mußten wir zu den Wieners gehen! Nicht gerne, glaube mir! Ich vertrage weder ihre Gespräche über Politik noch seine abgestandenen Witze! Er glaubt, daß nur er ein gutes Gedächtnis hat! Diese Witze habe ich schon von meinem Vater gehört, der wenigstens vorausgeschickt hat, daß sie von unserem Großvater stammen. Das wird wieder ein langweiliger Abend werden! Am liebsten möchte ich –.« Ich drehte ab. Das waren also meine Freunde!

7. Tonband – Ladi: »Meine Eltern ärgern sich. Worüber? Wahrscheinlich über mich. Was werden sie erst morgen sagen, wenn ein Polizist kommen und ihnen erzählen wird, daß ich im Kino zu einem Mädchen frech geworden bin? Ich ärgere mich ja selbst! Schuld daran ist mein Schulkollege, der Gutmann! Warum hat er mir eingeredet, daß ich endlich einmal mit einem Mädchen ins Kino gehen muß? Ich habe die Lissy Papanek eingeladen, die zwei Jahre älter ist als ich. »Weißt du auch, was du zu tun hast?« hat mich der dumme Gutmann gefragt. »Natürlich«, habe ich geantwortet. »Zuerst kaufe ich ihr Zuckerl – dann, wenn es finster wird, lege ich meinen Arm um sie und gebe ihr einen Kuß.«

»Und wenn sie dich zurückstößt?« fragt der Gutmann.

»Dann nehme ich ihr die Zuckerl wieder weg«, sagte ich. Dazu ist es aber gar nicht gekommen. Die Lissy Papanek hat zu schreien angefangen, ist davongelaufen und hat sich von einem Polizisten nach Hause bringen lassen. Und morgen geht der Polizist zu meinen Eltern und in die Schule. Und ich muß hier sitzen, bei meinem Onkel und meiner Tante, die mir heute besonders auf die Nerven gehen. Immer haben sie gute Lehren für mich, aber was man mit einem Mädchen macht, das einem aus dem Kino davonläuft, das haben sie mir nicht gesagt. Wenn ich ihnen einmal so beibringen könnte, was ich denke –.« Ich drehte schnell ab. Ich wollte nicht wissen, was Ladi sich denkt.

Das war also am nächsten Morgen.

Am Abend vorher, nach dem Schlußpfiff, nahmen wir uns die Stöpsel aus den Ohren, gingen zu Tisch, alle lobten das Steak und beteuerten uns, wie glücklich sie wären, den Silvester bei uns verbringen zu dürfen. Ich hielt eine kurze Neujahrsansprache, die in einem Toast auf unsere treue, ewigwährende Freundschaft ausklang.

Und wir blieben auch gute Freunde. Die andern wußten ja nicht, was ich wußte, und ich verriet es keinem. Ich war sie alle schon so gewöhnt.

Tiere, die sich nicht leiden können, besuchen einander nicht. Davon könnte der Mensch lernen.

Apropos: Das von meiner Frau besprochene Tonband habe ich gar nicht erst abgehört. Wer weiß …?

Ein Stück inszenieren heißt, dasselbe in Szene setzen.
Dem Regisseur genügt das nicht. Er will mitgestalten, umgestalten, er will das Werk dem Publikum näherbringen, wobei er es immer weiter von ihm entfernt. Er streicht Dialoge, er schreibt andere hinein, er spielt den letzten Akt als ersten und den ersten als letzten, er ändert Figuren und Charaktere und ist so imstande, in einer einzigen Nacht zu zerstören, was der Dichter im Laufe eines Jahres geschaffen hat.
Jeder Regisseur hält selbst sich für den größten und verachtet alle andern. Doch vielleicht bin ich zu hart mit meinem Urteil, denn wie ich weiß, gibt es auch unter den Regisseuren:

Gute Kollegen

Es gibt Rollen auf dem Theater, die dem Schauspieler vorschreiben, in der Versenkung zu verschwinden. Da ist z. B. Nestroys böser Geist Lumpazivagabundus. Er kommt aus der Versenkung und fährt in die Versenkung zurück. Das ist bei vielen Zaubermärchen der Fall und bei mancher modernen Inszenierung. So sah ich neulich einen Briefträger aus der Versenkung kommen. Warum? Ich weiß es nicht. Es war eine Tür da, durch die er hätte eintreten können. Es war übrigens dasselbe Stück, in dem der Darsteller des Vaters, der sich bloß eine Zigarette holen wollte, durch das Fenster abging. Dabei spielte das Stück in einer Wohnung im achten Stock. Er kam auch nicht mehr zurück. Der Autor wollte es nicht so – es war ein Einfall des Regisseurs. Aber ich wollte ja von Versenkungen sprechen.
Mein Freund, der Schauspieler Toplitz, über den ich schon oft geschrieben habe, verschwand auch in der Versenkung. Leider geschah das nicht auf der Bühne, sondern im Leben. Es wurde immer stiller um ihn – und dann war es aus. Man sah ihn nicht mehr, man hörte ihn nicht mehr, bis auf ein paar Werbefilmchen im Fernsehen – und dann plötzlich war er wieder da. Als Schauspieler war er in der Versenkung verschwunden – als Regisseur tauchte er wieder auf. Und nicht als gewöhnlicher Regisseur – als Filmregisseur! Es

war sein Talent, das ihm diesen Auftrag verschafft hatte – und seine Schwester, die die Frau eines Produzenten geworden war. Jahrelang war sie seine Sekretärin gewesen – nun hatte er ihr nichts mehr zu diktieren. Er hatte sich gegen Toplitz als Regisseur gewehrt, er wollte Strehler, Bergman oder Fellini haben – er drang nicht durch. Der Regisseur hieß Toplitz. Was niemand gedacht hatte: die Filmpremiere wurde ein Erfolg. Im »Imperial« fand ein großes Bankett statt, Toplitz und die Hauptdarsteller wurden gefeiert, das Essen war vorüber, die Gesellschaft verteilte sich auf die anderen Räume, es wurde getanzt, getrunken, geflirtet, man simpelte Fach usw.

Toplitz saß allein hinter einer Säule und träumte vor sich hin. Das war sein Abend, sein Triumph. Er, der kleine Schauspieler, der sich mühsam in den Provinzen herumgeschlagen hatte, war plötzlich zum Filmregisseur geworden. Und – wie er nach der heutigen Premiere annehmen konnte – zum erfolgreichen Filmregisseur. Schon hatte er einige neue Anträge bekommen, er brauchte nur ja zu sagen. Auf einmal stand Zebisch vor ihm. Zebisch inszenierte ebenfalls Filme, und Toplitz mochte ihn nicht. Er hatte ihn zu oft als Schauspieler abgelehnt.

»Ich gratuliere dir«, sagte Zebisch mit aufrichtigem Blick und setzte sich zu ihm. »Du hast Großes geleistet, und wir alle müssen dir dankbar sein. Mit diesem Film schaffst du es, das Publikum wieder ins Kino zu bringen.«

»Ich danke dir«, sagte Toplitz gerührt unde drückte Zebisch die Hand. Er fühlte, wie seine Augen naß wurden. Aller Groll war vergessen. »Hat er dir wirklich gefallen?« fragte er.

»Gefallen?« wiederholte Zebisch. »Ich war begeistert. Ich habe noch keinen europäischen Film gesehen, der besser gewesen wäre. Wenn auch ...« Er stockte.

»Was wenn auch?«

»Nichts.«

»Du hast gesagt ›wenn auch‹, und wenn ich ›wenn auch‹ sage, dann sage ich auch, warum ich ›wenn auch‹ gesagt habe.«

»Es ist wirklich nichts. Ich habe laut gedacht.«

»Aber du hast ›wenn auch‹ gedacht. Also was ›wenn auch‹?« »Wenn auch manche Szene mehr Aufwand vertragen hätte, meinte ich. Wahrscheinlich hat man dir nicht mehr Geld zur Verfügung gestellt. Aber das ist nur mir, als Fachmann, aufgefallen.«

»Es waren auch andere Fachleute anwesend. Wenn es dir aufgefallen ist, ist es auch den anderen aufgefallen. Also, was meinst du?«

»Der Hochzeitszug zum Beispiel hätte pompöser sein können. Mit sechs Leuten feiert ein Kaiser keine Hochzeit.« »Sechs Leute? Es waren fünfzehnhundert Komparsen engagiert.«

»Dann hast du sie schlecht verteilt, aber das habe wirklich nur ich bemerkt. Sonst war es großartig. Nur ...«

»Was nur?«

»Die Farben. Das gelbe Kleid der Elissa zum Beispiel –« »Das war grün!«

»Da hast du es. Oder die lila Uniform des Kronprinzen –« »Die war gold! Vielleicht bist du farbenblind?«

»Nein. Die Farben waren schlecht. Vielleicht auch nur schlecht ausgeleuchtet. Besonders die Trauungsszene. Aber das ist halb so schlimm, weil die sowieso durch die Fahnen verdeckt ist.«

»Wieso verdeckt? Man sieht den Priester, man sieht das Brautpaar, man sieht die Königinmutter ...«

»Wo?«

»Rechts von der Braut.«

»Das war die Königinmutter? Die habe ich für eine Fahne gehalten. Aber links, das war doch eine Fahne?«

»Das war der Vater!« Toplitz war außer sich.

»Reg dich doch nicht auf! An solchen Dingen wird niemand dem Regisseur die Schuld geben. Höchstens dem Kameramann. Ich hätte ja auch nie den Wollmann genommen. Der hat noch jeden

Film verpatzt. Die parodistische Szene zum Beispiel hätte von oben aufgenommen werden müssen.«
»Was für eine parodistische Szene?«
»Die Mordparodie. Wo der Diener dem Kaiser die Knackwurst an die Brust setzt.«
»Das ist doch keine Parodie«, weinte Toplitz. »Das ist ein wirklicher Mord! Die Knackwurst ist ein Dolch!«
»Das war nicht auszumachen. Ich sage ja – gehört von oben aufgenommen. Und der Reinholz als Mörder – unglaubwürdig.«
»Erlaube mal! Der Reinholz ist einer unserer besten Mörder! Weißt du, was es uns gekostet hat, ihn freizubekommen? Er ist bei ›Derrick‹ ausgebucht, beim ›Tatort‹ und beim ›Alten‹!«
»Das ist es ja eben. Wenn ich Reinholz sehe, weiß ich, da geschieht ein Mord. Du hättest ihn anders führen müssen. Lächelnd, charmant …«
»Ich kann doch einen Verschwörer, der ein ganzes Volk aufwiegelt, nicht als Charmeur zeigen?«
»Doch. Dafür hast du kein Gespür, wenn auch sonst alles bewundernswert war. Übrigens – hast du was mit der kleinen Delia?«
»Ich? Wie kommst du darauf?«
»Weil das die einzige Entschuldigung wäre, daß man sie eine solche Rolle spielen läßt.«
»Alle sagen, sie war entzückend.«
»Darin liegt ja der Fehler. Eine Schauspielerin, die ein entzückendes Mädchen spielt, darf nicht auch noch entzückend aussehen. Sie muß sexy wirken, lasterhaft, gefährlich wie ein Vampir. Daß sie entzückend ist, ist ja dann die Überraschung.«
Toplitz war am Boden zerstört.«Sag' gleich, daß der Film ein Mist ist«, meinte er unglücklich.
»Ist er ja nicht. Der Film hat mir ausnehmend gut gefallen, bis auf ein paar Kleinigkeiten: Die Musik, die du ausgewählt hast, ist schlecht, die Balletteinlagen sind elend, die Bauten miserabel, der

Ton nicht anzuhören. Und um die Leute, die nach der Premiere – es waren übrigens auch einige von der Presse drunter – auf den Film geschimpft haben, brauchst du dich nicht zu kümmern. Dein Schwager wird Geld machen. Die schlechtesten Filme sind das beste Geschäft. Hoffentlich bist du an den Einspielergebnissen beteiligt. Nochmals meine herzlichste Gratulation!«

Er ging.

Während die Gäste weiterfeierten, schlich Toplitz nach Hause. Hätte er einen Strick gefunden, hätte er sich aufgehängt.

Am nächsten Tag erschienen die Kritiken. Die Rezensenten waren begeistert. Vier Sterne, fünf Sterne – die höchste Beurteilung. Die Menschen stürmten die Kinos, nicht weil der Film schlecht, sondern weil er gut war. Hätte Zebisch einen Strick zu Hause gehabt, hätte er sich aufgehängt.

Gewiegte Leser meiner Bücher werden fragen: Wann kommt die Kaffeehausszene? Darauf sage ich: Jetzt. Auf diese Szene verzichte ich nicht. Sie besteht aus einem Gespräch zwischen zwei Herren, von denen der eine von etwas spricht, wovon er nichts versteht, während der andere glaubt, etwas davon zu verstehen. Die beiden Herren heißen Rott und Jorisch, und das erwähnte Gespräch findet in ihrem Stammcafé statt. Was ein Stammcafé ist, glaube ich bereits einmal erklärt zu haben: Ein Stammcafé ist der Ort, von dem man jeden Tag schwört, daß man zum letztenmal hingeht. Die Gespräche der beiden sind verschiedener Natur. Heute handelt es sich um Glück haben oder nicht, und die Szene heißt:

Der Ring des Polykrates

(Kleines Wiener Kaffeehaus mit einigen Logen, einigen Tischen, einem Kleiderständer, einer Zeitungsablage sowie einer Ausschank, durch die man in die Küche sieht. Der ganze Raum strahlt die heute so selten gewordene Gemütlichkeit aus. An einem der Tische sitzt Herr ROTT, ein etwas cholerischer Mensch.)

ROTT (ruft ungeduldig): Josef! Josef!
JOSEF (der Ober, stürzt herein): Guten Morgen, Herr Rott! Verzeihung, aber ich habe nicht gewußt, daß Sie da sind. Wir haben in der Küche Radio gehört. Ich sage Ihnen, Herr Rott – diese Werbung! Da hat jetzt einer behauptet, daß der Methusalem noch heute leben würde, wenn er immer Dentathol-Zahnpasta verwendet hätte.
ROTT: Es ist schrecklich. Eine Volksverdummung. Aber was wollen Sie machen? Ein Artikel ohne Werbung ist wie ein Mann, der einem Mädchen im Finstern zublinzelt. Er weiß, daß er geblinzelt hat, aber sonst weiß es niemand.
JOSEF: Das stimmt, Herr Rott. Was darf ich bringen?
ROTT: Bringen Sie mir einen Kaffee, aber nicht zu stark, sonst kann ich im Büro nicht schlafen. (Herr Jorisch, Herrn Rotts Gesprächspartner, tritt ein)
JORISCH: Guten Morgen!
JOSEF: Guten Morgen, Herr Jorisch!
ROTT: Guten Morgen, Herr Jorisch. Wie ich Sie kenne, werden Sie sich doch wieder zu mir setzen.
JORISCH: Das muß ich mir noch überlegen. Ich habe gehört, daß Sie gesagt haben, daß ich dumm bin.
ROTT: Verzeihung, aber ich habe nicht gewußt, daß das ein Geheimnis ist.
JORISCH (außer sich, zu Josef): Haben Sie gehört?
JOSEF: Der Herr Rott wird das bestimmt nicht so gemeint haben.
JORISCH: Na gut. (setzt sich)
JOSEF: Was werden Sie nehmen, Herr Jorisch?
JORISCH: Lassen Sie mich überlegen. Haben Sie kalten Kaffee?
JOSEF: Selbstverständlich.
JORISCH: Eiskalt?
JOSEF: Wie am Nordpol.
JORISCH: Dann wärmen Sie ihn, ich mag keinen kalten Kaffee.
JOSEF (kopfschüttelnd): Also, Herr Jorisch … (geht ab)

JORISCH (zu Rott): Ich sollte ja überhaupt keinen Kaffee trinken. Kaffee ist Gift. Das Herz fängt zu schlagen an, die Schläfen zu hämmern, die Hände zu zittern – und das alles schon, wenn man hört, was er kostet.
ROTT: Sie waren lang nicht da. Waren Sie krank?
JORISCH: Ein blaues Auge habe ich gehabt.
ROTT: Wieso?
JORISCH: Sie wissen doch, daß der junge Neubach von der Hochzeitsreise zurückgekommen ist.
ROTT: Ja. Was hat das mit Ihrem blauen Auge zu tun?
JORISCH: Ich habe ihm geraten zu heiraten.
ROTT: Waren Sie wenigstens beim Arzt?
JORISCH: Nicht direkt. Ich konnte doch mit dem Auge nicht auf die Straße gehen. Zum Glück habe ich noch einen Arzt, der Hausbesuche macht.
ROTT: So einen habe ich auch. Er besucht sein Haus in Tirol, sein Haus in Lugano, sein Haus auf Mallorca … Was hat er Ihnen verordnet?
JORISCH: Zuerst Umschläge. Drauf ist das Auge violett geworden.
ROTT: Und dann?
JORISCH: Dann hat er mir Tabletten gegeben. Drauf ist das Auge grün geworden.
ROTT: Und dann?
JORISCH: Dann hat uns unsere Nachbarin gesagt, daß das beste für ein blaues Auge kaltes Fleisch ist.
ROTT: Das stimmt. Kaltes Fleisch auf das Auge gelegt.
JORISCH: Das hat sie eben nicht gesagt. Meine Frau hat es mir zu essen gegeben. Drauf ist das Auge schwarz geworden.
ROTT: Das ist doch klar. Wenn man ein blaues Auge hat –
JORISCH: Ein schwarzes.
ROTT: Das ist doch egal.
JORISCH: Ihnen ist es egal. Wissen Sie, wie so etwas schmerzt?

ROTT: Also gut. Wenn man ein schwarzes Auge hat, nimmt man Beef tartar.
JORISCH: Das hat sie auch nicht gesagt. Meine Frau hat mir eine panierte Leber draufgelegt. Außerdem hat meine Schwiegermutter gesagt, daß Wärme besser ist als Kälte. Drauf hab ich mir die ganze linke Seite verbrannt.
ROTT: Und was haben Sie gemacht?
JORISCH: Ich bin zu einem andern Arzt gegangen, der hat mir eine Brandsalbe verschrieben, drauf ist die Verbrennung gut geworden und das Auge gelb. Aber seit ein paar Tagen ist es in Ordnung.
ROTT: Na also. Und wie geht es Ihnen sonst? Was macht das Geschäft? Unsere Regierung sagt, daß sich eine Besserung der wirtschaftlichen Lage bemerkbar macht.
JORISCH: Das stimmt. Die Leute stornieren bereits größere Aufträge.
ROTT: Machen Sie sich nicht lustig. Mein Sohn ist doch im Autogeschäft. Der sagt, daß die Leute Autos kaufen wie in den besten Zeiten. Und was das Sonderbare ist, die Nachfrage ist jetzt wieder nach größeren Autos. In Japan sollen sie jetzt ein Auto erzeugen, das so groß ist, daß das Handschuhfach sechs Sitze hat.
JORISCH: Also ich möchte nicht im Handschuhfach sitzen.
ROTT: Ich auch nicht. Ich mache mir überhaupt nichts aus Autos. Wenn meine Frau und ich auf Urlaub fahren, fahren wir immer mit der Bahn. Da setzen wir uns in den Speisewagen, und auf einmal sind wir in Mörbisch.
JORISCH: Sie fahren nach Mörbisch? Am Neusiedlersee?
ROTT: Jeden Sommer. Da gehen wir zu den Seefestspielen … schauen uns die alten Operetten an …
JORISCH: Das gefällt Ihnen?
ROTT: Und wie! Oder gibt es etwas Schöneres, als wenn die Gelsen die ›Lustige Witwe‹ summen? Wohin fahren Sie eigentlich im Sommer?

JORISCH: Nach Hofgastein. Aber nur äußerst selten im Speisewagen.
ROTT: Und warum?
JORISCH: Weil man alles verschüttet. Wenn ich im Speisewagen fahre, bestelle ich immer eine Suppe, die zur Hose paßt (Josef kommt mit zwei Tassen Kaffee und stellt sie auf den Tisch).
JOSEF: Da ist der Kaffee, meine Herren.
ROTT: Danke, Josef. Heute habe ich Ihre Frau gesehen.
JOSEF: Ah ja? Die ist schon mächtig aufgeregt. Morgen haben wir nämlich unseren dreißigsten Hochzeitstag.
ROTT: Gratuliere! Wie werden Sie ihn feiern?
JOSEF: Durch eine Trauerminute.
ROTT: Dreißig Jahre! Und mein Sohn will nicht heiraten, weil er Angst vor der Ehe hat.
JOSEF: Er soll sich schämen. Vor der Ehe habe ich nicht einmal gewußt, was Angst heißt. (Er geht ab)
JORISCH: Armer Josef!
ROTT: Das sind doch nur seine Witze. Seine Frau und er leben sehr gut miteinander. Was macht Ihre Frau?
JORISCH: Was sie will.
ROTT: Geht sie noch in den Gesangverein?
JORISCH: Nein. Der Chordirektor hat ihr gesagt, weil sie Beine hat wie ein Kanarienvogel, muß sie noch lange nicht singen können.
ROTT: Und Ihr Sohn? Hat er schon einen Job?
JORISCH: Job? (stolz) Mein Sohn ist Dichter.
ROTT (verwundert): Dichter? Was dichtet er?
JORISCH: Momentan schreibt er ein Drama: Hamlet.
ROTT: Sind Sie verrückt geworden? Das hat doch schon vor vierhundert Jahren der Shakespeare geschrieben.
JORISCH: Komisch. Dasselbe hat man ihm gesagt, wie er den ›Othello‹ geschrieben hat.
ROTT: Herr Jorisch, wenn Sie so groß wären, wie Sie dumm sind,

könnten Sie aus der Dachrinne Wasser trinken. Aber lassen wir das. Gedichte schreibt Ihr Sohn keine?
JOR1SCH: Natürlich schreibt er Gedichte.
ROTT: Was für welche?
JORISCh (ärgerlich): Was für welche! Gedichte, die sich reimen.
ROTT: Also altmodische?
JORISCH: Wieso altmodische?
ROTT: Weil sich moderne Gedichte nicht reimen. Die gehen so: (rezitiert) Der Mondschein bleicht auf die Kälber der Wüste – U-Bahnen reiten über Felsengletscher – wann schenkst du dich mir, du herrlicher Gnu!
JORISCH: Das ist doch ein Blödsinn!
ROTT: Aber modern ist es. Kennen Sie den »Erlkönig«?
JORISCH: Nicht persönlich.
ROTT (gereizt): Ich meine doch das Gedicht von Goethe! Aber Goethe ist für Sie sowieso zu hoch. Nehmen wir Schiller. Sie wissen doch, daß Schiller ein Dichter war?
JORISCH: Na hören Sie?
ROTT: Bei Ihnen bin ich mir da nicht so sicher. Aber wenn Sie es wissen, wissen Sie auch, was er geschrieben hat?
JORISCH: Natürlich weiß ich das.
ROTT: Na was?
JORISCH: Was? Der Schiller hat das Dingsda geschrieben …
ROTT: Das Lied von der Glocke.
JORISCH: Ja. Dann das andere …
Rott Die Kraniche des Ibikus.
JORISCH: Sehr richtig. Dann das …
ROTT: Die Bürgschaft.
JORISCH: Genau. Sie sehen, wie ich es weiß.
ROTT: Mit allen diesen Gedichten – ich sage das im Interesse Ihres Sohnes – wäre Schiller heutzutage nicht berühmt geworden. Heute genügt es für einen Dichter nicht, daß er ein Genie ist, heute muß

er vor allem Glück haben. Kennen Sie den »Ring des Polykrates«?
JORISCH: Nein. Was für ein Ring? Sie wissen, ich handle mit Schmuck.
ROTT (gereizt): Das ist doch kein Ring, mit dem Sie handeln können! Das ist ein Gedicht von Schiller! (rezitiert): »Er stand auf seines Daches Zinnen und schaute mit vergnügten Sinnen auf das beherrschte Samos hin.«
JORISCH: Wer?
ROTT: Der Polykrates.
JORISCH: Und was ist mit dem Ring?
ROTT: Den wirft er ins Meer, weil er seinem Gast beweisen will, daß er so viel Glück hat, daß er ihn wiederbekommt. Richtig fangen die Sklaven einen Fisch, der Koch schneidet ihn auf, und der Ring ist drinnen. Aber wie ich Sie kenne, werden Sie das bei Schiller nicht verstehen, ich werde Ihnen auf andere Weise erklären, was Glück ist. Nehmen Sie an, ich habe eine Tante, die Tante stirbt und vermacht mir einen Grund in Texas.
JORISCH: Ich kenne doch Ihre Tante. Wie kommt die zu einem Grund in Texas?
ROTT (gereizt): Das ist doch nicht diese Tante. Ich habe doch die Tante nur angenommen.
JORISCH: Sie haben eine angenommene Tante?
ROTT (wütend): Nein!!!
JORISCH: Sie machen mich blöd, Herr Rott.
ROTT: Das ist bei Ihnen schwer möglich. Ich will Ihnen erklären, was Glück ist. Soll ich oder soll ich nicht?
JORISCH: Ja. Ich weiß zwar, was Glück ist …
ROTT: Aber nicht dieses unheimliche Glück, das der Polykrates gehabt hat. (setzt fort) Ich habe also eine Tante, die Tante stirbt und vermacht mir einen Grund in Texas, und wissen Sie, was auf dem Grund gefunden wird? Öl!
JORISCH: Das ist doch kein Glück. Was machen Sie mit dem Öl?

Salat können Sie machen. Oder wollen Sie sich mit den Ewings einlassen? Oder mit den Carringtons? Die zerbröseln Sie doch zwischen den Fingern.
ROTT: Das überlassen Sie mir. Ich habe also das Öl, kann es aber nicht fördern, weil mir die Geräte fehlen. Da stirbt eine zweite Tante und hinterläßt mir einen Bohrturm.
JORISCH: Ihre Tante hat einen Bohrturm gehabt? Wozu?
ROTT: Das ist Nebensache. Ich habe also jetzt einen Bohrturm, kann das Öl fördern, was mir aber fehlt, ist ein Transportmittel. Da stirbt eine dritte Tante –
JORISCH: Wo nehmen Sie die vielen Tanten her?
ROTT (mit verhaltener Wut): Ich habe Ihnen schon gesagt, das ist Nebensache. Die Tante stirbt, und ich erbe ein Schiff. Was ist das?
JORISCH: Das ist ein Krimi. Drei Tanten und alle sterben. Da wird sich die Polizei um Sie kümmern.
ROTT: Niemand wird sich kümmern. Ich funktioniere das Schiff auf einen Tanker um, bringe das Öl nach Europa, verkaufe es, kaufe mir einen zweiten Tanker, einen dritten – eine Flotte. Was ist das?
JORISCH: Das ist ein Blödsinn. Was verstehen Sie von einer Flotte? Sind Sie ein Admiral?
ROTT (wütend): Wollen Sie hören, was Glück ist?
JORISCH: Ja.
ROTT: Ich mache mit dem Öl Millionen, Milliarden, zehn, zwanzig! Was ist das?
JORISCH: Das ist eine Belastung. Zwanzig Milliarden! Haben Sie eine Ahnung? Allein die Steuer!
ROTT: Die stört mich nicht bei meinem Vermögen. Verstehen Sie denn nicht? Das ist Glück! Glück, wie es der Polykrates hatte! Aber weiter.
JORISCH: Es stirbt eine vierte Tante –
ROTT: Niemand stirbt. Im Moment meines höchsten Reichtums kommen Sie und wollen mir ein Los verkaufen. Haupttreffer: zehn

Millionen Dollar. Ich sage zu Ihnen: »Schauen Sie sich um, Herr Jorisch. Soweit Ihr Auge reicht, gehört alles mir. Wozu brauche ich noch weitere zehn Millionen?« Aber Sie jammern und jeiern, erzählen mir, daß Sie für jedes verkaufte Los eine Provision bekommen – und nur um Ihnen zu helfen, kaufe ich eines.

JORISCH: Das ist schön von Ihnen. Danke.

ROTT: Am nächsten Tag ist die Ziehung – und wer, glauben Sie, gewinnt die zehn Millionen? Ich!

JORISCH: Sie?!?

ROTT: Ja.

JORISCH: Das nenne ich Glück.

ROTT: Endlich: Jetzt werden Sie hoffentlich begreifen, daß alles Glück war. Drei Tanten sterben, die eine vermacht mir einen Grund mit Öl, die zweite einen Bohrturm, die dritte ein Schiff, ich werde Milliardär –.

JORISCH: Ich hoffe, daß Sie mir etwas abgeben von Ihrem Vermögen.

ROTT: Wieso?

JORISCH: Wenn ich vom ersten Moment an verstanden hätte, was Glück ist, hätten Sie es doch nie so weit gebracht. Außerdem habe ich Ihnen das Los mit dem Haupttreffer verkauft.

ROTT: Das stimmt. Sie verdienen eine Belohnung. Was wollen Sie, Sie können wählen: Soll ich Ihnen, solange Sie leben, jedes Jahr eine Rente von zwanzigtausend Dollar anweisen – oder hätten Sie lieber fünftausend Dollar bar auf die Hand?

JORISCH: Fünftausend Dollar auf die Hand.

ROTT: Warum das?

JORISCH: Bei dem Glück, das Sie haben, sterbe ich in sechs Monaten, und Sie ersparen sich jedes Jahr die Rente.

Tucholsky sagt: »Der Vorteil der Klugheit besteht darin, daß man sich dumm stellen kann. Das Gegenteil ist schon schwieriger.«

Marlene

Wien 1926

Und unsere Gäste? Was Rang und Namen hatte, kam in die Femina. Da war Willi Forst mit einer jungen Schauspielerin, die in den Kammerspielen eine unwichtige Rolle spielte. Forst hatte mit ihr einen der letzten Stummfilme gedreht (»Café Electric«), nun wollte er sie für einen neuen Film, aber noch war es nicht so weit. Es lag ihm daran, sie in Wien zu halten, und so gab Gyimes ihr einen Vertrag, der aber von ihr nicht eingehalten wurde. Sie bekam inzwischen einen anderen Film. Er hieß »Der blaue Engel«, und die junge Schauspielerin war Marlene Dietrich.

»Wenn auf Erden niemand mehr gezwungen wäre, mehr als vier Stunden täglich zu arbeiten, würde jeder Wißbegierige seinen wissenschaftlichen Neigungen nachgehen und jeder Maler malen können, ohne dabei zu verhungern – und wenn seine Bilder noch so gut wären.«
Diese Behauptung stammt nicht von mir, sondern von Bertrand Russell.
Russell irrt. Es ist nicht immer gut, zuviel Freizeit zu haben.
Das beweist die folgende Satire:

Arbeitszeitverkürzung

Schlendrien an der Ruhe ist ein kleines, aber fortschrittliches Land. Trotz seiner geringen Einwohnerzahl blickt es mit einer gewissen Arroganz auf all die großen Nationen, einschließlich der Supermächte, in welchen die Werktätigen noch heute gezwungen werden, vierzig Stunden in der Woche zu arbeiten. Schlendrien hat, dank seiner starken Gewerkschaften, diese Zeit hinter sich. Natürlich gab es auch hier eine Epoche, in der die Menschen vom frühen Morgen bis in die späte Nacht hinein roboten mußten, bis endlich der Fortschritt über sie hereinbrach. Nach der 48-Stunden-Woche kam die 45-Stunden-Woche, nach der 45-Stunden-Woche die 40-Stunden-Woche, nach der 40-Stunden-Woche die 35-Stunden-Woche – und nun war man endlich bei der 28-Stunden-Woche angelangt. Und nicht nur das. Die 28-Stunden-Woche, die im Schlendrienischen Parlament, trotz großer Bedenken seitens der Wirtschaft, mit einiger Mehrheit durchgeboxt worden war, sollte nicht nur für Arbeitnehmer, sondern auch für die Arbeitgeber gelten. Alle sollten in den Genuß der sozialen Gerechtigkeit kommen. »Dynamische Direktoren«, hieß es im Gesetz, »flexible Manager, überlaufene Ärzte, vielbegehrte Künstler und Stardirigenten – alle müssen nach achtundzwanzig Arbeitsstunden genauso in die Freizeit gehen wie Arbeiter und Angestellte.« Nun gehören die Arbeitnehmer zu den Menschen, die die Arbeit nehmen, die sie aber selten so ernst nehmen, wie es die Arbeitgeber tun. Diese geben zwar die Arbeit, nehmen sich aber davon selbst soviel, daß sie mehr Arbeit haben als die Arbeitnehmer.

Außerdem gibt es zwischen Arbeitgebern und Arbeitnehmern einen großen Unterschied. Arbeitgeber sind Menschen, die ohne Arbeit nicht leben könnten, während die Arbeitnehmer sehr gut ohne Arbeit leben könnten, wenn sie nicht von der Arbeit leben müßten. Die Arbeitnehmer bejubelten daher das neue Gesetz – sie ahnten noch nicht, wie viele Satansschlingen in den hochgeschossenen Bäumen ihres Freizeitparadieses auf sie lauerten. Die einen suchten sofort nach einem Zweit- oder Dritthobby, andere stürzten sich in neue Sportarten, die Häuschenbauer benutzten die vermehrte Freizeit, um auf Schlösser umzuplanen, und die Bastler bastelten sich Gebrauchsgegenstände vom Radio ohne Ton bis zum Fernsehapparat ohne Bild.

Anders die Arbeitgeber. Sie fanden sich mit dem aufgezwungenen Freizeitschicksal nicht ab. Der Großteil ignorierte das Gesetz und schuftete weiter. Aber Regierung und Gewerkschaften von Schlendrien kannten auf diesem Gebiet keinen Spaß. Sprachen sie ansonsten vom »humanen Strafvollzug«, soweit es Diebe und andere Verbrechen betraf – den Freizeitschändern, wie sie in den Paragraphen des neuen Gesetzes hießen, wurde kein Pardon gegeben. Für sie waren langjährige Strafen in feuchten Verliesen vorgesehen, Aberkennung der bürgerlichen Freiheiten inklusive Entzug des Wahlrechts, aber die Arbeitgeber ließen sich nicht in die Knie zwingen. In abgelegenen und fest versperrten Räumen, in dunklen Kellergewölben, tief drinnen in unzugänglichen Wäldern und Höhlen frönten sie ihrer Arbeitslust. Als dieser Frevel ruchbar wurde, schrien die Hüter der Freizeit nach noch grausameren Strafen.

Manche erinnerten sich an die gute, alte Inquisition. Sie forderten die Einsetzung eines Großinquisitors der Freizeit, der mit Folter und Scheiterhaufen gegen die verstockten Arbeitstiere vorgehen sollte. Mildere Freizeitfanatiker plädierten für das Abhacken der Hände, und schließlich einigte man sich auf Konzentrationslager, in welchen unter der Aufsicht brutaler Kapos überhaupt nicht gearbeitet werden durfte. Nicht einmal achtundzwanzig Stunden in der Woche. Zur genauen Überwachung des Freizeitgesetzes wurde ein raffiniertes Spitzelsystem aufgezogen. Die Denunziation blühte. Kaum machte jemand nach der vorgeschriebenen Arbeitszeit noch einen Handgriff, mußte er schon befürchten, angezeigt und eingesperrt zu werden. So blieb den Arbeitgebern und Freizeitberuflern nichts anderes übrig, als sich ebenfalls Hobbies zuzulegen. Sie waren die einzigen und erlaubten Ventile, in denen sie den Dampf ihrer Arbeitswut ablassen konnten.

Die Direktoren und Manager stürzten sich ins Vereinswesen. Sie wurden in kürzester Zeit Präsidenten, Obmänner und Vorstandsmitglieder von Kleingärten-, Obst-, Bienen- und Hasenzüchtervereinen. Im Handumdrehen machten sie aus Kleintierzüchtern Großtierzüchter und aus versonnenen Imkern Honigmultis. Sie fusionierten Briefmarkensammler mit Bierdeckelsammlern, Trinkervereine mit Abstinenzlervereinen, Schrebergärtner mit Kindergärtnerinnen. Die alteingesessenen Vereinslokale, meistens in Extrazimmern von biederen Gasthäusern angesiedelt, wurden ihnen bald zu klein. Riesige Wolkenkratzer mußten her, von Hobbyhandwerkern gebaut, da ja die offiziell gestattete Arbeitszeit nicht ausgereicht hätte, um die Marmorpaläste der Vereine zu errichten. Auch die Politiker von Schlendrien, die gewohnt waren, fast rund um die Uhr Sitzungen mit Arbeitsessen abzuhalten, Alternativen zu setzen und bessere Zukünfte zu versprechen, waren im Zuge des Privilegienabbaues strikte an die achtundzwanzig Stunden Arbeitszeit gebunden. Sie wanderten ebenfalls in Vereine und Verbände ab, hielten zündende Reden, versahen Trachtenvereine mit neuen Parolen und versprachen die triste Lage der Schnürlregenwürmersammler zu verbessern. Berühmte Ärzte, die in Spitälern gewirkt und nebenbei noch eine Praxis besessen hatten, tauchten in freiwilligen Samariterbünden sowie in Gesundheits- bzw. Schlankheitsvereinen wieder auf, Rechtsanwälte von Ruf, die früher nächtelang über ihren Prozessen gebrütet hatten, nisteten sich in allen möglichen Winkeln ein und hielten Hobbyrechtskurse oder veranstalteten mit berühmten Schauspielern auf freien Plätzen, bei Schlechtwetter in Sälen, Schauprozesse. Gefeierte Dirigenten von kosmischer Bedeutung, die früher überhaupt keine Arbeitszeit gekannt hatten und jetzt daran gekettet waren, gründeten mit ihren Philharmonikern Straßenbands, legten sich Opernstars zu, die einmal unbezahlbar gewesen waren, und konzertierten als Hobbymusikanten in Fußgängerzonen, während Primaballerinen und Solotänzer in Schuhplattlergruppen Verwendung fanden und deren Niveau in heterogene Sphären hoben. Am tollsten trieben es aber die Wirtschafts- und Finanzfachleute. Sie organisierten in den unüberschaubar gewordenen Freizeitzentren Hobbykurse für Buchhaltung und Steuerrecht und brachten damit den Schlendrienischen Staat um Milliarden.

Das Hobbywesen, zum wesentlichen Betätigungsfeld der Arbeitgeber und Freiberufler geworden, hatte ein solches Ausmaß angenommen, daß man Tag und Nacht auf den Beinen sein mußte, um alle Möglichkeiten ausschöpfen zu können. Die Arbeitnehmer hingegen wußten mit ihrer Freizeit bald nichts mehr anzufangen: Die Angestellten des Schlendrienischen Rundfunks und Fernsehens SRF arbeiteten ja auch nur noch achtundzwanzig Stunden in der Woche, ebenso die Gast- und Kaffeehäuser, die Theater und Kinos. Am Abend saß man zu Hause bei Kerzenlicht – die Elektrizitätsgesellschaft schaltete nach der vorgeschriebenen Arbeitszeit erbarmungslos ab. Die Arbeitnehmer, die anfangs so gejubelt hatten, blieben langsam auf der Strecke. Die Zweit- oder Dritthobbys wie Golf, Drachenfliegen, Windsurfing usw. lagen ihnen schwer in der Tasche. Die Villen und Schlösser, die sie sich in ihrer langen Freizeit gebaut hatten, verschlangen Unsummen an Betriebs- und Erhaltungskosten. Auch von der versprochenen Ichfindung in der Freizeit hatten sie genug. Sie griffen zu Nikotin und Alkohol, und der Gruppensex feierte fröhliche Urständ. Von dem ewigen Freizeitrummel ausgelaugt, kamen sie kaputt zur Arbeit, aber die kurze Arbeitszeit reichte zu einer echten Verschnaufpause nicht mehr aus. Die Arbeitnehmer schrien vehement nach einer spürbaren Arbeitszeitverlängerung, aber jetzt waren die Arbeitgeber und Freiberufler dagegen. Im Gegenteil, sie wollten eine weitere Verkürzung der Arbeitszeit, um mehr Muße für ihre einträgliche Hobbytätigkeit zu haben. Nun zogen die Arbeitnehmer die letzte Konsequenz. Sie streikten und gingen auf die Straße. Auf ihren Transparenten stand: »Wir verlangen eine Verlängerung der Arbeitszeit!«, »Nieder mit der 28-Stunden-Woche!« und »Wer ist schuld daran? Die Radfahrer!«

Die Regierung trat zurück, und das neue Kabinett verabschiedete als erstes Gesetz die Rückkehr zur 48-Stunden-Woche, mit dem im Geheimen geplanten Vorsatz, diese später auf fünfundvierzig und noch später auf vierzig Stunden herabzusetzen. Das sollte die unterste Grenze sein. In Schlendrien kehrte wieder Ruhe und Ordnung ein, man arbeitete wieder, freute sich wieder auf den Sonntag und sprach mit Grauen von den schrecklichen Tagen der Freizeit. Wir Menschen haben ein Recht auf Arbeit. Leider gibt es noch immer viele unter uns, die nicht rechthaberisch sind.

»Ein Name ist nichts Geringes. Hat doch Napoleon eines großen Namens wegen fast die halbe Welt in Stücke geschlagen.« Also sprach Eckermann in seinen »Gesprächen mit Goethe«. Oder Goethe in seinen Gesprächen mit Eckermann? Egal. Die Hauptsache ist:

Ich mache mir einen Namen

Als Mitbesitzer eines Hauses sah ich mich eines Tages genötigt, eine Eintragung im Grundbuch ändern zu lassen. »Ihre Unterschrift«, sagte der Beamte. Ich unterschrieb: Hugo Wiener.

»Da stimmt etwas nicht«, meinte der Beamte.

»Wieso nicht?«

»Sie müssen Ihren richtigen Namen schreiben.«

»Das ist mein richtiger Name.«

»Hier steht aber Mugo Wiener.«

»Wo?«

»Hier.« Er zeigte mir die Stelle, und er hatte recht. Dort stand Mugo Wiener.

»Das ist ein Irrtum«, sagte ich.

»Kann sein«, meinte der Beamte, »kann aber auch nicht sein.«

»Wie meinen Sie das?« fragte ich. »Wollen Sie vielleicht behaupten, daß meine Eltern mich ›Mugo‹ genannt haben?«

»Wer kann das wissen?« entgegnete der Beamte. »Es gibt die verrücktesten Namen.«

»Mein Name ist aber nicht verrückt!« Mein Ton war bereits etwas scharf geworden. »Ich heiße Hugo wie alle!«

»Was heißt wie alle?«

»Wie alle Hugos. Wie Hugo Wolf, wie Hugo Meier, wie Hugo Swoboda!«

»Die kenne ich nicht.«

»Die kennen Sie nicht?« fragte ich erstaunt. Um ehrlich zu sein, außer Hugo Wolf kannte ich sie auch nicht. Ich wollte ihm nur mit ein paar Namen imponieren. »Sie kennen Hugo Meier nicht, den berühmten surrealistischen Maler, 1880 bis 1930? Und Hugo Swoboda, den bekannten Soziologen, 1828 bis 1829? Er hat das Gesicht der Welt verändert!«

»Das interessiert mich nicht«, sagte der Beamte, nun auch etwas schärfer. »Ich bin Beamter des Grundbuchamtes – für mich ist maßgebend, was im Grundbuch steht, und im Grundbuch steht Mugo!«

»Das ist ein Irrtum«, beschwor ich ihn.

»Kann sein«, sagte der Beamte wieder und zuckte mit den Achseln.

»Es ist ein Irrtum!« schrie ich. »Geben Sie es zu! Wenn Sie ihn schon begangen haben, korrigieren Sie ihn auch!«

»Ich habe ihn nicht begangen«, triumphierte der Beamte. »Die Eintragung ist zehn Jahre alt. Damals war ich noch am Matrikelamt.«

»Wer hat ihn dann begangen?«

»Mein Vorgänger. Der ist aber schon in Pension«, freute er sich, »und lebt bei seiner Tochter in Texas.«

Ich war verzweifelt. Ich konnte doch wegen dieser Sache nicht nach Texas reisen.

»Da sehen Sie!« fiel es mir plötzlich ein. »Hier ist mein Reisepaß!« Ich hatte ihn, vorsichtig wie ich bin, auf alle Fälle mitgenommen.

Der Beamte warf einen Blick hinein. »Der ist abgelaufen«, stellte er fest. »Den müssen Sie erneuern lassen.«

Ich wurde bleich. »Wird das so schnell gehen?« fragte ich. »Ich habe demnächst in Zürich zu tun.«

»Für gewöhnlich dauert es«, sagte der Beamte ruhig, »aber ich habe einen Kollegen am Paßamt. Ich werde Ihnen ein paar Zeilen für ihn mitgeben.«

»Das ist furchtbar nett von Ihnen«, sagte ich dankbar, »aber was machen wir jetzt mit der Unterschrift?«

»Da schlage ich Ihnen einen Ausweg vor. Sie unterschreiben, bis die Sache geklärt wird, mit: Hugo Wiener, auch Mugo Wiener.«

Das tat ich. Er schrieb ein paar Zeilen an seinen Kollegen, steckte sie in ein Kuvert und gab sie mir mit. Ich muß gestehen, die Sache kam mir verdächtig vor. Warum, dachte ich, war er plötzlich so freundlich geworden? Aber vielleicht tat ich ihm unrecht, und er war vielleicht wirklich ein hilfsbereiter Mensch.

Auf dem Paßamt fragte ich nach seinem Kollegen Herrn Piringer. Man führte mich zu ihm, ich gab ihm den Zettel, er las ihn durch, reichte mir ein Formular und forderte mich auf, dasselbe auszufüllen. Ich füllte es aus und gab es ihm zurück. Er prüfte es und sagte: »Da stimmt etwas nicht.«

»Wieso nicht?« fragte ich und ahnte bereits, was da kommen würde.

»Sie schreiben »Hugo Wiener«, hier steht aber »Hugo Wiener, auch Mugo Wiener«.«

»Das habe ich nur in das Grundbuch geschrieben«, weinte ich, »weil im Grundbuch ›Mugo Wiener‹ stand.«

»Wenn Sie es in das Grundbuch geschrieben haben, müssen wir das auch im Reisepaß vermerken«, entschied Herr Piringer. Ich hatte also seinem Kollegen doch nicht unrecht getan. Ich bekam einen Paß auf »Hugo Wiener, auch Mugo Wiener«.

Im Kaffeehaus erzählte ich die Geschichte meinen Freunden. Sie bedauerten mich, gaben aber insgeheim den Beamten recht. Das ersah ich aus den Karten, die sie mir aus ihren Urlaubsorten schickten. Robinson, Wronsky, Goldmann, alle adressierten ihre Feriengrüße an »Hugo Wiener, auch Mugo Wiener«. Auch meine Frau nannte mich nur noch »Mugo«, wenn sie zärtlich war »Müglein«,

wie früher »Hüglein«. Einen eingeschriebenen Brief wollte mir der Briefträger nicht ausfolgen.
»Warum nicht?« fragte ich.
»Weil da nur ›Hugo Wiener‹ draufsteht, nach den andern Briefen heißen Sie aber ›Hugo Wiener, auch Mugo Wiener‹.« Um solchen Zweifeln auszuweichen, ließ ich meine Türtafel auf »Hugo Wiener, auch Mugo Wiener« ändern. Mein Meldezettel, mein Briefpapier, meine Visitenkarten – alles lautete auf »Hugo Wiener, auch Mugo Wiener«. Stellte man mich anderen Leuten als »Hugo Wiener« vor, setzte ich schnell hinzu: »Auch ›Mugo Wiener‹.«
Ich fuhr in die Schweiz. An der Grenze zeigte ich meinen Reisepaß vor. »Was heißt das?« fragte der Schweizer Grenzbeamte.
»Was bitte?«
»Hugo Wiener, auch Mugo Wiener. Entweder Sie heißen Hugo Wiener oder Mugo Wiener.« Der gute Mann hatte keine Ahnung von der österreichischen Bürokratie. Ich klärte ihn auf. »Kommen Sie mit!« forderte er mich auf. Wir gingen zu seinem Vorgesetzten. Er besah sich den Paß.
»Hugo Wiener, auch Mugo Wiener – das gibt es nicht!« schrie er aufgeregt. »Sind Sie vielleicht ein Agent?«
»Nein«, sagte ich. »Warum soll ein Agent ›Mugo‹ heißen? Ich heiße ›Hugo‹, aber im Grundbuch heiße ich ›Mugo‹, so heiße ich ›Hugo, auch Mugo‹.«
Man brachte mich auf die neurologische Station des Zürcher Krankenhauses. »Hören Sie zu«, sagte der Primar und sprach zu mir, wie man zu kleinen Kindern spricht. »Sie leiden an einer fixen Idee. Hugo Mugo, Mugo Hugo – das reden Sie sich ein. Sie heißen entweder Hugo oder Mugo. Also? Wie heißen Sie?«
»Mugo«, stöhnte ich und brach zusammen.
Die Geschichte, die ich eben erzählt habe, hat den Vorzug, fast wahr zu sein. Ich weiß nicht, ob sie sich bereits herumgesprochen hat. Sollten Sie also mein nächstes Buch kaufen wollen und sollte der

Autor Hugo Wiener unbekannt sein, dann setzen Sie bitte zur Sicherheit hinzu: »Auch Mugo Wiener«.

Kluge Männer sprechen kluge Sätze – kluge Autoren wiederholen sie.

Sprüche für das Stammbuch

»Ladi ist da«, sagte meine Frau. »Er hat eine Bitte.« Mir war gar nicht wohl zumute. Ich kannte die Bitten meines Neffen zur Genüge. Ladi, 10, trat ein.
»Na?« fragte ich und versuchte, mein Gesicht in möglichst freundliche Falten zu legen.
»Es ist … « begann er stockend, »es handelt sich darum: der Tritsch aus meiner Klasse hat ein Stammbuch bekommen, und der Lehrer hat gesagt, wir sollen ihm alle etwas hineinschreiben. Und weil die andern so dumme Sachen geschrieben haben, habe ich mir gedacht, du bist doch so gescheit, Onkel, du schreibst Bücher …« meine gezwungen freundlichen Falten verwandelten sich in gewollt wohlwollende, »du kannst mir bestimmt etwas sagen, was ich dem Tritsch ins Stammbuch schreiben soll.«
»Hm …« machte ich. »Das wird nicht so leicht sein.«
Dabei wußte ich schon genau, daß es mir nicht schwerfallen würde. Nicht umsonst hatte ich mir seit je meine weisen Aussprüche notiert. Und nicht nur meine, auch die der andern. Prozentual verhielt es sich 98:2. Achtundneunzig Prozent waren von den andern, zwei von mir. Aber das sagte ich weder vor Ladi noch vor meiner Frau. Sie bewundert mich so oft wegen meiner klugen Einfälle. »Geh mit der Tante ins Nebenzimmer und laß mich nachdenken«, sagte ich daher. Kaum waren die beiden verschwunden, hastete ich zur Bibliothek, drückte auf einen verborgenen Knopf, ein Teil der Bü-

cherwand rückte zur Seite und gab einen Geheimsafe frei. Da drinnen ruhte sie: meine Witzesammlung. Ich nahm sie heraus, suchte unter »A« – Aussprüche. Das war es. Rasch hatte ich etwas geeignetes für Ladi gefunden, eilte zur Bibliothek, gab die Sammlung in den Safe zurück, drückte auf einen zweiten Knopf, die Bücherwand schob sich an ihren alten Platz, ich rief Ladi herein.

Ladi kam. »Hast du dir schon etwas ausgedacht, Onkel?« fragte er erwartungsvoll.

»Ja«, sagte ich selbstgefällig. »Wie gefällt dir das: ›Man braucht Jahre, ehe man lernt richtig zu sprechen – und den Rest seines Lebens, um den Mund zu halten.‹

»Riesig!« sagte Ladi und sah mich voller Ehrfurcht an.

Auch meine Frau warf mir einen bewundernden Blick zu. »Wie dir das so einfällt ... « meinte sie.

»Genie«, sagte ich bescheiden. »Es fliegt mir so zu.« Lichtenberg wird mir verzeihen.

Am nächsten Abend saßen wir beim Abendessen, als Ladi eintrat. »Ich habe wieder eine Bitte, Onkel«, sagte er. »Ich habe dem Tritsch deinen Spruch ins Stammbuch geschrieben, und der hat dem Swoboda so gut gefallen, daß er mich gebeten hat, ihm auch etwas ins Stammbuch zu schreiben.«

Ich war stolz auf meinen Erfolg und daher bereit, meinem Neffen zu helfen. »Geh mit der Tante ins Nebenzimmer und laß mich nachdenken«, sagte ich. Die beiden gingen ins Nebenzimmer, ich hastete zur Bibliothek, drückte auf den Knopf, die Bücherwand rückte zur Seite, gab den Geheimsafe frei, ich nahm die Sammlung heraus, suchte einen Spruch, gab die Sammlung zurück, drückte auf den zweiten Knopf, die Bücherwand schob sich an ihren Platz, ich rief Ladi herein. »Wie gefällt dir dieser Spruch?« fragte ich und zitierte: »Das Wissen hat nur dann einen Sinn, wenn man es weitergibt.«

»Der ist noch besser als der erste«, sagte Ladi erfreut. »Danke, Onkel!« Er schrieb sich ihn auf und ging.

»Du bist wirklich unerschöpflich«, meinte meine Frau. »Und wie schnell du das bei der Hand hast!«

Kunststück. Ich brauchte nur auf den Knopf zu drücken.

»Routine«, sagte ich diesmal. »Ich muß bloß ein bißchen nachdenken.« Winston Churchill wird nichts dagegen haben, hoffte ich, und Livingstone auch nicht. Ich hatte mir den Spruch zweimal notiert, und er war beidemale von einem andern Autor. Das gibt es. Manche Sprüche haben bis zu acht Autoren. Bald sind sie von Wilde, bald von Fernandel, dann wieder von Dumas, von Peter Ustinov, von Voltaire, Disraeli, Goethe oder Anzengruber. Wobei sie außerdem immer noch unter »Unbekannt« oder »Volksmund« auftreten können.

Am nächsten Abend kam Ladi wieder. »Ich habe schon wieder eine Bitte, Onkel«, sagte er. »Der Spruch für den Swoboda hat dem Kern und dem Lechner so gut gefallen, daß sie auch einen haben möchten.«

Ich wußte nicht, wie ich mich verhalten sollte. Einerseits freute ich mich über die Anerkennung von Ladis Mitschülern, andererseits konnte es so nicht weitergehen. »Das ist aber das letztemal«, sagte ich, leise warnend. »Geh mit der Tante ins Nebenzimmer und laß mich nachdenken.«

Die beiden gingen, ich zur Bibliothek, Knopfdrücken, Wand zur Seite, Safe, Witzesammlung, Aussprüche, hab schon was, Sammlung zurück, zweiter Knopf, Bücherwand: »Ladi!!« Ladi und meine Frau kamen. »Wie gefallen dir diese?« fragte ich. »›Das Geheimnis des Lebens liegt nicht darin, zu tun, was man liebt, sondern zu lieben, was man tut!‹, und ›Weise Menschen wissen mehr als sie sagen – Narren sagen mehr als sie wissen.‹«

Ladi riß Mund und Augen auf. »Mann!« sagte er. »Wie du das machst! Und so schnell!« Das wunderte mich nicht, ich hatte schon Übung. Ladi schrieb sich die beiden Aussprüche auf und ging.

Am nächsten und am darauffolgenden Tag ließ er sich nicht blicken.

Dann kam er wieder: »Ich habe eine Bitte, Onkel! Die Sprüche, die du mir für den Tritsch, für den Swoboda, für den Kern und für den Lechner gegeben hast, haben dem Smrkal, dem Huber, dem Seifert, dem Kugler und dem Zimmermann so gut gefallen, daß sie jetzt auch welche haben wollen.« Er bat: »Ich brauche noch fünf, Onkel! Die letzten!« Wer kann einem Kinderherzen etwas abschlagen, noch dazu, wenn es einem in den Augen der Frau einen gewissen Nimbus gibt. »Nun gut«, sagte ich. »Ich werde dir noch fünf geben. Geh mit der Tante ins Nebenzimmer und laß mich nachdenken.« Die beiden gingen, ich Bibliothek, Knopf drücken, Wand, Safe, Sammlung, Aussprüche, Safe, Knopf, Wand. »Ladi!!!«
Ladi und meine Frau traten ein. »Ich habe die fünf«, sagte ich, mit einem stolzen Seitenblick auf meine Frau. »Schreib mit! Eins: ›Gesundheit ist nicht alles, aber ohne Gesundheit ist alles nichts!‹ Zwei: ›Manchmal scheint es, als ob die Gegenwart ein Auto wäre, das von der Zukunft überholt worden ist!‹ Drei: ›Arm zu sein ist keine Schande, nur können es sich heute die wenigsten leisten!‹ Vier: ›Wer laut schreit, hat unrecht!‹ Fünf: ›Alles gleicht sich aus im Leben. Wenn man weniger Haare zum Kämmen hat, muß man sich mehr Gesicht waschen.‹« Ich möchte bemerken, daß der letzte Ausspruch von mir stammt. Die anderen waren von Chesterton, Konfuzius, Hebbel und Unbekannt. Ladi war überglücklich. »Danke!« rief er und ließ uns allein.
Meine Frau sagte: »Ich bin wirklich stolz auf dich!«
»Talentsache«, wehrte ich ab. »Es wurde mir in die Wiege gelegt.«
Tagsdrauf war ich allein. Stolz auf meine Sammlung, schritt ich bedächtig zur Bibliothek, drückte langsam auf den verborgenen Knopf, die Bücherwand rückte zur Seite, ich öffnete den Geheimsafe, nahm meinen Schatz heraus – plötzlich stand meine Frau im Zimmer. Ich hatte ihr Kommen überhört.
»Was bedeutet das?« fragte sie und starrrte auf die offene Bibliothek. Sie trat näher, mit einem Blick hatte sie alles überschaut. Mein

Genie, mein Talent, meine Routine, alles schwand und machte einem beschämenden Minderwertigkeitsgefühl Platz. »So ist das also!« sagte sie verächtlich, warf eine Zeitung auf meinen Schreibtisch und ging wieder. Ich fühlte mich wie eine Eintagsfliege, die an einem Regentag zur Welt gekommen ist. Alle Freude war von mir gewichen. Ich wußte, daß ich in den nächsten Monaten in den Augen meiner Frau kleiner sein würde als der kleinste Zwerg. Nie wird sie mehr glauben, daß etwas, das ich geschrieben habe, auch wirklich von mir war. Mehr noch – sie wird jeden Eid drauf leisten, daß die Schöpfer meiner Lieder, Stücke und Bücher die Herren Schopenhauer und Li-taipe sind. Mein Blick fiel auf die Zeitung, die sie auf meinen Schreibtisch geworfen hatte, ehe sie ging. Es war eine Kinderzeitung. Auf der ersten Seite stand: »Schluß unseres Sprüche-Preisausschreibens. Der Preis von fünftausend Schilling geht an den zehnjährigen Ladi Goldmann.« Dieser Lausbub! Das auch noch. Er hat mich betrogen. Er hatte die Aussprüche nicht für die Stammbücher seiner Mitschüler gebraucht, sondern für ein Preisausschreiben. Verzeiht mir, Lichtenberg, Churchill, Livingstone, Unbekannt und all die andern – ich habe euch verraten! Ich las weiter: »Prämiiert wurde der Ausspruch ›Wenn man weniger Haare zum Kämmen hat, muß man sich mehr Gesicht waschen.‹« Na also. Wenigstens einer von meinen eigenen. Das gab mir ein gewisses Gefühl der Befriedigung. Neben den Aussprüchen so vieler weiser Männer hat eine sicherlich sorgsam ausgewählte Jury gerade den meinen prämiert. Ich fühlte mich zu den Unsterblichen emporgehoben. Doch da stand noch etwas: »Wenn der prämiierte Ausspruch auch nicht gerade der Beste ist, so legt er doch Zeugnis ab von der Denkkraft des Gehirns eines Zehnjährigen.«

Man sollte sich nie schlafen legen, ohne sagen zu können, daß man an dem Tag etwas gelernt hat. (Volksweisheit)

Ein vollautomatisches Krankenhaus ist ein Gebäude, in dem es den Ärzten gelingt, trotz aller Schwierigkeiten, die ihnen Alkohol, Nikotin und Umweltverschmutzung bereiten, mit allen Mitteln der modernen Technik, gepaart mit den Erkenntnissen der heutigen Medizin, Gesunde krank zu machen. Und doch gibt es

Genesung im VKH

Sponder fühlt sich nicht wohl. Schon seit längerer Zeit. Ist es heiß, ist ihm kalt, ist es kalt, ist ihm heiß, will er ruhen, wird er kribbelig, will er arbeiten, verlassen ihn die Kräfte. Neulich trifft er seinen Hausarzt, Dr. Merzenberger, auf der Straße. »Gut, daß ich Sie treffe, Herr Doktor«, sagt er, »ich fühle mich so schwach, daß ich kaum gehen kann. Was könnte ich nehmen?« Worauf Dr. Merzenberger sagt: »Wenn Sie mir folgen, ein Taxi.« Es wird immer schlimmer. Sponder konsultiert Dr. Jellinek. Dr. Jellinek untersucht ihn. »Sie haben eine Krankheit«, stellt er fest, »die Sie sich bei Ihrem Einkommen gar nicht leisten können.« Sponder geht zu Medizinalrat Dr. Fadenknecht. Dr. Fadenknecht untersucht ihn. »Wenn ich fände«, fragt er, »daß eine Operation nötig wäre, könnten Sie sie bezahlen?« »Wenn ich sie nicht bezahlen könnte«, fragt Sponder, »würden Sie finden, daß eine nötig wäre?« Dr. Fadenknecht schweigt. Sponder geht zu Obermedizinalrat Dr. Holtzmann. Der Obermedizinalrat untersucht ihn. »Ist meine Krankheit gefährlich?« erkundigt sich Sponder. Der Obermedizinalrat überlegt. »Ich würde nicht sagen gefährlich«, meint er, »aber wenn ich Sie von dieser Krankheit heile, werde ich weltberühmt.« Sponder gibt es auf, weitere Ärzte aufzusuchen.

Sein Zustand verschlimmert sich. Ist es kalt, beginnt er zu schwitzen, ist es heiß, bekommt er Schüttelfrost, bei Tag ist er schläfrig, bei Nacht kann er erst schlafen, wenn es Zeit ist aufzustehen. Nun hat er auch niemanden, dem er sein Leid klagen könnte. Seine Ehe ist seit Jahren geschieden – mit seiner ehemaligen Frau hat er keinen Kontakt mehr – seine beiden Söhne leben im Ausland. Also wendet er sich doch wieder an einen Arzt: Primarius Prof. DDr. Kurt Lindemann. Der Primariusprofessordoktordoktor untersucht ihn. »Ich schicke Sie in unser VKH – unser vollautomatisches Krankenhaus – das ist mit allen Finessen ausgestattet, dort wird man dahinterkommen, was Ihnen fehlt.« Also packte Sponder am nächsten Tag seine Siebensachen und rief ein Taxi für die Fahrt in die Klinik.

»Ins VKH«, sagte er dem Taxilenker.

Der Taxilenker nickte. »Zu welchem Eingang?« fragte er.

Sponder zuckte mit den Achseln. »Das weiß ich nicht.«

»Das müssen Sie aber wissen«, meinte der Taxilenker. »Das VKH ist ein Riesenkomplex mit über dreihundert Eingängen. Wenn wir da von einem zum andern fahren, können Sie inzwischen sterben oder wieder gesund werden.«

Sponder schaute auf seinen Einweisungsschein – die Schrift des Arztes war nicht zu entziffern.

»Na, kann man nichts machen«, sagte der Taxilenker, »da bringe ich Sie halt zum Haupteingang. Sie wissen ja nicht, was das für ein Mammutbau ist. Eine Gesundheitsfabrik. Wie es halbfertig war, wollte man es wieder abreißen, weil man bis dahin draufgekommen war, daß man Kranke besser in kleinen Pavillons behandelt – aber da war es schon zu spät. Das Abreißen wäre teurer gekommen als das Weiterbauen. Und die Skandale, die es gegeben hat. Da müssen lauter Zauberer am Werk gewesen sein, so viele Millionen sind verschwunden.«

Plötzlich wurde es finster. »Was ist los?« fragte Sponder erschrocken.

»Nichts«, antwortete der Taxilenker beruhigend. »Wir kommen zum VKH. Das ist so hoch, daß es die Sonne verdunkelt. In einem Trakt sind mehr Betten, als eine größere Stadt Einwohner hat, und die Operations- und Therapieräume konnte bis heute noch keiner zählen. Ich habe schon viele Experten aus dem Ausland hierher ge-

fahren, die das Riesenwerk bewundern wollten, zurückgefahren habe ich noch keinen. In dem Gebäude haben sich alle verlaufen.«
Sponder erschrak. »Das kann mir doch auch passieren?«
»Natürlich«, nickte der Taxifahrer, »aber da können Sie nichts dagegen tun.«
Er bog auf einen schier endlosen Parkplatz ein. Vor ihnen stand wie eine breite Gebirgsfront, das VKH. Der ganze Platz lag im Schatten des Kolosses. Nur ganz oben konnte man einen dünnen Streifen Himmel sehen.
Der Taxilenker kämpfte sich zum Haupteingang durch. Tausende von Rettungs- und Krankenfahrzeugen sausten hin und her. Ihre Signale waren so laut, daß das Geschrei bei einem Hallenpopkonzert dagegen ein sanftes Säuseln war. Immer wieder wurden sie von anderen Autos eingekeilt. »Steigen Sie aus und schlängeln Sie sich zu Fuß zum Haupteingang«, schrie der Taxifahrer Sponder ins Ohr. »Ich komme nach!«
Sponder gehorchte. Mit einer Menge Quetschwunden erreichte er den Haupteingang. Dahinter befand sich eine Halle wie in einem Hauptbahnhof. Überall waren große Buchstaben angebracht. »Von Spon bis Spon« las er und drückte auf einen darunter befindlichen Knopf. Ein von oben bis unten weißgekleideter Mann kam angefahren. Er nahm Sponder den Einweisungsschein ab und steckte ihn in eine Computeranlage. Surr, summ machte die Computeranlage, x Lämpchen leuchteten auf, dann erschienen zwei große Zahlen auf einem Bildschirm.
»Eingang 389, Zimmer 9874«, sagte der Weißgekleidete und gab Sponder den Schein zurück. Sponder konnte gehen. Als er draußen nach seinem Taxi Ausschau hielt, sah er den Fahrer, inmitten des Autogewimmels, auf dem Dach seines Fahrzeugs stehen. Er winkte ihm lebhaft zu. Trotz seiner Quetschwunden mußte Sponder wieder durch die Autoreihen. »Welchen Eingang haben Sie?« rief der Chauffeur von weitem.

»389!« schrie Sponder zurück.
»Da haben wir Glück!« freute sich der Chauffeur. »Das ist auf dieser Seite – da können wir noch heute hinkommen!«
Nach stundenlangem Kolonnenrücken erreichten sie den Eingang.
»Baldige Besserung«, wünschte der Chauffeur, »und auf Wiedersehen!« Man hörte es ihm an – er glaubte nicht an das Wiedersehen.
Die glasstrotzende Halle des Eingangs 389 war menschenleer. »He, Krankenhaus!« rief Sponder, wie man in einem Wirtshaus ohne Wirt »He, Wirtshaus!« zu rufen pflegt.
Hinter einem Schalter tauchte das Gesicht eines Mannes auf. Sponder reichte ihm den Einweisungsschein. »Okay«, sagte der Mann. »Ich bin für die nächste Zeit der letzte Mensch, mit dem Sie gesprochen haben. Von nun an haben Sie nur noch mit Apparaten zu tun. Sie nehmen jetzt Lift Nummer drei bis zum achtundneunzigsten Stockwerk, dort steigen Sie auf die Rolltreppe zweihundertsechsundzwanzig um, fahren bis zum Gang vierhundertdreiundvierzig und nehmen dort den Rollteppich eintausendsechzig bis zu Ihrem Zimmer. Glückliche Reise!«
Sponder fuhr ab. Es war eine lange Fahrt durch eine graue Betonlandschaft, bis er endlich vor dem Zimmer 9874 von dem Rollteppich stieg. Die Türe öffnete sich automatisch, eine süße Frauenstimme ertönte durch einen Lautsprecher: »Willkommen in unserem vollautomatischen Krankenhaus! Sie sind ab jetzt die Nummer neuntausendachthundertvierundsiebzig. Legen Sie bitte Ihre Kleidung ab, Nummer neuntausendachthundertvierundsiebzig, und treten Sie zu Bildschirm Nummer eins. Drücken Sie die rote Taste und beachten Sie strikt die weiteren Anweisungen! Danke!«
Sponder sah sich um. Der Raum war so gemütlich wie das Wachtzimmer eines modernen Gefängnisses. Die Wände waren voll mit Bildschirmen, Schaltbrettern und sonstigen Computeranlagen, von der blauen Decke strahlte künstliches Licht auf ein einfaches Kran-

kenbett. Auf der Kopfseite dieses Bettes waren weitere Schaltbretter und Armaturen angebracht. Kein Fenster, durch das man bei Tag einen Sonnenstrahl oder bei Nacht einen Stern hätte sehen können. Von der einen Wand lächelte das Poster einer bildhübschen Krankenschwester, von der anderen das eines vertrauenerweckenden Arztes.

Sponder zog sich aus und trat zu Bildschirm Nummer eins. Wieder ertönte die süße Frauenstimme. »Bildschirm zwei!« befahl sie. »Danke!« Sponder wurde von einem Bildschirm zum anderen gejagt. »Einatmen! Ausatmen! Husten! Nicht husten! Danke!« Eine stählerne Hand fuhr aus der Wand, klopfte ihm Brust und Rücken ab und verschwand wieder, eine Nadel, die aus einem Apparat schnellte, zapfte ihm Blut ab, ein großes Ohr aus Plastik legte sich an sein Herz. »Genug für heute«, sagte die Stimme, »gehen Sie zu Bett! Danke!«

Sponder ging zu Bett. Er besah sich die Schaltbretter und Tastaturen, die über seinem Kopf angebracht waren. Da gab es einen Lichtschalter, da gab es Knöpfe zum Regulieren der Klimaanlage, Knöpfe für Trostworte, Knöpfe für Witze von »Harmlos« bis »Gepfeffert«, Knöpfe für Musik und Knöpfe für Geschichten. Sponder wählte Witze, zuerst einmal einen harmlosen. Die Stimme eines bekannten Conferenciers kicherte aus dem Lautsprecher. »Kennen Sie den? Zwei Hasen werden von einem schwarzen Pudel verfolgt Endlich läßt er von ihnen ab, das merkt ein weißer Pudel und nimmt nun seinerseits die Verfolgung auf. Da dreht sich einer der beiden Hasen um und sagt zum andern: »Ich glaube, er wird bald genug haben – er hat sich schon den Pullover ausgezogen! Hahaha!« Sponder kannte den Witz. Er drehte ab und schaltete »Gepfeffert« ein. »Das möchte Ihnen so passen«, ertönte die süße Frauenstimme von vorhin, »damit müssen Sie warten, bis es Ihnen besser geht!«

Sponder wollte schlafen, da quietschte ein Metallgestell aus der Wand und servierte ihm das Abendessen. Die süße Stimme wünschte ihm »Guten Appetit!« Sponder aß ziemlich lustlos, das Geschirr verschwand in der Wand, die süße Stimme wünschte ihm »Gute Nacht!« Sponder starrte vor sich hin. Er fühlte sich nicht glücklich. Er drehte »Musik zum Träumen« auf und schlief ein.

Am nächsten Morgen wurde er durch einen Stoß geweckt. Das Metallgestell mit dem Frühstück war aus der Wand gekommen und war ihm – er lag auf der Seite – in den Bauch gefahren. »Entschuldigung!« sagte die süße Stimme. »Danke!« Sponder frühstückte. »Nun ins Bad!« befahl die Stimme. Von der Decke löste sich ein an zwei Ketten hängender Stuhl, zwei eiserne Arme setzten Sponder hinein, man fuhr ihn ins Bad und leerte ihn in die Wanne. Dort warteten schon weitere Arme mit Schwamm und Seife, man wusch ihn, schrubbte ihn und trocknete ihn ab, setzte ihn wieder in den Stuhl, fuhr ihn zurück und warf ihn auf das Bett. »Danke!« sagte die süße Stimme. Sponder bekam einen Schlag auf den Kopf. Er sah auf. Über ihm war ein Tablett mit Medikamenten aus der Wand gekommen. »Bildschirm sechzehn!« befahl die süße Stimme. Es wurden weitere Blut- sowie eine Harnprobe gemacht, die per Rohrpost abgingen. Sponder begab sich schlapp zu Bett. Die Leere hatte ihn wieder. Er drückte den Knopf mit »Trostworten«, aber sie konnten ihn nicht trösten.

Er fühlte sich einsam und verlassen.

So ging es nun Tag für Tag, die Untersuchungen wurden weniger, die Medikamente mehr, dabei wußte er immer noch nicht, was ihm fehlte. Er sah keinen Menschen, die Posters mit der Krankenschwester und dem Arzt widerten ihn an, er fühlte sich immer miserabler.

Eines Abends, Sponder lag in der Totenstille des Zimmers und zitterte vor der Nacht, hörte er ein ganz leises Trippeln auf dem Fußboden. Er sah auf. Eine Maus lief durch den Raum, blieb vor seinem Bett stehen und äugte ihn treuherzig an. Sponder wurde warm ums Herz. Ein Lebewesen, wenn auch nur eine Maus. Er wollte sie

locken, aber sie verschwand in einem winzigen Loch unter einem Computer. Wenn sie doch wiederkommen würde. Er hatte auf seinem Nachtschrank Überreste des Abendessens, das er nicht aufgegessen hatte. Ein paar Brotkrumen und ein Stückchen Käse. Da war sie wieder! Vorsichtig legte er Krumen und Käse auf den Boden – die Maus verzehrte es mit gesundem Appetit. Sponder sah ihr amüsiert zu. Nachdem das Tierchen alles weggeputzt hatte, lief es etliche Male um das Bett herum, äugte zu Sponder hinauf, als ob es Danke sagen wollte, und verschwand wieder in dem Mauseloch. Mit einem Male war Sponder nicht mehr allein. Morgen, das wußte er, wird die Maus wiederkommen. Er hatte eine gute Nacht.
Am nächsten Morgen kam die Maus wieder. Sponder hatte von seinem Frühstück ein paar Bissen für sie reserviert, zu Mittag fraß sie ihm aus der Hand und am Abend brachte sie bereits ihre Jungen mit. Sie stellten sich vor seinem Bett auf und machten Männchen. Sponder war überglücklich. Von nun an verbrachte er eine herrliche Zeit mit den Mäusen. Er kugelte mit ihnen auf dem Fußboden herum, sie tanzten auf seinem Bauch, kitzelten ihn an der Nase und rutschten von seinen Armen. Sponder gab ihnen Namen, die eine nannte er nach seiner Frau Eva, zwei andere nach seinen Söhnen Heinz und Leo, er brachte ihnen Sprünge bei, Purzelbäume, und Heinz und Leo sogar Saltos. Er lachte mit den Mäusen, er hatte wieder Appetit, selbst die Bildschirme schienen mit ihm zufrieden zu sein und eines Tages sagte die süße Stimme durch den Lautsprecher: »Sie sind gesund, Nummer neuntausendachthundertvierundsiebzig, Sie können nach Hause gehen. Danke!«
Sponder verabschiedete sich von den Mäusen und fuhr nach Hause. Nun war er wieder so einsam wie zuvor. Er sehnte sich nach seinen vierbeinigen Lieblingen, nach Eva, Heinz und Leo, er lockte sie, er rief sie – sie kamen nicht. Und plötzlich sah er in den drei Mäusen seine Frau und seine beiden Söhne. Da wurde er einsichtig. Warum hatte Eva sich damals scheiden lassen? Nur durch seine Schuld. Sie

hatte gearbeitet, hatte das Haus zusammengehalten, und was war der Dank dafür? Daß er ihr vorwarf, daß sie zuviel Geld brauche. Und seine Söhne? Warum waren Heinz und Leo nach Amerika gegangen? Weil er sie gezwungen hatte, in seine Firma einzutreten, weil er ihnen nicht erlaubt hatte, die Berufe zu ergreifen, die ihnen Freude gemacht hätten, und weil er mit keinem der beiden Mädchen einverstanden war, die sie heiraten wollten. Jetzt bereute er. Er nahm mit seiner Frau Kontakt auf, sie kam zu ihm zurück, er holte seine Söhne mit ihren Frauen nach Hause, beide hatten inzwischen kleine Sponders bekommen – er wurde der glücklichste Ehemann, Vater und Großvater, und wenn die Leute von einer glücklichen Familie sprachen, meinten sie die Sponders.

Die Geschichte wurde bekannt. Sponder war der erste Patient, der im VKH geheilt worden war. Direktoren und Primarärzten hängte man große Orden um den Hals, Ärzte wurden zu Professoren ernannt, Schwestern zu Oberschwestern, wirklich gesundgemacht aber hatte ihn – die Maus.

Und Sponder nahm die Mäuse in sein Haus und sorgte für sie, solange sie lebten.

Marika

Budapest, Wien 1934

Budapest hatte seine Sensation. Der Schriftsteller Ladislaus Bus-Fekete hatte ein Stück geschrieben, welches nicht für die Bühne, sondern für ein Zirkuszelt gedacht war. Es hieß »Der Stern der Manege« und hatte eine richtige Handlung. Der erste Teil des Stückes spielte während der Generalprobe des neuen Zirkusprogramms, der zweite Teil während der Vorstellung.

Star dieser Produktion ist die junge Marika Rökk, das Tagesgespräch von Budapest. Gyimes will sie nach Wien holen und eine Sache auf die Beine stellen, wie sie Wien noch nicht gesehen hat. Er nimmt Bankkredite auf, borgt sich privat Geld, verspricht Beteiligungen, mietet den großen Zirkus Renz und engagiert Marika Rökk für eine ganz große Gage. Marikas Vater, ein Ingenieur, wird ihr Manager.

Das Stück, welches in Budapest eher klein gehalten war, wurde von Beda und mir zur ganz großen Show gemacht. Wir nahmen Rollen heraus, schrieben Rollen hinein, die Musik wurde bearbeitet, wir schrieben neue Nummern dazu ... Heute, wo im Zirkus Krone in München alljährlich prominente Künstler zugunsten alter Kollegen in der Manege auftreten, bedeutet das nichts mehr, damals war es eine Sensation. Gyimes fiel von einer Aufregung in die andere. In der Produktion steckte bereits ein Vermögen, und man machte ihm nichts als Schwierigkeiten – jeden Tag gab es etwas anderes und nichts Angenehmes.

Es kam zur ersten Probe. Da standen wir alle mit offenen Mündern da. Marika war nicht nur eine ausgezeichnete Reiterin, sie war eine Vollblutartistin. Sie sprang von ihrem galoppierenden Pferd auf das Pferd Werner Fütterers, sie kam hinter ihm zu sitzen, voltigierte, so daß sie vor ihm saß, sie sang auf dem Reck einen Walzer mit ihm, sie tanzte auf dem Seil, und sie tanzte sämtliche Tänze vom Spitzenwalzer bis zum Rumba, sie steppte à la Ginger Rogers, sie sang mit Marischka die beste Nummer des Abends »Jeder Mensch macht eine Dummheit«, sie machte während einer Szene mit ihrer Mutter die unglaublichsten Verrenkungen, sie ging auf den Händen und – wie das? Man hatte doch behauptet, daß sie kein Wort Deutsch könne, und jetzt plapperte sie drauf los und das mit dem entzückendsten ungarischen Akzent? Ich fragte ihren Vater, der perfekt deutsch sprach, und der sagte mir: »Sie hat es auswendig gelernt. Sie weiß, was jeder Satz, aber nicht, was jedes Wort bedeutet.«

Sie war ein Phänomen. Gyimes hatte recht gehabt, als er sagte: »So etwas hat Wien noch nicht gesehen.«
Die Generalprobe am nächsten Tag verlief demgemäß. Stimmungslos und voller Zwischenfälle. Ein paar Theaterleute, die bei der Probe anwesend waren, prophezeiten den größten Durchfall der letzten Jahrzehnte. Gyimes hörte es und war am Boden zerstört. Wenn das stimmte, was die Leute da behaupteten, war er verloren. Man würde ihm alles wegnehmen, auch die Femina. Wie ich später hörte, wollte er nach der Generalprobe Selbstmord begehen, wurde aber rechtzeitig daran gehindert. Mit sehr gemischten Gefühlen gingen wir alle in die Premiere. Vor dem Gebäude standen Polizisten in Paradeuniformen mit weißen Handschuhen. Anwesend war die gesamte Regierung, Diplomaten anderer Länder, Damen und Herren der Wiener Gesellschaft, natürlich in Abendkleidung, viele Ungarn, die zu dem Ereignis nach Wien gekommen waren, die erste Garnitur der in- und ausländischen Presse, Theaterdirektoren, Filmproduzenten usw. Sie alle wollten Marika sehen, die schon vor ihrer Premiere die Rökk geworden war. Die Vorstellung fand zu wohltätigem Zweck statt – die Preise waren horrend.
Freilich, die Sensation des Abends war Marika. Der Applaus, der nun einsetzte, war unbeschreiblich und dauerte fast eine halbe Stunde. Die Zuschauer wollten nicht gehen. Sie blieben, bis das Licht in der Manege erlosch. Am nächsten Tag hatte Wien einen neuen Liebling: Marika Rökk.
Die folgenden Wochen waren ausverkauft. Natürlich interessierte sich auch der Film für sie. Die Herren von der UFA kamen, verhandelten mit ihrem Vater, Marika bekam einen Traumvertrag – mit einem Schönheitsfehler. Sie sollte ihn sofort antreten – aber wie? Sie hatte mit Gyimes einen Vertrag.
Eines Abends fiel sie vom Pferd. Sie wurde in die Garderobe getragen, der Arzt wurde gerufen, er stellte einen Schock sowie einige Prellungen fest und verbot ihr für die nächste Zeit sowohl zu reiten

als auch zu tanzen oder zu turnen. Gyimes war verzweifelt. Da meldete sich eine kleine ungarische Schauspielerin. Es war nicht dasselbe, aber wie der Teufel in der Not Fliegen frißt, fraß Gyimes in der Not die kleine Klari Tabody; so hieß sie. Marika wurde vertragsbrüchig, sie ging nach Berlin zur UFA. Wie es weiterging, weiß man. Sie wurde einer der größten Stars in der Geschichte des deutschen Films. Gyimes verklagte sie, er gewann den Prozeß und bekam von der UFA einen Betrag, der es ihm nicht nur erlaubte, den »Stern der Manege« weiterzuspielen, sondern auch seine Schulden zu bezahlen. Wie ich nach dem Krieg hörte, ging auch Klari Tabody nach Berlin, kam dort zum Film, heiratete dann nach Italien und wurde dort eine ernstzunehmende Malerin.
Was Marikas Unfall in der Manege betrifft, so dachten viele Kollegen (auch ich), daß es sich dabei um einen gekonnten Sturz vom Pferd gehandelt hat. Was tut man nicht alles für einen UFA-Vertrag. Sollten wir, die Kollegen und ich, mit unserer Annahme unrecht gehabt haben – dann verzeih, Marika!

Die Frage des Vorwärtskommens hängt ganz vom Start ab.
Oder – wie man auch sagen kann:

Am Anfang steht der Fortgang

Ich habe eine gutgehende Schriftstellerei. Bei mir gibt es alle einschlägigen Artikel: Schlagertexte, Operetten- und Musicallibretti, Lustspiele und Trauerspiele, Schwänke, Kabarettprogramme, TV-Shows, Krimis und Königsdramen. Auf Bestellung liefere ich Anekdoten, die der Käufer jedermann in den Mund legen kann. Gewünschte Änderungen politischer Themen werden – je nach der Lage – prompt durchgeführt. Ich führe GROSSE WORTE in jeder

Preislage, für jeden Beruf und jede Berufung. Für den Priester: »Wer sich selbst hilft, dem hilft Gott!« – für den Politiker: »Wer sich nicht selbst hilft, der will, daß ihm die Regierung hilft.« Bei mir erhalten Sie »Seltsame Geschichten«, »Unheimliche Geschichten«, »Wahre Geschichten« (die sich nie ereignet haben) usw. – und wenn ich vom 3.–5. Jänner den Betrieb schließe, um Inventur zu machen, bin ich zufrieden. Ich habe eine gutgehende Schriftstellerei.

Dem war nicht immer so. Ich begann mit der Einsendung von Witzen und war fast mit allen in Betracht kommenden Redaktionen in Verbindung. Wenn auch nur hin und wieder. Ich schickte ihnen die Witze hin, und sie schickten sie mir wieder zurück. Mit Dank.

Bald besaß ich eine Menge solcher Dankbriefe. Genau vierhundertachtundachtzig. Hämisch lächelnd klebte ich sie in ein Album, das fünfhundert Seiten hatte. Einen auf jede Seite. Die restlichen zwölf Briefe, das wußte ich, würden nicht lang auf sich warten lassen. Was bezweckte ich damit? Ich wollte das Album aufbewahren und – wenn ich ein großer Dichter geworden war – in einem feierlichen Schenkungsakt dem Nationalmuseum überlassen. Es sollte jungen Talenten klarmachen, wie man es, trotz schwierigstem Anfang, durch Fleiß und Ausdauer zum Genie bringen kann. Elf der noch fehlenden »Dankbriefe« hatte ich schnell beisammen, nur die letzte Seite des Albums war noch leer. Also setzte ich mich hin und schrieb an das damals führende Witzblatt »Die Muskete«:

Sehr geehrter Herr Redakteur!

Als erfolgloser Schriftsteller bin ich im Besitz von zahllosen Ablehnungsschreiben verschiedener Redaktionen. Da ich diese Schreiben sammle, bitte ich auch Sie, mir ein solches zu schicken. Es wäre das Prunkstück meines Albums. Bitte, schreiben Sie mir einen Brief, in dem Sie mir mitteilen, daß meine Ihnen eingesandte Arbeit leider nicht verwendbar ist und daher nicht angenommen werden kann. Mit bestem Dank und dem Ausdruck der vorzüglichsten Hochachtung Hugo Wiener

Drei Tage später – ich erwartete den Briefträger mit offenem Album und bereitgehaltenem Klebstoff – kam folgende Mitteilung:

Sehr geehrter Herr!

Wir bedanken uns für Ihren Brief. Ihr Witz mit der Sammlung ist großartig. Wir werden ihn in unserer nächsten Nummer bringen. Anbei ein Scheck über Sch. 50,–.

Mit freundlichen Grüßen Redaktion der MUSKETE

Ich war wütend. Natürlich setzte ich mich sofort hin und schrieb:

Sehr geehrter Herr Redakteur!

Mein Schreiben sollte kein Witz sein. Was ich wünsche, ist ein Ablehnungsbescheid für meine Kollektion. Besten Dank für die 50 Sch. Ich wollte Ihren Scheck auf der Bank einlösen, hatte keinen Ausweis bei mir, und der einzige Mensch, der mich dort identifizieren konnte, war mein Anwalt, dem ich 50 Sch. schuldete. Mit dem Ausdruck der vorzüglichsten Hochachtung Hugo Wiener

Einige Tage später kam wieder ein Brief:

Sehr geehrter Herr!

Wir haben uns sehr amüsiert über Ihren Witz mit der Bank. Wir werden ihn in unserer nächsten Nummer bringen. Anbei ein Scheck über Sch. 50,–.

Mit freundlichen Grüßen Redaktion der MUSKETE

Jetzt war es wieder an mir, zu schreiben. Die sollen etwas erleben! Ich werde meinen Dankbrief bekommen! Ich schrieb:

Sehr geehrter Herr Redakteur!

Wollen Sie mir endlich das Ablehnungsschreiben schicken – ja oder nein!? Um es sicher zu bekommen, sende ich Ihnen folgenden schlechten Witz ein: »Müller sagt zu Meier: ›Sie haben mich gebeten, für Sie die Nummer 445671 anzurufen und in Ihrem Namen mit einem Herrn Fisch zu sprechen. Ich habe es getan.‹ ›Und?‹ fragt Meier. ›Was war?‹ Drauf Müller: ›Man hat mich gefragt, mit welchem Fisch ich sprechen will. Dort war das Aquarium!‹«

Mit dem Ausdruck der vorzüglichsten Hochachtung Hugo Wiener

Daraufhin kam wieder ein Brief:
Sehr geehrter Herr!
Unser Personal hat noch heute Seitenstechen vor Lachen über Ihren Witz mit dem Fisch. Wir werden ihn in unserer nächsten Nummer bringen. Anbei ein Scheck über Sch. 100,–.
Mit freundlichen Grüßen Redaktion der MUSKETE
Ich fluchte, ich wütete, ich tobte. Dann ging es mir durch den Kopf: Ich habe es erreicht! Das ist der Wendepunkt! Man anerkennt mich als Schriftsteller! Der erste Schritt zum Dichter ist getan – jetzt heißt es, die Strähne ausnützen! Das Album brauchte ich nicht mehr, ich warf es ins Feuer, sah voll Genuß zu, wie es verbrannte, nahm meine beste Kurzgeschichte und sandte sie an die Muskete.
Acht Tage später kam die Anwort:
Sehr geehrter Herr!
Haben Ihre Kurzgeschichte gelesen und müssen Ihnen mit Bedauern mitteilen, daß wir keine Verwendung dafür haben. Wir schicken sie Ihnen beiliegend mit bestem Dank zurück.
Mit freundlichen Grüßen Redaktion der MUSKETE
Es war der 500. Ablehnungsbrief. Die andern 499 hatte ich ins Feuer geworfen, das Album hatte ich vernichtet – das Nationalmuseum wird mir dankbar sein.

Es gibt Menschen, die man gerne sieht, und andre, die man besser meidet. Dann gibt es noch eine dritte Klasse: Menschen, die man gerne sieht und die man dennoch besser meidet. Zur letzteren gehören Dr. Robinson und Frau. Wir machten diese Entdeckung anläßlich einer Weihnachtsfeier. Es war, wie man sagt,

Eine schöne Bescherung

Pinagls gaben eine Weihnachtsparty. Sie haben zwei süße Kinder, Susi, sechs, und Paul, acht – warum also nicht? Wenn wir, meine Frau und ich, Kinder hätten, würden wir vielleicht auch eine Weihnachtsparty geben. Weihnachten ist ja das Fest für die lieben Kleinen. Sie zeigen einander die neuen Spielsachen, jedes hätte lieber das des andern, sie beginnen zu streiten und zu weinen, bis sie, zum Vergnügen der Erwachsenen, in ihre Betten geschickt werden. Aber ich will nicht vorgreifen.

Als wir ankamen, waren bereits zwei andere Ehepaare da: unser Anwalt, Dr. Robinson mit Gattin, sowie Herr und Frau Wimmer mit einem reizenden, ungefähr sieben Jahre alten Jungen, den sie bald »Bubi«, bald »Liebling«, bald »Engel« und bald »Schönheit« riefen. Wie er wirklich hieß, weiß ich bis heute nicht.

Wir versammelten uns in Pinagls Arbeitszimmer und tranken Sherry. Plötzlich klingelte das Christkind. Frau Pinagl öffnete die Tür zum Wohnzimmer – wir waren geblendet. Unter einem Plastikbaum mit Plastikkerzen lagen für Susi eine Plastikpuppe, eine Plastikküche und eine Plastikpuppenkücheneinrichtung – für Paul eine Plastikeisenbahn, ein Plastikfeuerwehrauto und ein Plastik-MG. Bubi bekam eine Plastiktrompete, Plastikindianer und Plastikcowboys. Dazu klang es vom Plattenspieler her »I can give you anything but love, baby«, gesungen von Louis Armstrong. Frau Pinagl hatte die Platte verwechselt. Sie wollte eigentlich »Stille Nacht, heilige Nacht« spielen. Pinagl warf seiner Frau einen unweihnachtlichen Blick zu, die Platte wurde ausgewechselt, und im Nu war die feierliche Stimmung wiederhergestellt. Die Kinder stürzten sich auf ihre Plastikspielsachen, es war rührend, und ich fühlte, wie sich eine Plastikträne in mein Auge stahl.

Nun wurden die Erwachsenen beschert. Pinagl schenkte mir eine Krawatte, die – wie ausgesucht – zu keinem meiner Anzüge paßte, meine Frau bekam einen Brieföffner, auf dem »Gruß aus Ischl« stand. Wer sie aus Ischl grüßen ließ, haben wir nie erfahren. Wir schenkten Pinagls einen Salz- und Pfefferstreuer, den sie wahrscheinlich nie verwenden werden. Sie waren sehr häßlich. Robinsons bekamen von Pinagls einen Wandteller und schenkten Pinagls dafür die kleine Vase, die wir im Vorjahr den Pfandls geschenkt hatten. Ich erkannte sie an dem Sprung, den sie hatte. »Entschuldigt«, hatte ich damals gesagt, »das muß mir beim Einpacken passiert sein!« So etwas konnte nur mir einfallen. Ich bin ein Schlauer! »Entschuldigt«, hörte ich im selben Moment Robinson sagen, »das muß mir beim Einpacken passiert sein!« Meine Frau mußte lachen. Sie sagte, aus Freude über den Brieföffner.

Die Wimmers bekamen einen kleinen Elefanten – es war derselbe, den beim letzten Weihnachtsfest die Wolfs den Pinagls geschenkt hatten – und brachten Susi dafür ein Bilderbuch und Paul ein zeitgemäßes Puzzlespiel: »Vereinte Nationen.« Wie immer man es zusammensetzte, war es falsch. Bubi bekam »Der kleine Bastler: Wie baue ich eine Atombombe?« Er befaßte sich sofort damit, und in 10 Minuten gab es eine Explosion. Menschenleben gab es keine zu beklagen, aber wir alle hatten schwarze Gesichter. Bubi scheint die Gebrauchsanweisung nicht richtig gelesen zu haben. Aber alle lachten und verwünschten innerlich den kleinen Bastler und den, der ihm dieses Geschenk gemacht hatte. Daß die kleine Perserbrücke Feuer fing und verbrannte, störte mich nicht. Es war mir noch rechtzeitig gelungen, die Krawatte, die Pinagls mir geschenkt hatten, unbemerkt in die Flammen zu werfen.

Zum Essen gab es Geflügelcremesuppe, Truthahn, eine Eisbombe

– und dazu ein Blaskonzert für Plastiktrompete, alternierend ausgeführt von den Geschwistern Susi und Paul Pinagl und Herrn Bubi Wimmer. Schließlich wollte Bubi seine Trompete nicht mehr aus der Hand geben, die Kinder stritten und weinten (siehe oben), und Susi und Paul wurden zu Bett geschickt. Bubi suchte für den Rest des Abends die Trompete, die ich, während des Abgangs der Pinaglkinder, geschickt mit dem Fuß unter die Couch gestoßen hatte.
Um Mitternacht brachen wir auf. »Ich möchte euch für den reizenden Abend danken«, sagte ich zu Pinagls und dachte dabei: »Aber ich kann es nicht!« Wimmers und Bubi empfahlen sich ebenfalls. Dr. Robinson und Frau bestanden darauf, uns in ihrem neuen Wagen nach Hause zu bringen. »Das ist nicht nötig«, sagten wir, »wir wohnen keine zehn Minuten von hier, und ein kleiner Spaziergang ist ganz gesund.« Aber Robinson ließ nicht locker. »Ich lasse euch bei Nacht nicht zu Fuß gehen«, sagte er, »ihr wißt, wie unsicher es auf den Straßen ist.« Also sagten wir ja. Und warum sollten wir nicht mit ihm fahren? Wenn ich an die Anwaltsspesen dachte, die wir ihm im Laufe der Jahre bezahlt hatten, gehörte mindestens eines der vier Räder uns.
Der neue Wagen war ein Prachtstück. »Ihr müßt beide von der linken Seite einsteigen«, sagte Robinson, »von der rechten Tür ist der Türgriff abgebrochen und kann erst nach Weihnachten repariert werden. Bei neuen Wagen kommt das vor.« Also stiegen wir von der linken Seite ein. Der Wagen war etwas niedrig, so daß ich mir sofort das Kreuz verrenkte. Schwungvoll warf Robinson die Tür zu, stieg ein und startete. Das heißt, er wollte starten. Der Wagen sprang nicht an. »Es ist ihm kalt!« sagte Frau Robinson, und wir nickten verständnisvoll. »Bei neuen Wagen kommt das vor.« Dem Wagen war volle zwölf Minuten kalt. Endlich gab es einen Ruck. Der Wagen war, wie bereits erwähnt, etwas niedrig, wodurch mein Kopf gegen das Dach schlug. »Hast du dir weh getan?« fragte Frau Robinson. Ich sagte nein und wußte nicht, was mehr schmerzte – der

Kopf oder das Kreuz. Wir fuhren los und waren in vier Minuten vor unserem Haus.

Wir reichten Robinsons die Hände und dankten ihnen, daß sie uns nach Hause gebracht hatten. »Ihr müßt links aussteigen«, sagte Robinson, »von der rechten Tür ist der Türgriff abgebrochen und kann erst nach Weihnachten repariert werden.« Wir wußten das bereits – bei neuen Wagen kommt das vor – wir wollten aussteigen – die Tür ging nicht auf. »Du mußt leicht dagegendrücken«, sagte Robinson. Ich drückte leicht dagegen, ich drückte stark dagegen – die Tür ging nicht auf. »Deine Frau soll gegen dich drücken« riet Robinson. Meine Frau drückte gegen mich, ich drückte gegen die Tür – die Tür ging nicht auf. »Ich werde es von außen versuchen«, meinte Robinson und wollte aussteigen – aber auch seine Tür ging nicht auf. »Versuch es bei dir«, sagte er zu seiner Frau. Frau Robinson versuchte – auch ihre Tür ging nicht auf. »Wir sind gefangen!« stellte meine Frau fest. »Lächerlich!« meinte Robinson. »Versuchen wir es zu dritt!« Er stand auf, drehte sich um, kniete sich auf seinen Sitz, drückte gegen meine Frau, meine Frau drückte gegen mich, ich drückte gegen die Tür – die Tür ging nicht auf. Robinson drehte sich nach vorn, wobei er seiner Frau die Perücke verschob, und wir verschnauften ein wenig. Meine Frau hatte eine Weltidee: »Wir zerbrechen eines der Fenster, stecken die Hand durch und versuchen es von außen.« Robinsons Blick verdüsterte sich. »Das Glas ist unzerbrechlich«, sagte er.

Langsam wurde es kalt, weil die Heizung nur funktionierte, wenn man den Motor laufen ließ. Robinson stellte also den Motor wieder an. Vier Menschen, in Pelze gehüllt, erbarmungslos eingeschlossen in einen Wagen, dazu der Benzingeruch – Robinson stellte den Motor wieder ab. Es wurde wieder kalt.

»Wenn wir zu Fuß gegangen wären«, stöhnte meine Frau, »könnten wir jetzt schon im Bett liegen.«

»Ist das der Dank, daß wir euch mitgenommen haben?« krähte Frau

Robinson. Frau Robinson krähte immer, aber in dieser Nacht war sie besonders gut bei Kräh.

»Wir wollten ja nicht mitgenommen werden!« konterte meine Frau.

»Hast du gehört, Emil?« rief Frau Robinson höhnisch. »Sie wollten nicht mitgenommen werden!« Und zu uns: »Vor dem Wagen seid ihr gestanden und habt ihn so lange angeglotzt, bis wir euch mitnehmen mußten!«

Meine Frau wandte sich entrüstet an mich. »Was sagst du!?« fragte sie. »Wir haben den Wagen angeglotzt!«

Ich versuchte, Frieden zu stiften. »Wir haben den Wagen nicht angeglotzt, Bela«, sagte ich zu Robinson.

»Und wenn wir ihn angeglotzt haben«, fügte meine Frau hinzu, »dann haben wir ihn nur angeglotzt, weil wir uns gefragt haben, welche Snobs ein solches Ungetüm fahren.«

Meine Bemühung, den Frieden zu erhalten, war gescheitert, denn jetzt mischte sich Robinson ins Gespräch.

»Das ist eine Beleidigung«, schrie er. »Den ›Snob‹ lasse ich nicht auf mir sitzen!«

»Ich auch nicht!« pflichtete seine Frau ihm bei. »Ihr könnt uns ja klagen!« sagte meine Frau. »Drauf könnt ihr euch verlassen!« schrie Robinson wieder.

»Hättet ihr euch ein Taxi genommen, wenn euch unser Wagen nicht paßt!« fiel Frau Robinson ein.

»Wir wollten ja gar nicht fahren!« brüllte nun meine Frau. »Ihr habt uns ja nicht zu Fuß gehen lassen!«

Robinson tobte. »Das ist eine Lüge!« schrie er.

Das war wieder mir zuviel. »Wollt ihr vielleicht behaupten, daß meine Frau eine Lügnerin ist?«

»Mischen Sie sich nicht ein!« stellte Robinson mich ab. Wir waren bereits per Sie. »Im übrigen, verlassen Sie meinen Wagen!«

»Wenn wir das könnten«, dachte ich.

»Wagen?« lachte meine Frau, aber es war kein freundliches Lachen.

»Das ist doch kein Wagen! Das ist ein fahrendes Gefängnis! Darin fühlen vielleicht Sie sich wohl und auch Ihre Frau, aber wir nicht!«

»Wollen Sie damit andeuten, daß meine Frau und ich ins Gefängnis gehören?« fragte Robinson lauernd. »Ich werde Sie verklagen! Wegen Ehrenbeleidigung!«

»Und ich werde Sie verklagen! Wegen Freiheitsberaubung!« schrie jetzt auch ich.

»Sehr richtig!« stimmte meine Frau mir zu. »Wie kommen wir dazu, die Nacht in einem solchen Vehikel zu verbringen!«

»Vehikel!« Frau Robinson fiel fast in Ohnmacht. »Wissen Sie, was dieses ›Vehikel‹ gekostet hat? Zweihundertvierzigtausend Schilling!«

»Haben Sie es schon bezahlt?« fragte ich grinsend.

»Nicht ganz«, grinste Robinson zurück. »Den Rest werde ich bezahlen, wenn Sie die Güte haben werden, das Honorar zu begleichen, das Sie mir von Ihrem letzten Plagiatsprozeß her noch schuldig sind!«

Jetzt hatte ich genug. »Sie Winkeladvokat!« schleuderte ich ihm ins Gesicht.

»Sie Schandfleck der Literatur!« gab er den Ball zurück. »Sie und Ihre Brettldiva –«

»Brettldiva?« unterbrach meine Frau ihn empört. »Mich hat mein Mann aus Liebe geheiratet, während Sie Ihre Frau nur genommen haben, weil sie eine Million Schilling hatte!«

»Das kannst du nicht sagen«, wies ich meine Frau scheinbar zurecht. »Er hätte sie auch genommen, wenn sie eine Million Dollar gehabt hätte! Hahaha!« Ich beschloß, mir diese Pointe zu merken.

»Hahaha!« machte Robinson mir nach.

»Das läßt du dir gefallen?« kreischte seine lautere Hälfte. Robinson holte aus und wollte mir eine Ohrfeige geben. Zu unserem größten Vergnügen bedachte er die Enge des Raumes nicht und schlug seine Frau mit dem Handrücken ins Gesicht.

»Du hast mich geschlagen!« begann sie zu jammern. »Nach zwanzigjähriger Ehe!«
»Wenn du mir mit dem Gesicht in die Hand rennst?« fauchte Robinson sie an. Die beiden vergaßen auf uns und stritten sich nach Art des Hauses. Meine Frau und ich lehnten uns zurück, und bald waren wir eingeschlafen.
Plötzlich erwachte ich. Jemand mußte aus dem Wagen gefallen sein. Als ich mich umsah, war ich es. Ich mußte mich gegen die Tür gelehnt haben, die anscheinend plötzlich von selbst aufgegangen war. Zu meinem Glück war ich in einen Schneehaufen gefallen, sehr zum Gaudium der Kinder, die den Wagen umstanden. Es war bereits 8 Uhr früh. Ich öffnete die restlichen drei Türen, weckte meine Frau und die Robinsons.
»Na also!« sagte Robinson freundlich. »Da wären wir.«
»Ja«, sagte ich, »und vielen Dank, daß ihr uns mitgenommen habt.«
»Fröhliche Weihnachten!« sagte meine Frau.
»Fröhliche Weihnachten!« sagten Robinson-Er und Robinson-Sie.
»Und laßt euch bald bei uns anschaun!« Dann fuhren sie los. Wir winkten ihnen nach. An der nächsten Ecke hatten sie eine Panne. Bei neuen Wagen kommt das vor.

Mitleid ist eine so wunderbare Sache, daß man sie nicht an andere verschwenden sollte. Auch nicht an Tiere. Auch nicht an

Meine Wespe

Ich stand vor dem Spiegel und rasierte mich. Unser Badezimmer ist bis zur Decke hinauf gekachelt. Auch die Fensterbretter sind gekachelt. Das heißt, »Fensterbretter«, kann man schwer sagen, weil es Kacheln sind. Fensterkacheln. Ich stand also vor dem Spiegel und rasierte mich. Der Spiegel ist nicht gekachelt, sonst könnte man nicht hineinsehen, aber rund um den Spiegel ist alles gekachelt. Auch die Decke und der Fußboden sind gekachelt. Und natürlich die Badewanne. Ich stand also vor dem Spiegel und rasierte mich – plötzlich sah ich, daß sich auf einer der Fensterkacheln etwas bewegte. Eine Wespe. Das arme Tier lag auf dem Rücken und war nicht imstande, sich umzudrehen. Es – das Tier – sah mich mit einem Blick an, daß mir das Herz brach. Sie – die Wespe – hatte so liebe Augen. Ich beschloß, ihr zu helfen. Ich nahm einen Zahnstocher und legte sie um. Wenn ich sage »ich legte sie um«, so bediene ich mich nicht der Krimisprache, wie sie unsere Kinder im Fernsehen gelehrt wird. Dort heißt nämlich »umlegen« soviel wie »umbringen«. Beispiel: A: »Nimm die Kanone und leg den Bullen um!« B: »Ich habe noch nie einen Bullen umgelegt.« A: (flucht) »Schei …!« Das »Schei …« ist wichtig. Ohne »Schei …« kein Krimi, ohne »Schei …« kein Fernsehen, ohne »Schei …« keine Literatur. Wobei man zu der Erkenntnis gelangt, daß wir heute, nach Homer, Euripides, Shakespeare, Cervantes, Goethe usw., eine »Schei…literatur« haben.

Ich nahm also einen Zahnstocher und legte die Wespe um. Das heißt, ich wollte einen Zahnstocher nehmen, aber wo finde ich einen? Im Badezimmer gibt es keinen, da gibt es nur Kacheln. Ich eile, Schaum vor dem Mund, zur Küche und stoße auf unsere Haushaltshilfe, die schreiend davon rennt, weil sie denkt, daß ich plötzlich wahnsinnig geworden bin. Ich rufe ihr nach: »Bleiben Sie, ich will sie nur umlegen!« – ein Schrei – fort war sie. Dabei habe ich nur die Wespe gemeint. Wo ist ein Zahnstocher? In der Küche gibt es Messer, Gabeln, Löffeln, ein Speiseservice für 24 Personen, Sektgläser, Weingläser, Biergläser für 24 Personen, Kaffeetassen, Teetassen, Mokkatassen, alles für 24 Personen, und nichts für eine Wespe. Keinen Zahnstocher. Nicht einmal einen für 24 Personen. Erfinderisch wie ich bin, löse ich ein Stückchen Holz vom Küchentisch – meine Frau wird sich ärgern –, spitze es zahnstocherartig zu

– wozu eigentlich? Zum Umlegen der Wespe muß es nicht spitz sein. Leider war es bereits spitz. Ich laufe zurück zum Badezimmer, wo mir ein Türstock in den Weg rennt, ich stoße mir das unnötig gespitzte Hölzchen unter den Nagel meines rechten Mittelfingers, lege mir ein Pflaster auf, d. h. *will* mir ein Pflaster auflegen, aber wo ist ein Pflaster? In der Küche. Meine Frau hat sich vor ein paar Tagen beim Zwiebelschneidenzuschauen in den linken Fuß geschnitten. Experten zerbrechen sich noch heute den Kopf darüber, wie man sich beim Zwiebelschneiden in den Fuß schneiden kann, noch dazu beim Zwiebelschneidenzuschauen. Egal. Ich eile zurück zur Küche – kein Pflaster. Stimmt! Meine Frau hat mir das Pflaster ins Arbeitszimmer gebracht, weil sie sich allein keines auflegen konnte. Ich stürze zum Arbeitszimmer. Natürlich! Der Schreibtisch angeräumt mit den dümmsten Dingen wie z. B. mit meinen Manuskripten, Kugelschreibern, Nachschlagewerken, Weihnachtsbriefen, die ich zu Ostern und Osterbriefen, die ich zu Weihnachten beantworten wollte, weiteren Kugelschreibern, Büroklammern, Heftmappen, wieder Kugelschreibern – kein Pflaster. Moment! Dort, in der Bibliothek, guckt es zwischen zwei Bänden hervor. Shakespeares Werke auf Dünndruckpapier. So dünn, daß man, wenn man sich bei Heinrich VIII. verblättert, nicht weiß, wieso plötzlich Julius Cäsar da ist. Egal. Ich lege mir ein Pflaster auf, nicht einfach, mit *einer* Hand, und laufe zurück zum Badezimmer. Hoffentlich lebt sie noch, die Wespe! Sie lebt. Vorsichtig führe ich das spitze Hölzchen unter ihre Wespentaille, sie zuckt, ich scheine sie gekitzelt zu haben. Sie versucht aufzustehen, hält sich das Kreuz – steht! Sie ist etwas angeschlagen, aber sie steht! Dankbar blinzelt sie mir zu. Ich bin stolz. Ich habe ein gutes Werk getan – mein Platz im Himmel ist mir sicher. Ich gehe zum Spiegel. Der Schaum ist eingetrocknet, ich muß von vorn anfangen. Gesicht waschen, abtrocknen, Creme auftragen, Gesicht anfeuchten, Schaum auftragen. Ich werfe einen Blick auf die Wespe – sie liegt wieder auf dem Rücken.

Ich erschrecke. Wo ist der Zahnstocher, der keiner ist? Der Zahnstocher, der keiner ist! Das muß ich mir merken, das ist ein Titel für einen Agententhriller. Notieren? Keine Zeit. Ich gebe Herzalarm. Ich stürme zur Küche, ich brauche ein neues Hölzchen, unterwegs fällt mir ein, daß ich das alte in den Papierkorb geworfen habe. Ich stürme zurück – wir haben zwischen Schlaf- und Badezimmer eine ziemlich hohe Stufe –, ich falle hin, schlage mir die Nase wund, egal, leere den Papierkorb, finde das Hölzchen, führe es wieder unter den Leib der Wespe, deren Augen mich anschauen, als ob sie sagen wollten: »Es hat keinen Zweck mehr!« – aber ich lasse nicht nach. Ich stelle sie auf – schon liegt sie wieder da. Hab ich dir's gesagt, fragen ihre Augen – aber diesmal habe ich es gesehen: Sie ist ausgerutscht. Ausgerutscht auf diesen verdammten Kacheln. Was tun? Ich *muß* sie retten, ich habe es mir in den Kopf gesetzt. Ich habe eine Idee. Ich nehme ein Stück Papier, schiebe es langsam unter die Wespe, so, daß sie drauf zu liegen kommt und trage sie zu einem Schrank, der kachellos dasteht. Wespenglück! Wäre es nach meiner Frau gegangen, wäre auch der Schrank gekachelt, aber eines Tages sagte der Kachelleger: »Ich hole mir eine Flasche Bier!«, und wir warten jetzt schon seit zwei Jahren, daß er zurückkommt. Egal. Ich helfe der Wespe auf – sie atmet erleichtert und bleibt stehen. Ich nehme meine Stoppuhr – zwanzig, dreißig, sechzig Sekunden! Die Krise ist vorüber – die Wespe ist gerettet. Ich habe Tränen in den Augen. Lieber Gott, ich danke dir!

Ich gehe zum Spiegel. Der Schaum ist eingetrocknet, ich muß von vorn anfangen. Gesicht waschen, abtrocknen, Creme auftragen, Gesicht anfeuchten, Schaum auftragen. Ich schaue nach der Wespe. Sie fliegt! Fliegt! Stolz wie ein Adler zieht sie ihre mächtigen Kreise hoch über der Badewanne! Eine ziemliche Weile sehe ich ihr zu – glücklich, zufrieden –, ein Arzt, der einen Patienten dem Leben zurückgegeben hat. Ich rasiere mich. Der Schaum ist eingetrocknet, ich muß von vorn anfangen. Gesicht waschen, abtrocknen,

Creme auftragen, Gesicht anfeuchten, Schaum auftragen. Sssss! Da ist sie. Meine Wespe! Ich glaube, ich darf sie so nennen – ohne mich wäre sie elend zugrunde gegangen. Ssss ! Sie kommt näher. Will sie mir ihre Dankbarkeit beweisen? Vielleicht ihr Köpfchen an meiner Schulter reiben? Ssssss! »Schon gut«, sage ich, »ich hab's ja gern getan!« Sssss! Sie läßt sich nieder. Auf meinen linken Arm. Es ist reizend von ihr, aber ich will mich rasieren. Ich mache eine leichte Bewegung mit der Hand, sie fliegt fort, kommt aber gleich wieder zurück. Sssss! »Brav!« lobe ich sie. »Aber jetzt flieg schön nach Haus, Papi und Mami werden sich bereits ängstigen!« SSSS! Das klingt drohend. Sie wird doch nicht –? Ich sehe sie an. Ihr Gesichtsausdruck hat sich total verändert. Die früher so lieben Augen sehen aus wie aus einem Hitchcockfilm. Ich nehme das Handtuch, um sie zu verscheuchen. Das hat sie nicht gern. Sie hebt den Hinterkörper. »Geh!« bitte ich sie sanft. »Geh!« Ich will sie nicht verletzen. Was macht sie da? Sie setzt zum Sturzflug an. »Geh, du Bestie!« schreie ich und schlage mit dem Handtuch nach ihr. Sie lacht. »Geh, geh!« schreie ich immer wieder. Ich laufe wie gehetzt durch das Badezimmer – sie folgt mir. Ich stürze auf die Knie: »Geh!« bitte ich. »Bitte, geh!« Sie fliegt auf mich zu, ein Blutrausch hat sie erfaßt, sie landet auf meinem Gesicht und bohrt mir den Stachel in die Wange. Als gewiegter Fernsehzuseher sage ich noch »Schei … !«, dann falle ich in Ohnmacht.

Meine Frau kam mit dem Arzt. Er sah mich an und sagte verächtlich: »Ein Wespenstich.« Ich schämte mich.

»Und die Nase?« fragte ich hoffnungsvoll. »Sie schmerzt.« »Angeschlagen«, sagte der Arzt kurz. Angeschlagen. Konnte es nicht wenigstens ein kleiner Nasenbeinbruch sein? Nur damit ich vor dem Arzt nicht so dastehe.

»Ich werde es Ihnen hoch anrechnen«, stammelte ich verlegen, »daß Sie so schnell gekommen sind.«

»Ich Ihnen auch«, antwortete der Arzt.

Das war vor fünf Tagen. Meine Frau hat bis heute nicht über den Fall gesprochen. Sie hat überhaupt noch nicht mit mir gesprochen, und ich werde mich hüten, anzufangen.
Allen jenen aber, die vielleicht einmal unmittelbar bedroht sind, von einer Wespe gestochen zu werden, kann ich schon jetzt zur Beruhigung sagen: Der Stachel einer Wespe ist 1 cm lang. Die restlichen 9 cm sind Einbildung.

Joopi

Wien, ca. 1937

Gyimes ist verzweifelt. Er leidet schon immer darunter, daß er keinen Darsteller findet, der zu unseren schönen Frauen paßt. Der Maharadscha soll nun besonders gut aussehen. Er soll groß sein, schlank sein, charmant sein, er soll männlich sein, soll singen können, er – als er mir zum xten Mal erklärt, wie er sich den Maharadscha vorstellt, wird er unterbrochen. Der Theateragent Koller ist am Telefon. »Ich hab ihn!« jubelt er.
»Wen?«
»Ihren Maharadscha.«
»Wie schaut er aus?«
»Ein Adonis.«
»Männlich?«
»Wie der Albers.«
»Singt er?«
»Wie Caruso.« Die Stimme wird zögernder. »Er ist allerdings Ausländer …«
»Spricht er deutsch?«
»Er spricht deutsch, nur…« Koller schweigt.
»Was ›nur‹?« drängt Gyimes.

»Man versteht ihn nicht. Gehen Sie in die Volksoper, er spielt dort den ›Bettelstudent‹.«
Gyimes geht in die Volksoper, kommt zurück, ist begeistert.
»Das ist er!« ruft er. »Wir müssen nur die Prosa kürzen. Er darf nicht viel sprechen. Ich habe bereits mit ihm verhandelt. Er kommt morgen Abend hierher.«
Am nächsten Abend sprach ich mit jemand in der Publikumsgarderobe, als ein junger Mann die Treppe von der Straße herunterkam. »Entssuldigen«, sagt er zu mir. »Ich mochte den Herrn Direktor ssprechen. Mein Name ist Johan Heesters.«
Heesters schlug ein wie eine Bombe. Dabei hatte er nicht viel zu tun.
Publikum und Presse waren begeistert, bis auf einen Kritiker, der sich über Heesters' holländischen Akzent lustig machte und schrieb: »Er ist eben ein Maharadscha aus Holländisch-Indien.«
Wir alle hatten Joopi sehr gern. Als wir ihn zum erstenmal nach Grinzing führten, unterschätzte er unseren Heurigen, und als wir in die Stadt zurückkehrten, legte er sich mitten in der Kärntnerstraße, die damals noch keine Fußgängerzone war, auf den Rücken und rief: »Herrgott, das Leben ist schön!« Wir gingen dann noch zu Greta Glogau, die, wie bereits erwähnt, im Hochhaus ein Appartment hatte, welches sie mit ihrem Freund, dem Filmschauspieler Tibor von Halmay, der zu jener Zeit in Berlin drehte, bewohnte. Dort wurde weitergetrunken – plötzlich war Joopi verschwunden. Wir suchten ihn überall und fanden ihn schließlich im Badezimmer, wo er vor dem Spiegel stand und sich mit einem richtigen Rasiermesser rasierte. Wie er am nächsten Tag sagte, habe er bis dahin nie ein solches in der Hand gehabt, und wir konnten von Glück sagen, daß er sich nicht verletzt hatte.
Joopis Karriere war nicht aufzuhalten. Karl Hartl, damals der bedeutendste österreichische Filmregisseur, Gatte Marthe Harells, sah ihn in der Femina und holte ihn zum Film, wo er in »Die Leuch-

ter des Kaisers« großen Erfolg hatte. Nächste Station: UFA, Berlin. In seinen Memoiren »Es kommt auf die Sekunde an« schreibt er über den »Maharadscha«: »Das Buch war von Hugo Wiener. Es war ein Schmarrn, aber dem Publikum gefiel es, und von der Presse wurde es ernstgenommen.« Du siehst, lieber Joopi, daß man auch mit einem Schmarrn Karriere machen kann. Zuerst Marika, dann du – die Gyimes-Betriebe schienen das Vorzimmer zur UFA geworden zu sein.

Mein Lieblingswitz: In Australien bekam ein Mann zu seinem Geburtstag einen neuen Bumerang und wollte den alten wegwerfen. Aus.

Der Bumerang

Bamberger war ein Bumerang. Man konnte ihn nicht loswerden. Wenn man mit ihm beisammensaß und ihn beleidigte – ja, selbst wenn er aufstand und fortging – er kam wieder zurück.

Dr. Robinson hatte seinetwegen bereits einmal die Wohnung, zweimal die Kanzlei und dreimal das Kaffeehaus gewechselt – Bamberger hatte ihn immer wieder aufgespürt. Robinson versuchte es mit einem vierten Kaffeehaus. Gemütlich saß er bei seinem Mokka – wer trat ein? Bamberger.

»Schön, Sie zu sehen!« begrüßte er Robinson.

Robinson erblaßte. »Wer hat Ihnen gesagt, daß ich hier bin?«

»Ihre Frau. Ich habe bei Ihnen angerufen.«

Meine Frau, dachte Robinson grimmig. Warum lasse ich sie auch ans Telephon gehen? Warum habe ich nicht lieber einen automatischen Telephonanrufbeantworter geheiratet, der gesagt hätte, daß ich auf den Fidschiinseln bin und erst wieder am 1. Jänner 2000, ab 15 Uhr, im Kaffeehaus zu erreichen sein werde.

Bamberger begann. »Ich bin schon fünfmal an Ihrem Haus vorübergegangen.«
»Das war schön von Ihnen«, bemerkte Robinson.
»Ich wußte nicht, daß Sie jetzt dort wohnen. Ihr Freund, Herr Wimmer, hat mir Ihre Nummer gegeben.« Freund, dachte Robinson bitter. Freund! Einer, der einem Ekel wie dir meine Nummer gibt.
»Ich brauche Ihren Rat als Anwalt«, sagte Bamberger. Das war etwas anderes. Robinson setzte sich zurecht. Für Klienten war er immer zu haben.
»Mein Bruder ist zwar auch Anwalt«, fuhr Bamberger fort, »aber ich rede nicht mit ihm, seitdem er das Testament meines Onkels angefochten hat, in dem ich besser bedacht war als er.« Er nickte betrübt vor sich hin. »Mein Zwillingsbruder!« betonte er. »Ein Mensch, der mir alles zu verdanken hat.«
»Was hat Ihnen ihr Zwillingsbruder zu verdanken?« fragte Robinson.
Bamberger sah ihn erstaunt an. »Na hören Sie?« wunderte er sich. »Wenn ich nicht dabei gewesen wäre, wäre er doch ein Mann mit zwei Köpfen geworden.« Robinson fragte sich, ob er als normaler Mensch einen Trottel wie Bamberger überhaupt anhören sollte, aber der Anwalt in ihm war stärker als der Mensch. »Was haben Sie für ein Problem?« erkundigte er sich.
»Sie befassen sich doch in Ihrer Kanzlei auch mit dem An- und Verkauf von Realitäten?«
»Ja.« Robinson rückte interessiert näher.
»Meine Frau hat vor Jahren ein kleines Landhaus geerbt, das sie verkaufen möchte.«
»Warum?«
»Weil es zu teuer kommt. Wir müssen die Grundsteuer bezahlen, die Wassergebühr, die Müllabfuhr, die Zinsen für die Hypothek ...«
»Gut. Setzen wir ein Inserat auf.« Robinson nahm aus seinem Aktenkoffer Schreibblock und Kugelschreiber und begann: »Schönes

Landhaus zu verkaufen.« Bamberger unterbrach ihn. »Schön ist es eigentlich nicht, Herr Doktor«, meinte er zaghaft.
»Ich kann aber nicht schreiben: Häßliches Landhaus zu verkaufen. Wo liegt es?«
»Bei Iglgrundshausen.«
»Bei Iglgrundshausen? Nicht einmal in Iglgrundshausen?«
»Leider.«
»Wo liegt Iglgrundshausen?«
»Bei Ober-Ochsendorf.«
»Und wo liegt Ober-Ochsendorf?«
»Bei Etschwangstetten.«
»Und wie weit ist es von Iglgrundshausen nach Etschwangstetten?«
»Zwei Stunden zu gehen, wenn man rennt.«
»Ich werde schreiben: Nähe Wien«, beschloß Robinson. Bamberger sah ihn befremdet an. »Herr Doktor«, meinte er zögernd, »wissen Sie, wie weit Wien von Etschwangstetten entfernt ist?«
Robinson winkte ab. »Wissen Sie, wie weit der Mond von der Erde entfernt ist«, fragte er, »und man erreicht ihn doch? Was für ein Gegenüber hat das Haus?«
»Einen Misthaufen«, sagte Bamberger. »Seit Jahren verspricht uns die Gemeinde einen Park, aber bis jetzt wurde keiner gemacht.«
»Ich werde schreiben: Aussicht auf herrlichen Park.«
»Es ist doch noch keiner da«, wandte Bamberger ein.
»Aber die Aussicht ist da, daß einer hinkommt. In was für einem Zustand ist das Gebäude?«
»Vorne geht es«, meinte Bamberger. »Im Garten mußte es mit alten Bäumen gepölzt werden.«
»Sehr gut«, fand Robinson und schrieb: »Garten mit altem Baumbestand, Sauerstoffreservoir. Wie ist die Umgebung?«
»Schrecklich. Eine Ruine neben der andern.«
»Das ist doch herrlich! Romantische Gegend. Ist an dem Haus etwas zu reparieren?«

»Etwas?« stöhnte Bamberger. »Alles. Es ist so feucht, daß das Wasser von den Wänden rinnt.«

»Wunderbar!« Robinson schrieb: »Fließwasser.«

»In zwei Zimmern ist die Decke so undicht, daß man nach einem starken Regen baden kann.«

»Zwei Badezimmer.«

»Im Keller wachsen Pilze.«

»Günstig für Champignonzucht.«

»Außerdem fehlen zwölf Fensterscheiben.«

»Luftige Räume. Was haben Sie für eine Heizung?«

»Einen alten Petroleumofen. Im Winter haben wir Eisblumen an den Fenstern.«

»Großer Wintergarten. Wie ist die Lage des Hauses? Ruhig?«

Bamberger lachte bitter auf. »Von früh bis spät spielen die Kinder vor dem Haus Fußball. Man lebt ständig in der Angst, einen Ball an den Kopf zu kriegen.«

»Ideal für größere Familien. Kinderparadies. In zwei Zimmer regnet es hinein. Sonst ist das Dach stabil?«

»Solange es windstill ist. Wie sich das leiseste Lüftchen rührt, fallen die Ziegel ab.«

»Schreiben wir: Günstige Kapitalsanlage.«

»Wieso?«

»Weil ständig etwas abfällt. Ich glaube, das genügt. Ich werde noch meine Telephonnummer druntersetzen: 44-11-92, Anwaltskanzlei. Hören Sie, was ich geschrieben habe.« Robinson las: »Schönes Landhaus zu verkaufen, Nähe Wien, mit Aussicht auf herrlichen Park, Garten mit altem Baumbestand, Sauerstoffreservoir, Fließwasser, 2 Badezimmer, luftige Räume, günstig für Champignonzucht, ideal für größere Familien, Kinderparadies, günstige Kapitalsanlage, da ständig etwas abfällt, Auskunft 44-11-92, Anwaltskanzlei. – Ist es Ihnen so recht?«

»Ja«, sagte Bamberger strahlend.

»Dann werde ich das Inserat sofort zur Zeitung schicken.«
Bamberger sah Robinson verwundert an. »Zur Zeitung schicken?« wiederholte er. »Das Inserat? Denken Sie, ich bin verrückt, daß ich ein solches Haus verkaufe?!?«

Überzeugungskraft muß man haben. Daß Bamberger plötzlich der Ansicht ist, ein schönes Haus zu besitzen, ist nicht so verwunderlich. Verwunderlicher ist es, daß Dr. Robinson sich seither bemüht, es ihm abzukaufen.

Meine Frau schenkte mir an meinem Geburtstag eine Supersuper-Quartzuhr, die die Stunden in neunundfünfzig Minuten macht. Denn die Hauptsache heute ist:

Tempo!

Bereits bei der Geburt eines Menschenkindes soll alles sehr schnell gehen. Es soll schnell und ohne Komplikationen vom Mutterschoß das Licht der Welt erblicken. Es soll als Säugling schnell wachsen, schnell an Gewicht zunehmen, diese Zunahme soll sogar nach einer wissenschaftlich exakten Tabelle erfolgen. Das arme Menschlein darf schon hier nicht zurückbleiben, es muß schnell schauen, daß es vorwärtskommt. Es soll so schnell wie möglich seine Umgebung erkennen, schnell bekannte Personen anlächeln, es soll schnell das Krabbeln erlernen, schnell sich aufsetzen, schnell zum Gehen kommen, schnell zum Sprechen anfangen und schnell die Zähne kriegen. Es soll schnell sauber werden, schnell folgen lernen, schnell in den Familienverband hineinwachsen, sich schnell in eine Geschwisterreihe einordnen und schnell das Essen erlernen, damit es schnell nicht zu kurz kommt.
Kommt das Kind dann in einen Kindergarten, so soll es sich schnell auf die neue Situation einstellen, soll sich schnell anpassen, schnell Kontakte schließen, schnell die neuen Spiele kapieren, schnell sich

behaupten können, sonst kann es schnell an den Rand gedrückt werden.
Wenn das Kind in die Schule eintritt, soll es sich schnell assimilieren, schnell sich einfügen, sich anschließen, sich abschleifen, soll schnell mitlernen, schnell die Hausaufgaben machen, damit es mit den Eltern schnell hinausfahren kann, um schnell die Freizeit zu verbringen.
Schnell kommt man in das Alter, wo man noch schneller wächst, schnell aufgeklärt wird, schnell die ersten Liebeserfahrungen sammelt und schnell sich das Rauchen oder Trinken angewöhnt. Hat man irgendeine Schule absolviert, soll man schnell einen Beruf ergreifen, schnell vorwärtskommen, schnell nach oben trachten, schnell sich eine Position schaffen, schnell Karriere machen.
Hat man zuviel gearbeitet, macht man schnell eine Pause, hastet schnell ins Kaffeehaus, trinkt schnell einen Espresso, stürzt schnell in seinen Wagen und fährt schnell durch die Straßen, als hätte man Angst, zu spät zum Unfall zu kommen.
Ist man in der Liebe zu vorschnell gewesen, muß man schnell heiraten und wird auch schnell Nachwuchs bekommen.
Als Frau sollte man schnell zu einem festen Freund kommen, noch besser einen ordentlichen Mann ergattern, denn kommt man nicht schnell unter die Haube, so hat man es schnell versäumt.
Läßt man sich nebenbei in irgendeinen Rennsport hineinbegeistern, so kommt man aus dem Schnelligkeitsfieber überhaupt nicht mehr heraus. Man wird immer schneller werden, und sei es nur um Tausendstelsekunden, man muß schnell Spitze werden, um schnell ins Geschäft zu kommen, damit sich die Sache schnell auszahlt, denn Schnellere drängen nach, und man ist schnell wieder unten.
Hat man einmal Familie, so soll man schnell zu einer schönen Wohnung kommen, schnell zu einer Zweitwohnung, schnell zu einem Häuschen im Grünen, das man auf der Autobahn schnell erreichen

kann. Man richtet sich schnell ungemütlich ein, es soll ja alles schnell fertig werden, damit man schnell den Neid seiner Freunde erregt.
Hat man es schnell zu etwas gebracht, so will man noch schnell etwas vom Leben haben. Man geht am Abend schnell aus, vielleicht schnell in ein Theater, schnell in ein Restaurant, schnell in eine Bar, dann schnell nach Hause, denn am nächsten Tag muß man schnell wieder an die Arbeit.
Ist man als Frau zu Hause, muß man am Morgen trachten, daß alle schnell aus dem Hause kommen, denn schnell wird die Haushaltshilfe kommen, und während sie schnell aufräumt, geht man schnell einkaufen, macht schnell Besorgungen und Wege, dann schnell nach Hause zum Kochen, denn das Mittagessen soll schnell auf den Tisch kommen. Dann schnell zum Friseur gelaufen, in den Kosmetiksalon, zwischendurch noch schnell eine Freundin angerufen, schnell einen Plausch absolviert, am Abend soll schnell das Abendessen gerichtet sein, denn man will ja schnell zum Fernsehen.
So vergehen schnell die Jahre, die Kinder wachsen schnell heran, an ihnen sieht man, wie schnell die Zeit vergeht, man wird schnell älter. Laster, die man sich schnell angewöhnt hat, soll man sich jetzt schnell abgewöhnen, sonst geht es noch schneller bergab. Manche Eheleute leben sich auch mit der Zeit schnell auseinander, lassen sich schnell scheiden und wollen schnell noch einmal von vorne anfangen. Mancher Mann in der Midlifecrisis legt sich noch schnell eine jüngere Freundin zu, manches Weib im Abblühen schnell einen jungen Liebhaber. Aber auch das geht schnell zu Ende. Man gehört schnell zum alten Eisen, wird schnell aus dem Berufsleben gedrängt, manche gehen auch gerne schnell in Pension, man muß sich jetzt schnell einen neuen Lebensinhalt suchen, vielleicht sich schnell ein paar Hobbys zulegen, die kleinen Wehwehchen werden auch schnell größer – mancher muß sich schnell operieren lassen – schnell Übergewicht absetzen – schnell auf Diät umschalten.

Ist man einmal so alt und gebrechlich, daß man Pflege braucht, so soll man schnell in ein Altenheim gehen, denn die Angehörigen, die alle schnell leben müssen, haben keine Zeit für solche Hilfe. Man soll auch schnell sterben, um nicht lange leiden zu müssen, und sich schnell begraben lassen, weil die nächste Leiche bereits wartet. Hat man alles schnell hinter sich gebracht und haben die Erben das ihnen zustehende Erbteil erhalten, wird man sicher auch schnell vergessen werden.

Verzeihen Sie, daß ich den Gedanken nicht weiter verfolge,
aber ich muß schnell zur nächsten Geschichte.

Ein Ferienlager ist ein Ort, an dem die Kinder so laut und unbändig herumtollen können wie sonst nur zu Hause. Und wo sie etwas erleben, woran sie noch lange zurückdenken.

Ladis Ferienerlebnis

Ladi, damals 6, kam aus dem Ferienlager.
»Was für Eindrücke hat er vom Land mitgebracht?« fragte ich seinen Vater, Walter Goldmann.
»Eindrücke gar keine«, sagte Goldmann, »nur Ausdrücke.«
Am Abend waren wir beisammen.
»Na, Ladi«, erkundigte ich mich, »was hast du auf dem Lande alles gesehen?«
»Ich habe einen Festzug gesehen«, antwortete Ladi, »ich habe die Feuerwehr gesehen und ich habe gesehen, wie ein Hahn auf eine Henne gehüpft ist.« Wir waren starr.
»Geh auf dein Zimmer!« befahl Goldmann. Ladi ging.
»Eine schöne Geschichte!« sagte Goldmann fassungslos. »Dieser Lausbub!«

»Es ist deine Schuld!« weinte seine Frau Hermine. »Du hast ihn in das Ferienlager geschickt! Die großen Buben dort haben ihn verdorben! Jetzt weiß er alles!«
»Ist denn das so schlimm?« fragte meine Frau. »Heutzutage? Ihr hättet ihn längst aufklären müssen.«
»Ein Kind mit sechs Jahren?« schluchzte Hermine.
»Ich finde, Hermine hat recht«, mischte ich mich in das Gespräch. »Man soll Kinder nicht aufklären. Es ist viel amüsanter, wenn sie selbst draufkommen.«
Goldmann sah mich an. »Du mußt ihn aushorchen!« sagte er plötzlich. »Wir müssen wissen, was und wieviel er weiß. Für uns, seine Eltern, wäre das bedeutend peinlicher.«
»Aber wie soll ich –?«
»Erzähl ihm von Bienchen und Schmetterlingen«, meinte meine Frau belustigt, »und sag ihm dann, daß es die Menschen genauso machen.«
»Von Bienchen und Schmetterlingen? Wenn er einen Hahn und eine Henne gesehen hat?«
»Auf Hahn und Henne wirst du schon zu sprechen kommen.«
»Also gut!« seufzte ich.
Am nächsten Tag fuhr ich mit Ladi in den Wienerwald. Während wir spazierengingen, forderte ich ihn auf: »Erzähle mir doch noch einmal, was du auf dem Land alles gesehen hast.«
»Ich habe einen Festzug gesehen«, sagte Ladi prompt, »ich habe die Feuerwehr gesehen, und ich habe gesehen, wie ein Hahn auf eine Henne gehüpft ist.«
Da war es wieder. Zum Glück kam uns ein Liebespaar entgegen. Die jungen Leute hielten sich umarmt, blieben stehen und küßten sich. Das war das Stichwort für mich.
»Hast du gesehen, was die beiden gemacht haben?« fragte ich Ladi.
»Ja«, sagte er.
»Na was?«

»Sie haben sich geküßt.«
»Richtig!« lobte ich ihn. »So machen es die Menschen, und genauso ist es bei den Bienchen und Schmetterlingen!« Trottel! Umgekehrt! Mit den Bienchen und Schmetterlingen hätte ich anfangen müssen. Wir fuhren nach Hause. Ich lehnte es ab, Ladi weiterhin auszuhorchen. Meine Frau übernahm die Aufgabe. Sie fuhr mit Ladi in den Prater.
»Jetzt erzähle mir einmal ganz genau«, forderte sie ihn auf, »was du auf dem Land alles gesehen hast.«
»Ich habe einen Festzug gesehen«, antwortete Ladi, »ich habe die Feuerwehr gesehen, und ich habe gesehen, wie ein Hahn auf eine Henne gehüpft ist!«
»Siehst du«, sagte meine Frau, »wenn ein Hahn auf eine Henne hüpft, so ist das ein Zeichen – ein Zeichen –« sie stotterte – »daß er gewisse Gefühle hat – weil ja auch die Bienchen –« Auch sie trat von dem Job zurück.
Nun übernahm Goldmann persönlich die Sache. Er fuhr mit Ladi in den Zoo.
»Erzähl mir«, begann er und nahm sich vor, ganz ruhig zu bleiben, »was du auf dem Land alles gesehen hast.«
Ladi mußte uns für verrückt halten. »Ich habe einen Festzug gesehen«, erzählte er zum x-tenmal, »ich habe die Feuerwehr gesehen, und ich habe gesehen, wie ein Hahn auf eine Henne gehüpft ist.«
In Goldmann erwachte der alte Choleriker. »Warum hast du nicht weggeschaut, wie der Hahn auf die Henne gehüpft ist? Warum nicht? Ha? Nur weil es dir Vergnügen gemacht hat! Weil du deinen Vater ins Grab bringen willst, du Lausbub!« Er gab Ladi eine Ohrfeige und brachte ihn nach Hause. Jetzt wäre die Reihe an Hermine gewesen, aber sie lehnte es ab, mit ihrem Sohn über derlei Dinge zu sprechen.
Ich hatte eine Idee. »Wie wäre es, wenn wir Ladis Lehrer zu Rat ziehen würden?« Wir gingen zu Ladis Lehrer und berichteten über

den Vorfall. Der Lehrer, ein junger, progressiver Mann mit Vollbart, ließ Ladi rufen.

»Na?« begann er jovial, »du kommst doch jetzt aus den Ferien. Was hast du auf dem Lande gesehen?«

»Ich habe einen Festzug gesehen«, antwortete Ladi, »ich habe die Feuerwehr gesehen, und ich habe gesehen, wie ein Hahn auf eine Henne gehüpft ist.«

»Hm!« machte der Lehrer und ließ sich den Bart abrasieren. Er war doch nicht so progressiv wie er gedacht hatte. »Sie sollten sich mit einem Kinderpsychiater besprechen.«

»Das ist auch meine Meinung«, sagte ich.

Goldmann brauste auf. »Weißt du, was das kostet?«

»In diesem Fall darf uns nichts zu teuer sein«, erklärte Hermine. Ich kannte einen berühmten Kinderseelenforscher: Dr. Pinter. Mir zuliebe kam er sogar ins Haus. Am Abend versammelten wir uns in Goldmanns Salon und erzählten ihm die Geschichte.

»Da können Sie von Glück sagen«, meinte der Arzt. »Durch die plötzliche Erkenntnis der Beziehungen zwischen Mann und Frau bzw. zwischen Hahn und Henne hätte der Junge einen Schock fürs Leben bekommen können.«

Ladi wurde hereingerufen. »Du bist also der junge Mann, der so interessante Dinge zu berichten weiß«, versuchte Dr. Pinter sein Vertrauen zu gewinnen. »Erzähl auch mir, was du auf dem Land alles gesehen hast.«

Noch ein Verrückter, schien Ladi zu denken. Dann begann er: »Ich habe einen Festzug gesehen, ich habe die Feuerwehr gesehen, und ich habe gesehen, wie ein Hahn auf eine Henne gehüpft ist.«

»Da ist es«, murmelte Dr. Pinter und flüsterte uns zu: »Man muß versuchen, dieses Bild aus seinem Unterbewußtsein zu verdrängen.« Er wandte sich Ladi zu. »Was hattest du für ein Gefühl, als du das sahst? War es ein Lustgefühl? Oder ein Wunschgefühl? Wärest du vielleicht selbst gern an Stelle des Hahns gewesen?«

Ladi sah Dr. Pinter verwundert an.

»Oder wünschtest du, daß dein Vater auf der Henne gesessen hätte?«

Ladi bekam Angst. Auch Goldmann fand die Frage eigenartig. Was sollte er auf der Henne?

»Weißt du überhaupt«, setzte der Psychiater fort, »warum der Hahn auf die Henne gehüpft ist?«

Wir horchten auf. Das war eine Frage, die noch keiner von uns gestellt hatte.

»Natürlich weiß ich das«, entgegnete Ladi.

»Also?« triumphierte Dr. Pinter. »Warum?«

»Das ist doch ganz einfach«, sagte Ladi. »Weil er den Festzug besser sehen wollte.«

Wir atmeten erleichtert auf. Das war wieder unser unschuldiger Sohn bzw. Neffe Ladi.

Diese Geschichte hat sich vor einigen Jahren zugetragen. Heute weiß Ladi nicht nur Bescheid, er fragte mich vor kurzem sogar, ob ich wisse, warum Sex so beliebt sei. Ich verneinte.

Drauf er: »Weil er so zentral gelegen ist.«

Ein Mann, der eine Uhr stiehlt, ist ein Dieb – ein Mann, der einen Sketch stiehlt, ist ein Plagiator.

Die Reise um die Erde

Außer einem Satelliten geht nichts so schnell um die Erde wie ein Kabarett-Sketch. Wieso? Ich werde es Ihnen erklären: Nehmen wir an, in einem Sketch gibt es sechs Rollen, man benötigt also sechs Darsteller. Jeder dieser sechs bekommt ein Manuskript, aus dem er die Rolle lernt. Auf der ersten Spalte dieses Manuskripts findet man gewöhnlich einen Stampiglienaufdruck: »Dieses Manuskript ist Eigentum des Kabaretts Soundso und muß nach Gebrauch an den Besitzer zurückgestellt werden.« Das ist klar. Ebenso klar ist es, daß ein solches Manuskript in der Geschichte des Kabaretts noch niemals zurückgestellt wurde. Warum nicht? Sie werden es sofort begreifen. Die Saison ist vorüber, das Ensemble zerstreut sich in alle Winde, und jeder der sechs Künstler, die in dem Sketch aufgetreten sind, hat ein Manuskript davon in der Tasche, im Koffer, unterm Hut – wo er will. Wenn wir nun, um es kurz zu machen, die Darsteller mit A, B, C, D, E und F bezeichnen, so geht A nach G, B nach H, C nach I, D nach J, E nach K und F nach L. In allen diesen Orten, von G bis L, wird nun der Sketch aufgeführt. Etwas verändert, unter einem andern Titel, auch der Autor bekommt einen andern Namen, und zwar den des Schauspielers, der den Sketch bringt, und wieder bekommen fünf Personen je ein Manuskript – fünf, weil ja der »Autor« bereits eines hat –, und da wir sechs Orte haben – fünf mal sechs ist dreißig –, sind nun bereits dreißig Menschen im Besitz eines Manuskripts. Und wieder ist die Saison zu Ende, wieder zerflattert das Ensemble, wieder wird der Sketch gespielt, diesmal schon an dreißig verschiedenen Orten, wieder wird er etwas verändert, bekommt einen andern Titel, einen andern Autor, wieder bekommen dreißig mal fünf Schauspieler je ein Manuskript, das bedeutet, daß bereits hundertfünfzig Künstler im Besitz des Sketches sind. Beim nächsten Mal sind es siebenhundertfünfzig, dann 3750, dann 18 750, und in ein paar Jahren halten wir bei 468 750 Schauspielern, von denen jeder ein Manuskript des Sketches hat. Und das geht noch weiter, und der arme Autor – in diesem Fall ich – sitzt zu Hause, weiß von nichts und bekommt nicht einmal Tantiemen. Aber einmal machte ich den Herrschaften einen Strich durch die Rechnung.

Ich verbrachte eine Woche in Badgastein. Am Samstag abend gab es ein Gastspiel der Bauernbühne »Die lustigen Brunntaler«. Ich beschloß hinzugehen. Da – was war das? Das kommt mir doch bekannt vor? Richtig! Das war mein Sketch »Wie geht es Ihnen?«! Allerdings etwas verändert. Der Titel war »Der Wilderer im Himmelbett«, aus dem Generaldirektor war ein Förster geworden, Harald und Elfi hießen Seppl und Mirzl, aus dem Diener hatte man einen Knecht und aus dem Stubenmädchen eine Magd gemacht. Der Autor hieß Ferdinand Kramlechner, er war der Direktor und spielte auch mit. In der Pause ging ich hinter die Kulissen und verlangte ihn zu sprechen.

»Ja?« kam er auf mich zu.

»Sie spielen da einen Sketch ›Der Wilderer im Himmelbett‹.«

»G'fallt er Ihnen? Der is von mir«, sagte Kramlechner.

»Wirklich?« fragte ich mit einem Blick, der dem hartgesottensten Mörder ein Geständnis entlockt hätte.

»Das hoaßt«, beeilte er sich zu erwidern, »die Idee is net von mir, aber sonst all's.«

»Und wo hatten Sie ihn her?« inquirierte ich weiter.

»In Berlin hab i ihn im Radio g'spielt. Mit'm Bamberger.«

Ich fuhr nach Berlin. Im Rias spielte man mir das Tonband der betreffenden Sendung vor. Es war mein Sketch. Bamberger hatte den Generaldirektor zu einem Geheimrat umfunktioniert, Harald und Elfi hießen Heinz-Dieter und Gundula, der Diener war ein Neffe, das Stubenmädchen eine Nichte, die der Neffe immer mit »dufte Biene« und »ulkige Nudel« ansprach. Aber sonst war es mein Sketch. Ich rief Herrn Bamberger an.

»Ja?« meldete sich eine Stimme am anderen Ende des Kabels.

»Ich habe im Radio Ihren Sketch ›Nanu Mensch, wat is los?‹ gehört. Stammt der wirklich von Ihnen?«

»Ja, ja«, beteuerte er etwas zögernd.

»Wirklich?« fragte ich, und meine Stimme hatte einen gewissen Bombenattentatsankündigungston.

»Das heißt«, zog er zurück, »die Idee ist nicht von mir, aber ich habe ihn neu geschrieben und etwas abgeändert.«

»Und woher hatten Sie ihn?«

»Moment mal, lassen Sie mich nachdenken – hab's schon. In Paris spielte ich ihn mit Larroux, in französischer Sprache. Mein Vater war Elsässer, und so spreche ich gut französisch. Der Sketch hieß damals ›Cherchez la femme!‹, und gespielt wurde er – warten S' mal – ja! In der ›Femina‹!«

Ich fuhr nach Paris. Die »Femina« gab es nicht mehr, aber Larroux gab es noch.

»Ich habe in Berlin Ihren Sketch ›Cherchez la femme!‹ im Radio gehört«, begann ich. »Er hat mir sehr gut gefallen.«

»Oh!« sagte er begeistert. »Das verzückt mich sehr, Monsieur! Und was Sie wünschen?«

»Ich wünsche, Ihnen zu sagen, daß dieser Sketch von mir ist!«

Er erblaßte. »Pardon!« entschuldigte er sich. »Ick'aben nur genommen der Idee, alles andere ick 'aben vergeändert.«

»Und woher wußten Sie überhaupt von dem Sketch?«

»Ick 'aben ihn gespielt in Südvietnam, als es noch war französisch. Es war in Saigon, der Autor dort 'ieß Desmoulin, der Sketch 'ieß ›La Grande Nation‹, und das Cabaret, in dem wir 'aben gespielt, 'ieß ›Les Grisettes‹.«

Ich flog nach Saigon. Nord- und Südvietnam waren noch mitten im Krieg. Ich landete mit einem Hubschrauber, schlich mich durch beide Linien, wurde gefangen, verbrachte einen Monat in einem Vietkong-Lager, es gelang mir zu fliehen, der Krieg war zu Ende, ich fand Desmoulin in einem zerschossenen Keller. Er war ein alter Mann.

»Erinnern Sie sich an Ihren Sketch ›La Grande Nation‹?« »O ja!« sagte er mit leuchtenden Augen.

»Er war von mir!«

»Oh!« Das Leuchten erlosch. »Verzeihen Sie einem armen alten Mann. Ick 'aben wirklich nur genommen der Idee, alles andere war von mir. Aus dem Maler ick 'aben gemacht einen französischen General, Pierre 'ieß Alain, Angele 'ieß Jeanne und war die Jungfrau von Orleans, der Obstverkäufer 'ieß Tschon-Mang – er war bereits bei die Vietkong –, und Georgette war Mascha, russische Geheimagentin.«

In meinem Kopf ging es durcheinander. Maler? Pierre? Angele? Obstverkäufer? Georgette? Er mußte den Sketch von einer Nebenlinie bekommen haben. Schließlich gab es 468 750 Manuskripte.

»Woher hatten Sie diesen Sketch?« fragte ich ziemlich barsch.

»Ick 'aben ihn gespielt in New York in englischer Sprache. Ma mère – meine Mutter – war Engländerin. In New York der Sketch 'aben ge'eißen ›What's cooking, honey?‹, und aufgeführt 'aben ihn Bob Henning in Cabaret ›Mousetrap‹.«

»Merci!« Ich ging auf die Straße, wurde als Ausländer verprügelt und nach Nordvietnam abgeschoben. Von dort gelangte ich, nach vielen Abenteuern, über China und die Mongolei in die Sowjetrepublik. Dort saß ich fest. Ein Jahr lang ging meine traurige Geschichte durch alle Illustrierten der Welt, der Papst und die UNO setzten sich für mich ein, hunderte Menschen boten sich den Sowjets an meiner Stelle an, in allen Hauptstädten Europas gab es Protestdemonstrationen, bis ich endlich, durch die Vermittlung der USA und des Präsidenten persönlich, gegen einen sowjetrussischen Spion ausgetauscht wurde. Ganz Amerika sprach von mir, ich erschien im Weißen Haus, gab TV-Interviews – nach einer Woche kaperten Piraten einen Ozeanriesen und nahmen die Freiheitsstatue als Geisel – ich war vergessen. Ich flog nach New York, meinem ursprünglichen Ziel, und begab mich sofort in die »Mousetrap«.

»Hey!« begrüßte mich ein Herr erstaunt. »Aren't you Mr. Wiener?«

»Yes«, sagte ich. Wahrscheinlich kannte er mich vom Fernsehen. – »Sie waren hier ten years ago?«

»Yes … ich war vor zehn Jahren hier.«

»Gut, Sie kommen wieder. Sie haben damals gestohlen meinen Sketch ›America for ever!‹ und haben ihn aufgeführt in Vienna. Aus

dem Südstaaten-Colonel haben Sie gemacht einen Generaldirektor, Tommy and Shirley Sie haben genannt Harald und Elfi, aus dem Cowboy Sie haben gemacht einen Diener und aus der Farmersfrau ein Stubenmädchen. Habe ich recht?«
»Ja«, sagte ich zitternd, »aber alles andere war von mir. Ich habe bloß die Idee genommen.«
»All right!« sagte er nicht sehr freundlich.
Ich wurde angeklagt wegen Plagiats, man nahm mir den Paß ab, ich sah mich bereits auf dem elektrischen Stuhl. Zum Glück stellte mir die österreichische Botschaft einen tüchtigen Anwalt, der nachweisen konnte, daß der Sketch von Johann Nestroy war, der ihn nach einem Lustspiel von Goldoni geschrieben hatte, Goldoni hatte die Idee bei Molière entdeckt, Molière bei Lin Pu (chinesischer Dichter, gest. 1026) und Lin Pu bei Aristophanes.

Ich wurde freigesprochen, und doch – es gibt Dinge, denen man nicht auf den Grund gehen sollte.

Ein uraltes Sprichwort sagt: »Nichts auf Erden ist umsonst. Nicht einmal der Tod, denn der kostet das Leben.« Das stimmt nicht. Der Tod kostet mehr. Wenn Sie mir nicht glauben, fragen Sie

Die lieben Verwandten

Onkel Otto war gestorben. Er hatte weder Frau noch Kinder hinterlassen, und so versammelten sich die lieben Verwandten an seinem Totenbett, um Abschied von ihm zu nehmen und die nächsten Schritte zu besprechen.
»Gut sieht er aus«, sagte Tante Klara und zerdrückte eine Träne.
»So friedlich«, seufzte Tante Paula.
»Als ob er schlafen würde«, schluchzte Tante Henriette.

»Wenn ich denke«, meinte Schwager Robert, »daß ich ihn vorige Woche noch besuchen wollte und nicht dazu gekommen bin …«
»Wir müssen ihm ein würdiges Begräbnis bereiten«, sagte Bruder Michael. »Er hat es verdient. Nehmt Platz, damit wir alles Nötige besprechen.«
Die lieben Verwandten setzten sich um den großen Tisch herum.
»Ich habe bereits Erkundigungen eingezogen«, begann Bruder Michael, »und beantrage eine Beisetzung 1. Klasse. Eine solche schließt ein: den Wagen mit dem teuren Verblichenen, einen Blumenwagen, zwölf schwarze Limousinen für die nächsten Angehörigen, die feierliche Aufbahrung auf dem Friedhof, eine längere Rede des Pfarrers sowie einen Chor mit Orgelbegleitung.«
Die lieben Verwandten waren sich einig. »Sehr gut!« sagten sie und nickten beifällig mit den Köpfen.
»Die Kosten einer solchen Beisetzung«, fuhr Bruder Michael fort, »betragen ungefähr sechzigtausend Schilling.«
Die lieben Verwandten schwiegen und nickten auch nicht mehr mit den Köpfen.
Endlich nahm Schwager Robert das Wort: »Es ist nicht des Geldes wegen, aber ich zweifle, ob wir mit einem solch prunkvollen Begräbnis im Sinne des Verstorbenen handeln würden.«
»Robert hat recht«, meinte Schwester Margarete. »Otto war niemals ein musischer Mensch. Ich denke, daß wir auf Chor und Orgelbegleitung verzichten sollten.«
»Sehr richtig«, meinte Tante Henriette. »Auch auf die lange Rede des Pfarrers. Otto konnte lange Reden nicht ausstehen. Ein paar Worte und Schluß. Das würde die Kosten erheblich senken – und Otto war schließlich ein bescheidener Charakter.«
»Auch der Blumenwagen«, sagte Tante Ella. »Wozu? Heute schicken die Blumenhändler die Kränze direkt auf den Friedhof.«
»Stimmt«, pflichtete Bruder Johann ihr bei. »Und die zwölf Limousinen? Sechs für die nächsten Anverwandten genügen vollkommen.

Heute hat jeder einen Wagen, und wer keinen hat, soll mit der Straßenbahn fahren. Ich bin überzeugt, daß wir auf diese Weise die Hälfte der Kosten einsparen könnten.«
»Die Hälfte sagst du?« nahm Schwager Leopold das Wort. »Wir könnten weit mehr einsparen. Wir müßten bloß auch auf die restlichen sechs Limousinen verzichten. Wir haben doch auch jeder einen Wagen.«
»Das geht nicht«, gab Bruder Michael zu bedenken. »Unsere Wagen haben nicht nur verschiedene Farben, sie sind auch zu hell. Es macht einen besseren Eindruck, wenn die nächsten Verwandten in schwarzen Wagen vorfahren.«
»Eindruck hin, Eindruck her«, sagte Neffe Heinz. »Meine Firma besitzt einen Kombiwagen, den stelle ich zur Verfügung – in dem haben wir alle Platz.«
Die lieben Verwandten murmelten beifällig. Schwager Robert, der inzwischen eine Flasche Cognac aus dem Besitz des Verstorbenen gefunden und die Hälfte davon geleert hatte, meinte mit schwerer Zunge: »Resümieren wir also. Kombiwagen bis zum Friedhof, kurze Rede des Pfarrers – und hinein in die Grube!« Die lieben Verwandten lachten.
»Bleibt noch eines«, erinnerte Bruder Michael, »Der Wagen mit dem Sarg.«
Da erhob sich der Tote in seinem Bett und sagte: »Um den macht euch keine Sorgen – ich gehe zu Fuß!«

Die lieben Verwandten sind immer bereit, Geld zu sparen – wenn sie wissen, daß es auf Kosten der Erbschaft geht.

Robin Hood bestahl, wie man weiß, nur die Reichen. Warum? Weil die Armen kein Geld hatten. Robin war nicht der Mann, der sich mit kleinen Beträgen zufrieden gab. Er war schließlich kein Taschendieb. Taschendiebe sind bescheidener. Der Taschendieb denkt sich, es ist leichter, einer Million Menschen je einen Schilling zu stehlen, als einem einzigen Menschen eine Million. Leider gibt es heute sehr viele Taschendiebe, und man kann nicht genug auf der Hut sein. Mein Freund Robinson mußte das erfahren. Aber er triumphierte.

Robinson fängt einen Taschendieb

Robinsons Wagen war in der Werkstatt. »Nimm dir ein Taxi«, riet Mela, seine Frau, als er in die Kanzlei mußte. Mela riet immer etwas, was sich von selbst verstand. »Schon gut«, antwortete er deshalb schlecht gelaunt.

»Nimm dir ein Taxi«, brummte er, als er zum Standplatz kam und keines vorfand. »Das ist leicht gesagt.« Er wartete – kein Taxi. Noch fünf Minuten, nahm er sich vor – kein Taxi. Jetzt warte ich noch, bis drei schwarze Wagen vorbeifahren. Drei schwarze Wagen fuhren vorbei – kein Taxi. Robinson sah sich um. Wo ist die nächste Bushaltestelle? Dort drüben. Er ging hinüber – kein Bus. Noch fünf Minuten, nahm er sich vor – kein Bus. Jetzt warte ich noch, bis fünf blaue Wagen vorbeifahren. Fünf blaue Wagen fuhren vorbei – kein Bus. Robinson sah sich um. Wo war die nächste U-Bahn-Station? Dort vorne. Er ging hin, fuhr mit der Rolltreppe hinunter, die U-Bahn kam, total überfüllt. Robinson zwängte sich hinein. Ein Spatz in der Hand ist besser als eine Taube auf dem Dach, sagt ein altes Sprichwort. Robinson wandelte es ab: Ein Sitzplatz in einer vollen U-Bahn ist besser als zwei in einer leeren. Was nützte es? Er mußte stehen. Gedrängt, gequetscht, gepreßt.

Der Wagen brauste dahin. Erste Station, zweite Station, noch zwei, dann hatte er es überstanden. »Es ist furchtbar«, jammerte eine alte Dame, die neben ihm stand. »Ich stehe die ganze Zeit auf einem Fuß!« »Ich weiß es«, sagte Robinson unfreundlich, »es ist meiner!«

»Entschuldigung!« Die Dame versuchte, ein Stückchen abzurücken. Jetzt drängte man von der anderen Seite. Robinson versuchte, seinen Platz zu behaupten. Er verteidigte ihn, wie Leonidas die Thermopylen gegen die Perser verteidigt hatte. Da war ein Mann, klein mit schwarzem Bart, in Jeans und Anorak, der besonders stark drängte. »Ich kann nichts dafür«, sagte er, als er merkte, daß Robinson ihn nicht gerade liebenswürdig ansah. »Ich werde gestoßen.« Robinson gab keine Antwort. Er hatte nicht die Absicht, sich mit dem schwarzen Mann in ein Gespräch einzulassen.
Dritte Station. Gott sei Dank, nur noch eine. Der schwarze Mann, der anscheinend ebenfalls aussteigen wollte, drängte sich an Robinson vorüber, der Zug hielt, der Mann fiel auf Robinson, hielt sich an seinem Handgelenk fest, sagte »Hoppla!«, stieg aus, ging, so schnell er konnte, zur Rolltreppe und fuhr hinauf. Jetzt war auch Robinson draußen. Er atmete auf. Es ist etwas später als sonst, dachte er, ich werde im Büro anrufen, damit Dr. Mahler, mit dem ich um acht einen Termin habe, nicht gleich weggeht. Wie spät ist es eigentlich? Er sah nach seiner Quartzarmbanduhr, die Mela ihm geschenkt hatte – die Uhr war weg. Der schwarze Mann, durchfuhr es ihn sofort. Er war ihm gleich verdächtig vorgekommen. Deshalb hatte er getan, als ob er auf ihn fallen würde. Als er sich an seinem Handgelenk festhielt, hatte er ihm die Uhr gestohlen. Robinson stürzte die Treppe hinauf – die Rolltreppe fuhr ihm zu langsam –, er sah nach rechts, nach links – der Mann war längst verschwunden. Trotzdem. Robinson gab nicht auf. Er lief bis zur nächsten Ecke, bis zur übernächsten, blickte in alle Seitengassen – dort! Dort ging er! »Stehenbleiben!« rief Robinson. Der Mann drehte sich um, sah, daß Robinson ihn verfolgte und begann zu laufen. Robinson hinter ihm her. Jetzt lief er in einen Park. Robinson folgte ihm. Der Park war menschenleer. Kein Fußgänger, dem er hätte zurufen können, daß er den Dieb aufhalten solle – kein Polizist. Der Verbrecher wußte schon, weshalb er sich gerade diesen Park ausgesucht hatte. Der

Mann lief schneller, Robinson ließ sich nicht abschütteln. Er war gewohnt zu joggen, er kannte keine Atemnot. Der Mann sprang in ein Gebüsch. Robinson ihm nach. Der Mann kam auf der anderen Seite wieder heraus, Robinson ebenfalls. Der Mann sprang über ein Eisengitter, Robinson dito. Jetzt kam ihm das Glück zu Hilfe. Der Mann stürzte über einen Stein und fiel hin. Ehe er sich erheben konnte, stürzte Robinson sich auf ihn und packte ihn bei der Gurgel. »Die Uhr her!« rief er drohend. »Ja, ja«, weinte der Mann, »da haben Sie! Nur lassen Sie mich laufen! Ich habe eine Frau und zwei Kinder zu Hause!« Er gab Robinson die Quartzarmbanduhr.

»Gut«, sagte Robinson keuchend, »und jetzt lauf! Lauf schnell, bevor ich es bereue, so gnädig mit dir gewesen zu sein.«

Der Mann sprang auf und lief, so schnell er konnte. Robinson nahm die Uhr um, ging in seine Kanzlei, wollte seine Frau anrufen, um ihr zu berichten, was ihm passiert war, das Telefon war besetzt, sein Klient wartete, nach ihm kam ein zweiter, ein dritter, dann mußte er zu Gericht. Im Kaffeehaus werden sie sich wundern, dachte er, wenn ich ihnen sage, daß ich einen Taschendieb gefangen habe.

Stolz kam er nach Hause. Auch Mela wird sich wundern. »Na?« fragte sie sofort, als er zur Tür hereinkam. »Du schaust doch hundertmal am Tag, wie spät es ist. Wie bist du denn heute ohne Uhr ausgekommen?«

»Ohne Uhr?« wunderte sich Robinson. »Woher weißt du –?«

»Du hast sie doch auf dem Schreibtisch liegen lassen.«

»Ich verstehe die heutige Welt nicht mehr«, sagte zur selben Zeit der schwarze Mann zu seiner Frau und seinen beiden Kindern. »Rennt mir ein Mann, der aussieht wie ein Herr, am hellichten Tag nach und raubt mir die Uhr!«

Senora Ahora

Bogota, Kolumbien 1938.

Während der Militärparade stießen zwei Flugzeuge zusammen und stürzten auf die Tribüne. Es gab vierzig Tote, Nationaltrauer wurde angeordnet, alle Vergnügungen wurden abgesagt und natürlich auch unsere Revue. Nach acht Tagen durften wir spielen, aber nur konzertant – ja nichts Lustiges. Die Meloparodisten sangen Mozart und Schubert, Polly Sylvan sang den »Csárdás« von Lehár, ich begleitete sie am Klavier, die Tanzgruppe brachte klassische Tänze, Strehn sang das Hobellied aus Raimunds »Verschwender« und, als das Publikum eine Zugabe verlangte, »Wo sind deine Haare, August« in Moll und mit todernstem Gesicht, damit ja niemand auf den Verdacht kommen könnte, daß es sich dabei um einen lustigen Schlager handelt – und Cissy conferierte in Spanisch. Und das war, gegen unseren Willen und gegen die Anordnung des Alcalden, für das Publikum umwerfend komisch. Man hatte ihr aufgeschrieben, was sie zu sagen hatte, und jede der Ansagen begann mit den Worten »y ahora«, was soviel bedeutet wie »und jetzt«. Nun ist das Wort »ahora« eine Herausforderung für jeden Ausländer. Als Cissy es zum erstenmal sagte, lachten die Leute noch verhalten, beim zweiten Mal lachten sie schon lauter und vom dritten Mal an waren sie nicht zu halten. So hatte Cissy gleich am ersten Abend ihren Durchbruch. Dabei wußten weder sie noch wir, warum die Leute so gelacht hatten. Das Wort »ahora« blieb an ihr haften wie später der »Nowak«. In den Geschäften sagte man »ahora«, wenn sie eintrat, auf der Straße rief man ihr »Señorita Ahora« nach, und eine Strumpffirma nannte ihre Produkte nach ihr.

Eine Auszeichnung ist der sichtbare Dank des Staates, der auf Antrag des zuständigen Ressortministers durch den Bundespräsidenten verliehen wird. Der dieser Ehrung für würdig Befundene braucht dazu drei Dinge. 1. einen guten Leumund, 2. irgendwelche Verdienste, und 3. einen Bekannten, der zu dem oben erwähnten, zuständigen Ressortminister gute Beziehungen hat. Egal wie es kam:

Ich habe eine Auszeichnung bekommen

Ich habe eine Auszeichnung bekommen. Ich habe mich ehrlich darüber gefreut, aber – was macht man mit einer Auszeichnung? Auf der Straße kann man sie nicht tragen, außer als Kokarde im Knopfloch, womit man nichts weiter erreicht, als daß die Böswilligen sagen: »Ich bin auch bei einem Kegelklub.« Es ist also kein rechtes Vergnügen. In der Zeitung könnte es stehen. Dort liest es ein jeder und die Kollegen ärgern sich. Es stand *nicht* in der Zeitung, und die Kollegen ärgerten sich *nicht*.

In die Vitrine kann man sie legen. Wir legten sie in die Vitrine, gaben eine Party – was war? Die Partygäste standen um die Vitrine herum, tranken meinen Whisky, verstellten meine Auszeichnung und taten, als ob sie sie gar nicht bemerkten.

Meine Frau hatte eine Idee: »Wir geben eine gemütliche Jause, sitzen um den Tisch herum, die Vitrine steht frei, und jeder wird deine Auszeichnung sehen.« Sollte man meinen. Wir gaben eine gemütliche Jause, saßen um den Tisch herum, immer wieder lenkte ich meine Augen zu der Vitrine – keiner der anwesenden Blicke folgte mir. Sie *wollten* meine Auszeichnung nicht sehen.

Was könnte man noch tun? Ich hab's! Auf den Opernball könnte man gehen. Auf den Nobel-FKK-Strand, wo man sich ohne Auszeichnung nackt fühlt, und wo man sich auch mit nur einer Auszeichnung nicht ins Wasser wagen darf, weil man glatt untergehen würde. Nun hatte ich aber bereits zwei Stück von dem sichtbaren Dank des Staates, und jetzt kam noch die dritte, die höchste dazu, da könnte ich schon – Moment! Ich habe ja noch eine vierte Auszeichnung! Das ist allerdings eine große Plakette, die könnte ich mir nur um den Hals hängen, und das hinwiederum könnte unter gewissen Umständen wie eine Riesenhundemarke aussehen. Nein! Mit drei Auszeichnungen kann man es riskieren. Leider habe ich die letzte im März bekommen, und der nächste Opernball findet erst wieder im Februar statt. Ich mußte also elf Monate warten. Wenn schon. Man braucht ja schließlich Zeit zu den Vorbereitungen.

Ich wartete, bis meine Frau nach Hause kam, dann trat ich ihr gegenüber und sagte feierlich: »Weib!« (Bei großen Entschlüssen pflege ich immer »Weib« zu sagen.) »Du erinnerst dich«, setzte ich fort, »daß ich dir noch dein letztes Geburtstagsgeschenk schulde. Nach langem Nachdenken ist mir die richtige Überraschung für dich eingefallen. Ich führe dich auf den Opernball!«

»Auf den Opernball?« fragte meine Frau erstaunt. »Jetzt haben wir März, und der Opernball ist im Februar?! Da sind noch ein Sommer, ein Herbst und ein Geburtstag dazwischen?!«

»Das macht nichts«, antwortete ich groß. »Um einer geliebten Frau eine Freude zu bereiten, ist mir kein Anlauf zu lang. Deinen nächsten Geburtstag feiern wir dann in zwei Jahren am Neujahrstag, Neujahr feiern wir zu Ostern und Ostern zu Pfingsten.«

»Und Weihnachten?«

»Zu Weihnachten – aber erst in drei Jahren.«

»Weißt du aber auch«, erkundigte meine Frau sich besorgt, »was der Opernball kostet? Sechzigtausend Schilling die Loge – wir wollen doch die größte, weil wir Gäste einladen müssen – zehntausend der Champagner, dreißigtausend Schilling ein Ballkleid aus einem ersten Salon, ferner ein Paar Ballschuhe, eine Ballfrisur, ein Frack für dich, Lackschuhe für dich und was noch alles zum Opernball gehört –, das macht zusammen mindestens hunderttausend Schilling.« Mir schauderte. Für so viel Geld könnten wir schon unser Badezimmer neu einrichten lassen.

»Für so viel Geld könnten wir schon unser Badezimmer neu einrichten lassen«, sagte meine Frau im selben Augenblick.
»Das machen wir außerdem«, versprach ich ihr. Ich wußte, daß wir es *nicht* machen werden. Wozu auch? Soll ich im Badezimmer die Auszeichnungen tragen? Während des ganzen Frühjahrs sprachen wir von nichts anderem als vom Opernball, im Sommer fuhren wir nach Gastein, um Kräfte zu sammeln, und im Herbst fing es an. Zuerst kam das Kleid. Meine Frau suchte den Salon aus, den Stoff aus, das Dessin aus, das Modell aus, sie probierte, sie änderte, bekam Weinkrämpfe, wenn nicht alles gleich paßte, sie suchte nach Schuhen, in Silber, in Gold, sie wählte die goldenen, ließ sie sich anpassen, sie ließ sich eine Frisur entwerfen, sie fand, daß ihr Schmuck nicht zu dem Kleid paßte, ihr Kleid nicht zu den Schuhen, also Schmuck kaufen, Schuhe umtauschen, Schuhe schon fertig, neue bestellen, die neuen paßten nicht zur Frisur, also Frisur ändern, die Frisur paßte nicht zu dem Kleid, Kleid ändern, das Kleid paßte nicht zu den Schuhen, Silberschuhe wieder her – ich bestellte mir einen Frack, hatte keine Ahnung von der Mode, lang oder kurz, schwarz oder mitternachtsblau, ich kaufte Schuhe, sie waren zu klein, andere her, sie waren zu groß, ich halte mich nicht gern lange in Geschäften auf, also nahm ich die kleinen, sie drückten mich schon in der Schachtel, ich nahm die großen dazu, ließ mir in einem anderen Laden ein Paar nach Maß machen, sie werden ebenfalls drücken, mich drückt jeder Schuh, ich kaufte mir zu dem mitternachtsblauen Frack einen mitternachtsblauen Mantel, ich konnte zum Frack nicht den Kamelhaarmantel tragen – so ging es jeden Tag. Auf einmal war der Dezember da. Nun gab es andere Sorgen. Wird das Kleid fertig werden, wird meine Frau die einzige auf dem Ball sein, die dieses Modell trägt, werden ihre Schuhe zu meinem Mantel passen, mein Frack zu ihren Schuhen, ihr Schmuck zu meinem Taschentuch, ihre Frisur zu meiner Glatze usw. usw.
Mit unseren Freunden hatten wir uns überworfen. Robinson nann-

te mich einen Snob, Wronsky war böse, weil ich nicht lieber eine der Badeeinrichtungen seines Schwagers gekauft hatte, anstatt auf den Ball zu gehen, Joschi sprach von der Leere in den Köpfen gewisser Leute sowie von der in seiner Brieftasche und war beleidigt, weil ich zum ersten Mal einen seiner Pumpversuche abwehrte, Mela und Vera schnitten meine Frau auf der Straße, weil sie ihre Ratschläge betreffs des Kleides nicht angenommen hatte, und Mario, bisher Schlagertexter, verfaßte seinen ersten Roman: »Opernball.« Er schilderte darin das Schicksal eines Künstlerpaares, das, ohne es sich finanziell leisten zu können, auf den Opernball geht, sie stürzen sich in Schulden, sie wird zur Dirne, er zum Einbrecher und beide enden in der Gosse. Der Roman wurde ein Bestseller, er wurde verfilmt – ich ärgerte mich noch nach Jahren darüber.

So verging die Zeit. Zu Weihnachten machten wir uns keine Geschenke, wir legten die Karten zum Opernball unter den Baum und starrten sie an. Es kam der Jänner, der Februar – der große Tag war da. Ich trug schon seit dem frühen Morgen die neuen Lackschuhe, um sie ein bißchen auszuweiten, der Frack hing bereits im Schrank, die Auszeichnungen waren angesteckt, und ich öffnete alle fünf Minuten die Schranktür, um mir die Pracht anzusehen.

Meine Frau war noch einmal zu dem Modellsalon gefahren. Das Kleid war fertig, eine Kleinigkeit war nicht nach ihrem Geschmack, man mußte es noch einmal auseinandernehmen, bis zum Abend wird es fertig sein. Nun saß sie seit Stunden beim Friseur unter der Haube. Plötzlich hörte sie, wie in der Nebenkabine eine Dame von einem berühmten Pariser Visagisten erzählte, der sich in Wien befindet, nur um den Opernball zu besuchen. Sie wissen nicht, was ein Visagist ist?

Ich wußte es auch nicht. Nun erfuhr ich es. Ein Visagist ist ein Schminker. Natürlich kein gewöhnlicher Schminker. Ein Visagist ist ein Spezialist, und der Visagist aus Paris, der zur Zeit in Wien ist, ist unter den Visagisten das, was Beethoven unter den Komponisten

ist: ein Einmaliger, ein Gigant. Ihm gelingt es z. B., das Gesicht einer Dame (visage = Gesicht) für den Opernball so schön zu machen, daß man sie nicht erkennt. Wozu sie dann hingeht, das weiß ich nicht. Man geht doch nur, um erkannt zu werden.
Kurz und gut – meine Frau wußte sich die Nummer des Visagisten zu verschaffen. Sie rief mich verzweifelt an, daß sie ihn gesprochen habe, daß er es aber ablehne, während eines Vergnügungsaufenthaltes Klientinnen zu empfangen. Ich müsse etwas tun. Obwohl es mir gar nicht recht war, daß meine Frau sich derart verschönern lassen wollte – ihr Gesicht könnte schließlich von meinen Auszeichnungen ablenken – nützte ich doch meine ganzen Verbindungen. Vergeblich. Da hatte ich eine Idee. Ich kannte in Paris einen Verleger, dessen Frau eine Schwester hatte, die der tierliebenden Brigitte Bardot einmal einen Hund verkauft hatte. Ich rief den Verleger an, der Verleger rief seine Frau an, seine Frau rief ihre Schwester an, ihre Schwester rief den Hund an, der Hund bellte es der Bardot, die Bardot rief den Visagisten an, und der Visagist versprach, meiner Frau eine Kurzbehandlung angedeihen zu lassen.
Diese Kurzbehandlung dauerte vier Stunden. Wie ich später erfuhr, gefiel ihm vor allem ihr Haaransatz nicht. Er saß ihm zu tief, also rasierte er ihn ab und schminkte ihn höher. Die Augenbrauen waren ihm zu hoch, also rasierte er auch die Augenbrauen ab und schminkte sie tiefer. Die Augen machte er größer, den Mund kleiner, die Oberlippe näher zur Nase, die Nase schmäler, das Kinn eckiger, das Gesicht runder. Nach fünf Stunden läutete es an unserer Tür – eine fremde Dame stand draußen. »Sie wünschen?« fragte ich und setzte mein charmantestes Lächeln auf, was mir angesichts der engen Schuhe an den Füßen gar nicht leicht fiel. »Trottel«, sagte sie, »das bin doch ich.« Hätte sie nicht »Trottel« gesagt – ich hätte sie nicht erkannt. Sie fand natürlich, daß der Visagist sie verschandelt habe, was aber nicht stimmte, sie sah wunderbar aus. Dabei kostete die ganze Prozedur nur viertausend Schilling. Ich erschrak so, daß ich

in die Schuhe rutschte. Nun paßten sie. Es war sieben Uhr – um acht wollten wir auf den Ball gehen, um die Polonaise nicht zu versäumen. Meine Frau hatte Kopfschmerzen, also gab ich ihr zwei Kopfschmerztabletten und sie legte sich für zehn Minuten hin. Aber wie sie sich hinlegte. Sie durfte die Frisur nicht zerraufen, also ließ sie den Kopf herunterhängen; damit die Schminke nicht leide, breitete sie sich ein durchsichtiges Tuch über das Gesicht; dazu riß sie die Augen auf, damit sie nicht wieder kleiner würden – sie sah aus wie eines jener Opfer in »Derrick«, knapp bevor es in den Sarg gelegt und abtransportiert wird. Trotzdem schlief sie bald ein. Sie schlief zehn Minuten, sie schlief zwanzig Minuten, sie schlief eine halbe Stunde, ich rüttelte und schüttelte sie wie Aschenputtel das Bäumchen – sie war nicht wachzukriegen. Ich sah nach den Tabletten – ich hatte ihr anstatt der Kopfschmerztabletten die Schlaftabletten gegeben!
Dahin war der Opernball mit all den erträumten Freuden und den gehabten Spesen. Es blieb mir nichts übrig, als ebenfalls zu Bett zu gehen. Schlafen konnte ich nicht. Ich hörte, wie unser Nachbar nach Hause kam – es war Mitternacht. Er schien das Verlangen nach einem Bad zu haben. Sein Badezimmer grenzt an unser Schlafzimmer. Er ließ das Wasser in die Wanne rinnen. Es rann und rann und rann und rann …

Auf diese Weise wurde die Nacht doch noch zu einer rauschenden Ballnacht.

Computer sind Geräte, die alle Probleme lösen können, bis auf das Arbeitslosenproblem, das sie mit sich bringen. Ein Glück ist es nur, daß auch sie Fehler machen und daß man Menschen braucht, die diese Fehler beheben. Trotzdem rufe ich:

Hilfe! Computer!

Ich spiele Schach. Ich spiele schlecht Schach. Wenn es eine Weltmeisterschaft in schlechtem Schach gäbe, hätte ich die Wohnung voller Pokale. Auch meine Frau spielt Schach. Meine Frau spielt gut Schach – und doch. Zu einer Weltmeisterschaft reicht es nicht, und Pokale hat sie auch keine. Früher, in der Vorcomputerzeit, spielten wir manche Partie miteinander, als aber die Schachcomputer aufkamen, kaufte sie mir einen solchen. Einen sprechenden. Er sagt zum Beispiel: »Falsch. Rössel zurückziehen! Falsch. Zug nicht erlaubt! Falsch! Bauer darf nicht springen!« Ich frage mich: Warum nicht? Der Schachcomputer kommt aus den USA, also aus einem freien Land, warum darf der Bauer nicht springen? Bei uns darf der Bauer alles. Er darf springen, er darf tanzen, er darf Schach spielen. Und mit Recht.

Aber die Technik überrollt uns. Bald hatten wir nicht nur den sprechenden Schachcomputer, wir hatten eine sprechende Geschirrspülmaschine, einen sprechenden Videorecorder – in unserem Haus konnte alles sprechen, außer unserem Papagei. Natürlich hatte ich auch eine sprechende Schreibmaschine, ein sprechendes Telefonnummernverzeichnis, einen sprechenden Anrufbeantworter sowie einen Kugelschreiber mit einer Digitaluhr, die auf Knopfdruck sagt, um welche Zeit man ihn verloren hat. Es ist eine herrliche Welt!

Meine Frau hatte ein Gastspiel in Deutschland. Als sie wegfuhr, war ich nicht zu Hause, also sprach sie in das Pocketmemo (das haben wir natürlich auch): »Ich fahre jetzt fort. Laß es dir gutgehen, vergiß nicht, Laura und Jacky zu füttern (Laura ist unser Papagei, Jacky unser Kater), und wenn du morgen im Verlag bist, laß dich nicht übers Ohr hauen, du bist ja schließlich kein Trottel, Trottel, Trottel, Trottel«, wiederholte das Pocketmemo ohne aufzuhören. Was konnte da los sein? Die Batterie, das wußte ich, war längst ausgebrannt, ich vergaß immer, eine neue zu kaufen, also hatte ich das Pocketmemo an das Netz angeschlossen. Ich ging zum Steckkontakt, zog das Kabel heraus, aber in dem Gewirr von Kabeln konnte ich mich nicht zurechtfinden. Was tun? Ich zog *alle* Kabel heraus, steckte sie wieder hinein, anscheinend falsch, denn plötzlich begann es überall zu sprechen.

»Spülgang 1 einschalten!« sagte die Spülmaschine, »Enteisen!« befahl der Kühlschrank, »Trottel!« rief das Pocketmemo dazwischen, »Bauer darf nicht springen!« warnte der Schachcomputer, »Farbband einspannen!« die Schreibmaschine, »Trottel!« das Pocketmemo, »Spülgang 2 einschalten!« die Spülmaschine, »Enteisen!« der Kühlschrank, »Trottel!« das Pocketmemo, »Falsch!« der Schachcomputer, »Farbband reißt!« die Schreibmaschine, »Es wird mit dem Summerton fünf Uhr!« mischte sich die Wanduhr ein, »Trottel!« sagte das Pocketmemo, »Summ!« machte die Uhr, »Heizung abstellen!« rief die Heizung, »Sie sprechen mit dem telefonischen Beantworter!« sagte der Beantworter plötzlich. »565651!« sagte das Nummernverzeichnis, »Trottel!« rief das Pocketmemo – ich verlor die Nerven und lief zum Fenster, um mich hinunterzustürzen.

»Unteren Riegel aufwärts-, oberen Riegel abwärtsschieben!« sagte das Fenster. »Falsch!« rief der Schachcomputer, »Trottel!« das Pocketmemo. »Es ist niemand zu Hause, hinterlassen Sie Ihre Nummer!« der Beantworter, »Spülgang 3 einschalten!« mengte sich die Spülmaschine ein, »Heizung abstellen, falscher Zug, Farbband gerissen!« riefen alle durcheinander. Das Fenster ließ sich nicht öffnen. »Falsch!« sagte es. »Oberen Riegel abwärtsschieben!« Ich sah rot, nahm einen Briefbeschwerer und warf ihn durch die Fenster-

scheibe. »Au!« rief der Briefbeschwerer und fiel einem vorübergehenden Fußgänger auf den Kopf. Der Fußgänger sagte nichts, aber sein Hut schrie empört hinauf: »Können Sie nicht aufpassen?«
Keine Aufregung. Die Geschichte ist erfunden, könnte aber eines Tages Wahrheit werden. »Trottel!« sagt das Pocketmemo.

Solange es Fernsehkrimis gibt, so lange wird es Mörder geben. Und sie werden immer gefaßt werden. Im Fernsehen. Warum? Weil es keinen perfekten Mord gibt. Und doch, so unglaublich es klingen mag, mein Neffe Ladi, damals zehn, hat einen begangen. Natürlich nur im Geist. Sie glauben es nicht? Dann bitte lesen Sie:

Der perfekte Mord oder Ein paar liebe Kinder

Eines Tages, das Datum weiß ich nicht mehr aber es ist verbürgt, brachte die »Bildzeitung« folgenden Bericht: In Clayton, Kalifornien, gab ein Lehrer seinen Schülern nachstehendes Thema für ihre Hausaufgabe: »Überlege dir den perfekten Mord an deinem reichen Onkel.« Als die Eltern der Schüler davon hörten, waren sie empört. In Massen demonstrierten sie vor der Schule und verlangten, daß der Lehrer entlassen werde. Der Lehrer aber gab zu seiner Verteidigung an, daß die Aufsätze, die die Schüler brachten, eher komisch waren als makaber.
Thomas, einer von Ladis Mitschülern, brachte den Artikel in die Schule mit. Natürlich heimlich. In der Pause standen sie beisammen und diskutierten ihn: Thomas, Peter, Heinzi, Paul und mein Neffe Ladi. »Angenommen, ich erschieße meinen Onkel«, begann Thomas. »Was mache ich mit der Leiche?«
»Die kannst du fortschaffen«, meinte Peter, »sobald es dunkel wird.«

»Sobald es dunkel wird«, antwortete Thomas, »darf ich nicht mehr auf die Straße.«
»Bei mir wäre das etwas anderes«, meinte Paul. »Ich könnte meinen Onkel vergiften. Ich bringe ihm immer Erdbeeren aus unserem Garten. Ich müßte bloß ein Insektizid dazumischen.«
»Und?« lächelte Peter ironisch. »Wie stellst du dir das vor? Die von der Polente untersuchen doch seinen Mageninhalt und finden die Erdbeeren. Die hätten dich sofort. Ich«, sprach er weiter, »hätte eine Möglichkeit. Ich fahre fast jeden Sonntag mit meinem Onkel in seinem Boot auf der Donau, ich könnte ihn, wenn niemand in der Nähe ist, ins Wasser stoßen.«
»Du?« lachte Thomas. »Dazu bist du doch viel zu schwach. Dein Onkel ist ein Koloß von einem Mann. Außerdem hast du einmal erzählt, daß er Staatsmeister im Schwimmen war.«
»War er«, gab Peter kleinlaut zu, »aber sagt mir etwas Besseres. Wo willst *du* zum Beispiel einen Revolver hernehmen? Und du«, wendete er sich an Paul, »ein Insektizid?« Beide schwiegen.
»Ich«, nahm Heinzi das Wort, »ich hätte einen Revolver von meinem Vater, er liegt immer in der Schreibtischlade – ich hätte ein Insektizid von unserem Gärtner, der läßt es immer frei herumstehen – und ich hätte auch ein Boot, das immer vor unserem Sommerhaus am Wörthersee liegt, aber –«, er stockte.
»Was aber?« fragten die andern.
»Ich habe keinen Onkel«, sagte Heinzi traurig. Ladi hatte bis jetzt geschwiegen.
»Was ist mit *dir*?« fragte Peter. »Bist du vielleicht der Ansicht, daß es einen perfekten Mord gibt?«
»Ja«, sagte Ladi nach einiger Überlegung.
»Und ich sage nein«, behauptete Peter.
»Wetten, daß –?« forderte Ladi ihn heraus. – »Um wieviel?«
»Wenn ich verliere, gebe ich dir fünfzig Schilling – wenn ich gewinne, gibst du mir fünfzig.«

»Einverstanden.« Peter hielt Ladi die Hand hin, Ladi schlug ein. Thomas schloß sich der Wette gegen Ladi an – die anderen waren Zeugen.
»Ich brauche natürlich Zeit«, sagte Ladi. »Heute in einer Woche bringe ich euch die Lösung.«
»Einverstanden«, sagte Peter. Die Glocke läutete, die Pause war zu Ende, die fünf gingen in die Klasse zurück. Eine Woche lang beschäftigte sich Ladi mit nichts anderem als mit dem perfekten Mord an seinem Onkel. Nach acht Tagen standen sie in der Pause wieder beisammen: Thomas, Peter, Heinzi, Paul und Ladi.
»Na?« begann Peter ironisch. »Hast du die Lösung?«
»Ja«, nickte Ladi.
»Schieß los!«
»Ihr alle«, fing Ladi an, »kennt meinen Onkel Oswald. Ihr habt ihn auf meiner Geburtstagsparty kennengelernt. Er ist nicht reich, aber er hat gewisse Ersparnisse, die er sich nicht anzugreifen getraut, weil Tante Vilma ihre Hand drauf hält.«
»Er hat Angst vor ihr?« erkundigte sich Heinzi.
»Sie ist um vieles jünger als er«, setzte Ladi fort, »und das wirft sie ihm immer vor.«
»Weiter!« drängte Peter ungeduldig.
»Tante Vilma fährt jedes Jahr im Winter nach Lech auf Schiurlaub«, setzte Ladi fort, »und bleibt einen Monat dort. Einen Monat im Jahr, sagt sie, braucht sie für ihre Erholung. Da will sie von nichts wissen. Weder vom Geschäft noch von Onkel Oswald, sie schreiben sich nicht, sie rufen sich nicht an.«
»Weiter!« drängte Peter wieder.
»Gestern war es wieder soweit. Tante Vilma ist nach Lech gefahren. In ein paar Tagen werde ich Onkel Oswald besuchen, werde dumm herumreden, als ob ich etwas wüßte, was ich nicht sagen darf, Onkel Oswald ist neugierig, das weiß ich, er wird mir keine Ruhe geben, und da werde ich ihm sagen, daß ich gehört habe, wie mein Vater

meiner Mutter erzählt hat, daß Tante Vilma mit ihrem Schilehrer durchgebrannt ist.«
»Und?« fragte Peter verständnislos. »Wo ist der perfekte Mord?«
»Warte«, beruhigte ihn Ladi. »Onkel Oswald wird sich freuen, er wird sein Geld abheben, wird seine Freunde einladen, wird Partys geben, natürlich mit Mädchen – und wenn Tante Vilma plötzlich zurückkommt, wird ihn der Schlag treffen. Auf diese Weise hätte ich meinen Onkel getötet, ohne daß man mir etwas beweisen könnte. Das ist der perfekte Mord.«
»Spitze!« sagte Peter bewundernd.
»Super!« sagte Thomas.
Irgendeiner aus der Runde hielt nicht dicht. Onkel Oswald und Tante Vailma erfuhren von der Sache.
Peter und Thomas gaben Ladi je fünfzig Schilling – Onkel Oswald und Tante Vilma gaben ihm je eine Ohrfeige.
Worauf Ladi überzeugt war, daß es keinen perfekten Mord gibt.

Kindheit ist die Zeitspanne im menschlichen Leben, in der man eher Masern bekommt als Skrupel.

Wenn ein Theaterstück Erfolg hat, denkt jeder der Mitwirkenden: Kunststück, ich war eben gut! – Hat es einen Mißerfolg, sagen sie gemeinsam: Das Publikum war schlecht. So oder ähnlich sprach: Sacha Guitry

Premiere

Was halten Sie von ernsten, seriösen Menschen, die Operettenbücher schreiben oder alte, bewährte Operetten für das Fernsehen bearbeiten? Ich bewundere sie, ich bete sie an, ich verehre sie. Ich gehöre nämlich zu ihnen. Ich halte die Tradition in Ehren, das richtet mich auf und bringt Tantiemen. Sie dürfen nicht glauben, daß es so einfach ist, eine Operette zu schreiben. Da ist vor allem einmal die Handlung. Ich weiß, die kann man stehlen und wenden. Da sind aber auch die Dialoge. Soweit es sich um Liebe dreht, versucht man, sich zu erinnern. Was habe ich damals der Blonden gesagt, bevor wir, oder was habe ich damals der Schwarzen gesagt, nachdem wir? Es fällt einem wieder ein. Aber die Witze! Das Publikum will lachen. Es ist klar, daß so etwas die Kritiker verstimmt, die Kritiker wollen Probleme. Wenn die wüßten, was ich für Probleme habe, bis so eine Operette fertig ist.

Der erste Akt spielt, sagen wir, in einem Antiquitätengeschäft. Was liegt näher als der folgende Dialog zwischen den beiden Komikern. Den einen spielt Toplitz, den andern Holberg.

TOPLITZ: Wer sind die Leute auf diesen Bildern?

HOLBERG: Die Ahnen.

TOPLITZ: Von wem?

HOLBERG: Von dem, der sie kauft.

Ich lache schon beim Niederschreiben dieser Worte. Das ist ein Witz, der einem einfallen muß. Entweder man hat ihn, oder man hat ihn nicht. Ich habe ihn – und zwar aus einem englischen Musical, das ich in London gesehen habe. Aber wird unser Publikum darüber lachen? Und wird Holberg die Pointe bringen können? Er wird sie nicht bringen können. Also muß ein anderer Witz her. Ich habe einen, um den zu verwenden, müßte allerdings der erste Akt in einem Eisenbahncoupé spielen, was absolut möglich wäre. Toplitz spielt den Schaffner, Holberg den Passagier.

TOPLITZ: Ihre Fahrkarte, bitte.

HOLBERG: Ich habe sie verloren.

TOPLITZ: Erwarten Sie, daß ich das glaube?

HOLBERG: Warum nicht? Ich glaube ja auch, daß die Bundesbahn Geld verliert.

Das geht, das kann er bringen, dazu ist er dumm genug. Außerdem bleibt der Witz aktuell, weil die Bundesbahn immer Geld verlieren

wird. Soviel über Witze, jetzt kommen aber erst die Gesangstexte. Versuchen Sie einmal einen genialen Einfall zu haben wie diesen:
»Komm mit nach Teheran,
Dort komm ich an dich näher ran!«
Glauben Sie, daß das so leicht ist? Wenn ja, warum hat Shakespeare es nicht geschrieben? Oder Goethe? Oder Schiller? Aber lassen wir das, ich wollte nur meine Probleme aufzeigen.
Nehmen wir nun an, die Operette ist fertig, sie wird von einem Theater angenommen, die Premiere findet statt. Das Haus ist voll, Tenor und Sängerin singen und spielen ihre Liebesszenen so überzeugend, daß jeder im Publikum denkt: »Die haben auch privat etwas miteinander!« Dasselbe gilt für den Buffo und die Soubrette. Unbeschwert fliegen sie im Tanz dahin, daß alle sagen: »Die sind auch im Leben ineinander verliebt!« Und dann kommt der Komiker. Er schleudert einen Witz nach dem andern in den Zuschauerraum, und die anwesenden Frauen denken: »Mit dem möchte ich verheiratet sein! Da könnte ich den ganzen Tag lachen! Der ist bestimmt kein solcher Griesgram wie mein Mann.«
Und dann, nach dem dritten Akt, fällt der Vorhang. Die Darsteller stehen, glücklich lächelnd, in einer Reihe auf der Bühne und nehmen den Applaus des Publikums entgegen.
Und nun will ich Ihnen verraten, was jeder der Künstler denkt.
Der Tenor, seine Partnerin, die Sängerin, an der Hand haltend: Schön hätte sie ausgeschaut, wenn ich nicht mit ihr gesungen hätte. Nach ihrem Solo hätte sich keine Hand gerührt, aber sie hat ja die Claque bezahlt. Ich möchte wissen, was sie das kostet. Glotz nicht ins Publikum, und lächle mich an, du Gans! So ist's recht. Jetzt muß ich ihr noch die Hand küssen! Das wäre auch überstanden. Morgen muß ich ihr wieder sagen, daß sie nicht soviel Puder auflegen soll. Abgesehen davon, daß sie ausschaut wie ein Geist und daß kein Mensch verstehen wird, wie ein Mann wie ich sich in so etwas verlieben kann, macht sie mir auch noch den Frack weiß. In jeder Ope-

rette, in der ich einen Frack trage, legt sie ihr verdammtes Wuschelköpfchen auf meine Schulter. Hundertmal habe ich es ihr schon gesagt, aber sie macht es ja absichtlich, weil sie weiß, wie schwer es ist, solche Flecken zu entfernen. Lächle mich an, du Kuh, lächle! Endlich! Der letzte Vorhang!

Die Sängerin:

Gott sei Dank, daß das vorüber ist! Mit diesem Ekel zu singen ist wirklich kein Vergnügen. Wozu geht so ein Mann zum Theater? Es gibt doch so viele andere Berufe. Aber was hätte er schon werden können! Für einen Beamten ist er zu dumm, für einen Vertreter zu blöd und für einen Playboy zu fad. Mit seinen Qualitäten konnte er nur Tenor werden. Jetzt lächelt er mich noch an, und ich, ich muß zurücklächeln. Gut hätte er ausgeschaut, wenn ich nicht mit ihm gesungen hätte. Ich weiß nicht, wie ich dazu komme, meine Stimme zurückzuhalten, nur damit man ihn überhaupt hört. Wo sind meine Blumen? Endlich bringt man sie. Neun Körbe? Wieso? Ich habe doch zehn bezahlt?! Schon wieder lächelt mich dieses Vieh an. Bäh! Jetzt küßt er noch meine Hand. Ich muß sie sofort mit Alkohol waschen, sonst riecht man noch morgen das ekelhafte Parfüm, das er benützt. Ich freue mich nur, daß ich seinen Frack weißgemacht habe. Das kann er nicht leiden. Endlich! Der letzte Vorhang!

Der Buffo, die Soubrette an der Hand:

Das war wieder ein Abend! Zweimal ist sie mir beim Tanz auf den Fuß gestiegen, wo sie weiß, daß ich ein Hühnerauge habe. Sie denkt, weil sie mit mir liiert ist, kann sie sich alles erlauben. Abnehmen muß sie auch, ich kann sie nicht mehr hochheben. Was drückst du dauernd meine Hand, du Bestie? Richtig, sie hat mir gesagt, daß ich beim Verneigen auf sie zeigen soll. Na schön, ich tu ihr den Gefallen. Jetzt freut sie sich, die dumme Pute. Ich begreife nicht, wie man so eitel sein kann. Na, zeig schon auf mich! Oder denkst du, du stehst allein auf der Bühne? Wenn ich sie nur schon los wäre! Aber wie? Wir sind nun mal die Lieblinge in diesem Kaff! Alle meine Kollegen haben mit ihren Partnerinnen Liebschaften gehabt, und alle haben sie wieder angebracht, nur ich nicht. Ich weiß nicht, was ich falsch mache. Endlich! Der letzte Vorhang!

Die Soubrette:

Habe Dank, lieber Gott, ich habe ausgelitten. Es ist kaum zu glauben, daß auch so ein Abend vorübergeht. Was habe ich verbrochen, daß ich diesen Kerl ertragen muß! Nicht einmal tanzen kann er mehr. Er ist zu schwer, weil er zuviel frißt. Jetzt wird er wieder sagen, ich bin ihm auf das Hühnerauge gestiegen. Hättest du den Fuß zurückgezogen, wie wir es probiert haben, du Kamel! Aber er merkt sich ja nicht einmal die einfachsten Schritte. Wie ich mich mit so etwas einlassen konnte! Jetzt zeigt er auf mich. Ein Wunder, daß er das nicht vergessen hat. Werner applaudiert mir aus seiner Loge zu. Ich danke dir, Liebster! Auch für das Armband, das du mir in die Garderobe geschickt hast. Ich werde es nur tragen können, wenn ich mit dir allein bin. So borniert der Schöps ist, es würde ihm auffallen. Morgen um vier. Ich kann es kaum erwarten. Richtig, ich muß ja auf ihn zeigen! Verbeuge dich nur! Hoffentlich merkst du, wie der Applaus nachläßt, wenn du dich allein verneigst. Ach, möchte ich schon gern von dir erlöst sein, aber wie? Wie soll ich dir beibringen, daß ich einen andern liebe? Schließlich will ich nicht, daß du Selbstmord begehst. Werner würde mich heiraten, sobald er von seiner Frau geschieden ist. Wie werde ich dich los? Endlich! Der letzte Vorhang!

Der Komiker:

Was applaudiert ihr, ihr Lemuren! Glaubt ihr, es macht mir ein Vergnügen, hier den Affen abzuziehen? Und alles, damit ihr lacht? Und dann lacht ihr gerade dann nicht, wenn ich es will! Zum Beispiel bei meinem Extempore. Der Regisseur wollte es nicht, Holberg wollte es nicht, und ich habe es durchgesetzt. Und ihr sitzt unten und verzieht keine Miene. Morgen wird es gestrichen, und ich bin blamiert. Ein Künstler, der in seiner Jugend den Hamlet und den Don Carlos gespielt hat, muß hier den Operettendreck spielen! Nur weil ich mich in Linz in die Naive verliebt habe und mich mit ihr hierher engagieren ließ. Heute ist sie komische Alte, aber mir hat sie die Karriere zerstört! Oh, wie ich alle Weiber hasse! Zum Glück spiele ich nur noch bis zur Pension. Was mich heute freut, ist, daß ich der einzige bin, der gefallen hat. Erfolg am Theater ist etwas Schönes, aber die Mißerfolge der Kollegen sind auch nicht zu verachten. Ha, ha! Verneigt euch nur, macht euch lächerlich, seht ihr denn nicht, daß der ganze Applaus nur mir gilt? Endlich! Der letzte Vorhang!

Ich, hinter den Kulissen stehend:

Applaus, vierzehn Vorhänge, und keiner holt mich auf die Bühne! Was glaubt ihr eigentlich? Denkt ihr, den Erfolg habt ihr gemacht? Der Erfolg war mein Stück! Holt mich doch endlich! Ich weiß nicht, warum ich diesem undankbaren Gesindel immer so gute Rollen schreibe! Was ruft der Regisseur? »Den Autor! Holt den Autor!« Ich winke lächelnd ab. Er soll denken, ich will nicht. Na also, jetzt kommt die Sängerin auf mich zu. Sie ist mir von allen noch die liebste. Jetzt bleibt das Aas wieder stehen! Jetzt sagt sie der Soubrette (Gott, war die wieder schlecht!) etwas ins Ohr, und jetzt kommen beide, um mich zu holen. Ich sträube mich, was gar nicht so leicht ist, wenn man sich nicht sträuben will. Der Regisseur gibt mir einen Stoß – ich stehe auf der Bühne. Tosender Beifall! Noch ein Vorhang, noch einer und noch einer! Das Publikum versteht, daß nur mein Stück den Abend so amüsant gemacht hat. Ich muß auf den Dirigenten zeigen, er wartet schon die ganze Zeit auf diesen Augenblick. Jetzt spielt er den Überraschten. Verlegen verneigt er sich, der unbegabte Trottel, und zeigt auf die Musiker.

Die Musiker:

Du kannst uns danken. Wenn wir nicht gespielt hätten, wie wir wollten, hättest du die ganze Vorstellung geschmissen! Endlich! Der letzte Vorhang!

Im Zuschauerraum wird es hell, die Zuschauer verlassen das Theater, nur die Claque tobt weiter. Da wir wissen, daß sie von der Sängerin bezahlt wurde, lassen wir sie allein vor den Vorhang gehen. Hinter der Bühne folgt nun das übliche Händeschütteln, das Umarmen, das Küssegeben. Und dann geht's zur Premierenfeier.

Während des Essens erscheinen bereits die ersten Kritiken. Wir erfahren, daß ein solcher Mist schon lange nicht da war und daß der Erfolg nur dem glänzenden Zusammenspiel des aufeinander eingestellten, spielfreudigen Ensembles zu danken ist.

Im Lexikon steht: Ein Perpetuum mobile ist eine Maschine, die, einmal in Gang gesetzt, ohne weitere Energiezufuhr dauernd Arbeit leistet. Nach dem Satz von der Erhaltung der Energie unmöglich. Ich fasse es verständlicher: Ein Perpetuum mobile ist eine Kuh, die Milch trinkt.

Perpetuum mobile

Personen: Sie und Er. Ort: Ein Wohnzimmer. Zeit: Wann immer Sie wollen. Lautes Geschrei: Sie beginnt:
»Ich kann nichts dafür, es war *deine* Schuld!«
»Wieso?«
»Weil du gesagt hast, daß ich wahnsinnig bin!«
»Ich habe nicht gesagt, daß du wahnsinnig bist – ich habe gesagt, daß du verrückt bist!«
»Das ist dasselbe!«
»Das ist *nicht* dasselbe! Eine Verrückte kann in solchen Blue jeans, wie du sie dir eben gekauft hast, auf der Straße herumlaufen – eine Wahnsinnige kann ihren Mann mit der Hacke erschlagen!«
»Ich verstehe nicht, was dir an den Blue jeans nicht paßt?«
»An den Blue jeans paßt mir alles, aber du paßt nicht mehr hinein! Denk doch ein bißchen nach: Blue jeans sind für Teens und Twens!«

»So! Ich bin also zu alt für dich!«

»Für mich bist du nicht zu alt, bloß für Blue jeans! Schau sie dir doch an! Solche Hosen!«

»Mela Robinson ist auch weder Teen noch Twen und läuft doch in ›solchen Hosen‹ auf der Straße herum!«

»Mela Robinson ist mir egal! Wenn sie aber in solchen Hosen auf der Straße herumläuft, darf es sie nicht wundern, wenn ihr Mann sich im Büro nach einem geeigneten Rock umsieht!«

»Ah! Hast du dich vielleicht auch schon umgesehen?«

»Wonach?«

»Nach einem geeigneten Rock?«

»Nein. Wenn du mir aber nicht sofort versprichst, daß du diese schrecklichen Jeans nicht mehr anziehen wirst, garantiere ich für nichts!«

»Du bist ein Tyrann!« Pause. Dann leiser, wenn auch unwillig: »Also gut, ich versprech's dir.«

»Na also. Ich habe gewußt, daß man vernünftig mit dir reden kann. Ich weiß nicht, warum wir immer erst streiten müssen.«

»*Ich* kann nichts dafür. Es war *deine* Schuld!«

»Wieso?«

»Weil du gesagt hast, daß ich wahnsinnig bin!«

»Ich habe nicht gesagt, daß du wahnsinnig bist – ich habe gesagt, daß du verrückt bist!«

»Das ist dasselbe!«

»Das ist *nicht* dasselbe! Eine Verrückte kann sich einen Ring durch die Nase ziehen und in einem Eisbärenfell in die Sauna gehen – eine Wahnsinnige kann einen Eisenbahnzug zum Entgleisen bringen! Stell dich vor den Spiegel und schau wie du aussiehst in diesen blöden Blue jeans!«

»Ich gefalle dir also nicht mehr!« Die Unterhaltung hat wieder die Phonstärke 120 angenommen, die dem Geräusch eines Flugzeugs in drei Meter Entfernung entspricht.

Er setzt fort: »Du gefällst mir! Du gefällst mir im Pelz, im Abendkleid, im Sportkostüm, im Pyjama, im Bikini – aber nicht in Blue jeans!«
»Weil du keinen Sinn für das Moderne hast! Dir gefällt doch nicht einmal Hundertwasser!«
»Nein! Und warum nicht? Weil mir Tizian, Raffael und Tintoretto lieber sind!«
»Du bist eben altmodisch! Ich ziehe Fuchs und Leherb vor!«
»Zieh sie vor oder zieh sie nicht vor – wir sprechen doch jetzt von den Blue jeans!«
»Und wozu? Ich weiß bereits, daß sie dir nicht gefallen!«
»Sie gefallen mir! Es sind die schönsten Blue jeans, die ich je gesehen habe! Kein Tizian, Raffael, Tintoretto, Fuchs oder Leherb könnte sie schöner malen! Sie gefallen mir nur nicht, wenn du sie anhast!«
»Ich bin also häßlich!«
»Du bist nicht häßlich, aber du paßt in diese Blue jeans wie eine Melone in eine Orangenschale!«
»Haha, wie lustig! In den Augen meines Mannes bin ich eine Melone!« Ihre Stimme wird drohend. »Entweder du nimmst das sofort zurück, oder ich verlasse das Haus!«
Er stöhnt. »Das war doch nur ein Vergleich. Aber meinetwegen – ich nehme ihn zurück!«
»Dein Glück! Hättest du das nicht getan, wäre ich zu Mama gegangen!«
»Ich *habe* es aber getan! Und jetzt komm her, und gib mir einen Versöhnungskuß!« Kuß. »Hoffentlich siehst du jetzt ein, daß ich recht hatte.«
»Nicht ganz, aber –«
»Das ist immerhin etwas. Und jetzt Schluß. Vertragen wir uns wieder?«
»Ja.«

»Und du wirst nicht mehr streiten wegen einer solchen Lappalie?«
»Ich? Ich konnte nichts dafür. Es war deine Schuld!«
»Wieso?«
»Weil du gesagt hast, daß ich wahnsinnig bin!«
Er springt auf wie ein Tobsüchtiger. »Ich habe nicht gesagt, daß du wahnsinnig bist – ich habe gesagt, daß du verrückt bist!« Phonstärke 130: Schmerzschwelle.
»Ob wahnsinnig oder verrückt – das ist dasselbe!«
»Das ist *nicht* dasselbe! Eine Verrückte kann einen blauen Hut mit roten und grünen Federn aufsetzen – aber eine Wahnsinnige kann das Haus in Brand stecken!«
»Du traust mir also zu, daß ich einen blauen Hut mit roten und grünen Federn aufsetze?«
»Wenn du in diesen Blue jeans auf die Straße gehst, traue ich dir alles zu!«
»Und ich *werde* in diesen Blue jeans auf die Straße gehen! Und weißt du, wer mich begleiten wird? Du!«
»Ich? Haha! Lieber gehe ich mit einer Posaune an der Leine auf den Opernball!«
»Sehr komisch!«
»Soll es gar nicht sein! Deine Blue jeans sind komisch genug!«
»Also gut! Ich habe einen rückschrittlichen Mann – ich werde sie nicht mehr tragen.«
»Ist das dein Ernst?«
»Ja. Wenn du mir versprichst, nie mehr davon zu reden.«
»Ich verspreche es. Ich werde nicht nur nie mehr davon reden – ich werde sie vergessen, aus meinem Gedächtnis streichen – aus. Obwohl mir das nicht leichtfallen wird, weil sich ja bekanntlich Schreckensbilder dem menschlichen Gehirn besonders stark einprägen. Die Blue jeans –«
»Du sprichst ja schon wieder davon!«
»Du hast recht. Es war das letztemal.«

»Schwöre!«
»Ich schwöre! Ich schwöre sogar, daß es wegen einer solchen läppischen Kleinigkeit nie mehr zu einem Streit zwischen uns kommen soll.«
»Zwischen uns? Ich verstehe immer ›uns‹! Ich kann nichts dafür, es war deine Schuld!«
»Wieso?«
»Weil du gesagt hast, daß ich wahnsinnig bin!«
»Ich habe nicht gesagt, daß du wahnsinnig bist – ich habe gesagt, daß du verrückt bist!«
Fortsetzung siehe umseitig.

Perpetuum mobile.

Ich hasse neugierige Menschen – und mit Recht. Was geht es uns an, wie andere leben? Wissen möchte ich es natürlich auch, aber

Ich bin nicht neugierig

Neulich betrat ich den Garten meines Stammkaffeehauses und ging schnurgerade auf meinen Tisch zu, als mir die Kuchenfrau entgegenkam. Wenn ich einen Frontalzusammenstoß vermeiden wollte, mußte ich einen Augenblick stehenbleiben und sie vorüberlassen. In diesem Moment hörte ich hinter mir eine Frauenstimme: »Ich kann dir nur eines sagen, Renate, du hättest dich sofort wehren müssen, als der Maler kam.« Schon mußte ich weiter. Ich setzte mich, in Gedanken versunken, an den Platz, an dem ich nun schon seit mehr als zehn Jahren zu sitzen pflege: »Wie bitte?« Anton, der Ober, hatte gefragt, was ich wünsche. »Einen Mokka«, sagte ich, ohne davon überzeugt zu sein. Was ich gehört hatte, ließ mir keine

Ruhe. Warum hätte Renate sich wehren müsen, als der Maler kam. Wer war Renate? Ich blickte hinüber und sah sie. Jung, blaß, unattraktiv. Und trotzdem. Da war etwas in ihrem Leben, das mich interessierte. Der Maler. Was wollte er von ihr? Warum hätte sie sich wehren müssen? Die andere Dame, anscheinend Renates Mutter, konnte das nicht ohne Grund gesagt haben. Renate trug einen Ehering, war also verheiratet. War der Maler ihr Liebhaber? Hatte ihr Gatte davon erfahren, und will er sich scheiden lassen? Und hatte die Mutter deshalb gesagt: »Du hättest dich sofort wehren müssen, als der Maler kam?« Ich blickte wieder hinüber. Renate sah mir nicht nach Liebhaber aus. Aber das konnte täuschen. Gerade solche Frauen sind unberechenbar, wenn es um Liebe geht. Ich hab es! Renate liebte den Maler, aber der Maler liebte Renate nicht. Wo sie ihn wohl kennengelernt hatte? Auf der Straße, im Supermarkt, auf einer Party? Auf einer Party. Nach einem unerfüllten Leben stand sie plötzlich dem Traummann gegenüber, der sie verschmähte. Der Maler machte ihr nichts vor. Er war vielleicht leichtsinnig, ein Künstler, aber in seinem Herzen war er ein edler Mensch. Er wollte die unscheinbare Frau, die da vor ihm stand, nicht zum besten halten. Nun ist sie unglücklich, sie flüchtet zur Mutter, um sich auszusprechen, und die Mutter sagt: »Du hättest dich sofort wehren müssen, als der Maler kam! « Wehren gegen ihre Liebe, gegen ihre Gefühle. Blödsinn! Renate ist nicht der Typ, der einem Mann nachweint. Auch hätte sie ihrer Mutter nichts davon erzählt, Renate ist eine Frau, die ihr Schicksal schweigend erträgt. Aber etwas war los mit ihr und dem Maler. Was nur? Was? Plötzlich wußte ich es. Die Sache war anders. Der Maler war ein Schuft. Renate hatte einen Geliebten, der Maler erfuhr davon und versuchte, sie zu erpressen. Am Anfang gab sie dem Schwein kleinere Beträge, aber die genügten dem Verbrecher nicht. Das Aas wollte mehr haben. Er drohte, ihrem Mann alles zu verraten. Wer ist ihr Mann? Vor allem, was ist ihr Mann? Architekt, Autovertreter, Bankbeamter? Bankbeamter. Renate hatte etwas Beamtöses an sich. Und da sie nicht wie die Frau eines Generaldirektors wirkt, dürfte ihr Mann wohl ein kleinerer Angestellter sein. Im besten Fall Kassierer. Was aber erhofft sich dieser malende Schurke von einem Bankkassierer? Trottel! (Das sagte ich zu mir.) Was erhofft er sich? Natürlich den Tresorschlüssel! Renates Gatte befindet sich im Kampf zwischen Pflicht und Liebe. Entweder er händigt dem Halunken den Tresorschlüssel aus, oder die Welt, und damit auch seine Bankfiliale, erfährt von dem Verhältnis seiner Frau mit einem andern. Renate kennt ihren Gatten. Sie weiß, daß er alles tun würde, um sie zu schonen. Sie schüttet der Mutter ihr Herz aus, aber die alte, erfahrene Frau kann ihr auch nichts anderes sagen als: »Du hättest dich sofort wehren müssen, als der Maler kam!« Das war es. Ich war stolz auf mich. Die Tragödie lag offen vor mir, ohne daß mir jemand einen Anhaltspunkt gegeben hätte. Ich sah noch einmal hinüber. Die beiden Damen standen eben auf, um zu gehen. Im selben Moment kam mein Freund Robinson in den Garten. Ich war perplex. Er grüßte die beiden, und sie dankten. Er kannte sie also. Er wird sich wundern, was ich alles über sie weiß. Er kam an meinen Tisch. »Servus!« sagte er und setzte sich zu mir.

»Servus«, entgegnete ich und freute mich auf das Gespräch, das sich nun entwickeln würde. »Du kennst die Damen, die eben gegangen sind?«

»Ja. Die jüngere ist Frau Mailberger, die andere ihre Mutter.«

»Hm. Soll ich dir die Geschichte dieser Frau Mailberger erzählen?«

»Wenn es eine solche Geschichte gibt – bitte.«

»Sei nicht so diskret, du kennst sie wahrscheinlich ebenso gut wie ich – nur mit dem Unterschied, daß man sie dir erzählt hat, während ich sie mir ausrechnen mußte. Frau Mailberger ist verheiratet.«

»Ja.«

»Mit einem Bankkassierer.«

»Nein.«

»Das gibt es nicht. Sie muß mit einem Kassierer verheiratet sein.«
»Du irrst. Ihr Mann ist in meiner Kanzlei Konzipient.«
»Er will sich scheiden lassen.«
»Er denkt nicht daran.«
»Er kann es doch nicht ruhig hinnehmen, daß seine Frau ihn betrügt?«
Robinson horchte auf. »Seine Frau betrügt ihn? Mit wem?«
»Das weiß ich noch nicht. Wenn aber Mailberger keinen Tresorschlüssel auftreiben kann, werden wir es bald alle wissen.«
»Wieso?«
»Weil der Lump es verraten wird.«
»Was für ein Lump?«
»Der Erpresser.«
»Erpresser?« wiederholte Robinson nervös.
»Warum regst du dich auf?«
»Ich rege mich nicht auf, aber – schließlich kenne ich die beiden.«
»Dann wird es dich interessieren, daß Renate in der schamlosesten Weise erpreßt wird.«
»Von wem?«
»Von dem Gangster.«
»Von was für einem Gangster?« Robinson war außer sich. »Von dem elendem Buben, der alles weiß.«
»Was für ein Bub weiß alles?«
»Das muß ich erst herauskriegen. Der Kerl ist zu allem fähig.«
»Um Gottes willen!« Robinson wurde blaß. Seine Anteilnahme an dem Schicksal seines Konzipienten und dessen Gattin war wirklich rührend.
»Sag mir«, setzte ich fort, »wie funktioniert die Mailbergerische Ehe?«
»Im allgemeinen gut. Bitte – in den letzten Tagen hängt der Haussegen etwas schief.«
»Aha! Und warum?«

»Wegen einer Lächerlichkeit. Die beiden wollten ihre Wohnung renovieren lassen. Sie war für Tapeten, während er behauptete, daß da die Wände nicht atmen könnten. Er schickte einfach, ohne ein Wort zu sagen, einen Maler – sie ließ es ruhig zu, später ärgerte sie sich darüber, und jetzt streiten sie seit Tagen nur über dieses eine Thema. Und ihre Mutter hetzt noch gegen ihn und sagt: ›Du hättest dich sofort wehren müssen, als der Maler kam!‹«

Ich war baff. Der Maler war der Zimmermaler. So problemlos löste sich diese Geschichte.

Wie sagte schon Einstein: Man sollte alles so einfach wie möglich machen – aber nicht einfacher.

Übrigens, eine richtige Schlußfolgerung hatte ich doch gezogen. Renate hatte einen Liebhaber. Es war mein Freund Robinson.

Luz – arte – alegria

Buga, Kolumbien

Das Publikum von Buga war an allerhand gewöhnt. So war uns schon bei unserer Ankunft aufgefallen, daß die Bühnenbeleuchtung sehr, sehr schwach war. Plötzlich fiel sie ganz aus. Es war einen Augenblick finster. Aber dann wurde es hell, heller als es vorher gewesen war, nur – das Licht kam aus dem Zuschauerraum. Die Leute in Buga wissen, daß es in ihrem Theater immer finster wird, und so bringt jeder Besucher eine Taschenlampe mit, die er dann auf die Bühne richtet. Clever – oder? Nun wußten wir auch, warum auf den Plakaten stand: Luz – arte – alegria! (Licht, Kunst und Fröhlichkeit!) Kunst und Fröhlichkeit brachten wir – das Licht brachte das Publikum.

Man sagt, die Ehe ist wie ein Lotto. Das stimmt nicht. Beim Lotto gibt es immer einige wenige, die Glück haben.

Romeo 4623

Rechnitzer war verheiratet. Seine Ehe war weder gut noch schlecht – er war verheiratet. Alles war zur Gewohnheit geworden. Seit Wochen, seit Monaten, seit Jahren. Man nahm das Frühstück, er fuhr ins Büro, er kam nach Hause, man nahm das Abendessen, man setzte sich zum Fernsehen und ging ins Bett. Und schlief. Es war ein Leben ohne Abwechslung, ohne Emotion – er war verheiratet. Seine Frau war nie sehr leidenschaftlich gewesen, und das bißchen Erotik, das sie besessen hatte, war in der Ehe verkümmert.

Eines Tages sagte sich Rechnitzer: »Du bist knapp vor Torschluß, du mußt dir ein Abenteuer suchen, ehe es zu spät ist.«

Also ging er hin und inserierte: »Fabrikant, 40, gut aussehend, 1,78 groß, schlank, ledig, lebenshungrig, sucht entsprechende Gefährtin. Unter ›Romeo 4623‹.«

Er wartete eine Woche, dann fragte er nach, ob eine Antwort gekommen sei. Es war nicht nur eine, es waren einige gekommen. Genau gezählt fünfundsechzig. Rechnitzer nahm die Briefe, stopfte sie in seinen Aktenkoffer und ging in ein stilles Kaffeehaus, um sie zu lesen. Bei dem Gedanken daran fühlte er ein gewisses Prickeln, wie er es seit langem nicht gefühlt hatte. Er bestellte einen Mokka und öffnete klopfenden Herzens den Koffer. Dabei fielen einige Briefe heraus, einer davon auf den Boden. »Der soll es sein«, dachte Rechnitzer, »den lese ich zuerst.« Und er las: »Lieber Romeo! Ich gehöre sonst nicht zu den Frauen, die Inserate beantworten, aber das Ihre hat mich so fasziniert, daß ich beschloß, Ihnen zu schreiben. Ich bin fünfunddreißig, 1,70 groß, schlank und – wie man sagt – hübsch. Ich habe ein Landhaus und einen Jaguar, aber das alles sagt mir nichts. Ich bin wie Sie – lebenshungrig! Wollen Sie

mich kennenlernen, Romeo? Wenn ja, dann schreiben Sie mir hauptpostlagernd unter ›Julia‹.«
Rechnitzer schrieb: »Verehrte Julia! Ich habe Ihre Zeilen erhalten und kann es kaum erwarten, Sie zu sehen. Ich möchte nur beizeiten eine Kleinigkeit richtigstellen. Ich bin nicht vierzig, sondern fünfundvierzig, sehe aber bedeutend jünger aus. Wann und wo wollen wir uns treffen? Ich überlasse es Ihnen, die Zeit und den Ort zu bestimmen – nur bitte, bitte, schreiben Sie bald! Ihr ungeduldiger Romeo.«
Sechs Tage wandelte Rechnitzer wie im Traum umher. Wird sie schreiben oder nicht. Am siebenten Tag war es soweit. Sie schrieb: »Schau, schau, mein kleiner Romeo hat gelogen. Eigentlich sollte Julia ihm böse sein, aber sie ist es nicht, weil sie auch nicht ganz aufrichtig war. Ich bin nicht fünfunddreißig, sondern vierzig. Warten wir mit einer Zusammenkunft, vielleicht hat Romeo noch etwas zu beichten. Mit ganz lieben Grüßen Julia.«
Rechnitzer war glücklich. Die Welt sah anders aus. Der Charme, der aus den Zeilen dieser Frau sprach, war ihm bisher fremd gewesen. Er setzte sich hin und schrieb: »Geliebte Julia! Ich darf Sie doch so nennen? Ich danke Gott, daß auch Sie geschwindelt haben – ein Altersunterschied von zehn Jahren wäre vielleicht doch zu groß gewesen. So aber passen wir zueinander. Das heißt, etwas muß ich Ihnen noch gestehen. Ich bin nicht 1,78 groß, sondern bloß 1,68. Seien Sie mir deshalb nicht böse. Denken Sie an Napoleon. Er war auch nicht groß und hat doch die halbe Welt erobert. Ich möchte nur Sie erobern, Julia – nur Sie! Wann werden wir uns sehen? Wann? Wann? Wann? Lassen Sie mich nicht länger schmachten. Ihr Romeo.«
Nach einer Woche kam Julias Antwort:
»Lieber Romeo! Sie denken, ich bin enttäuscht? Im Gegenteil! Ihr Geständnis macht mich glücklich. Ich bin nämlich auch nicht 1,70 groß, sondern nur 1,65. Was unsere erste Begegnung betrifft – fas-

sen Sie sich in Geduld. Ich lasse Sie nicht gern schmachten – gewisse Umstände zwingen mich dazu. Haben Sie Verständnis. Julia.«
Rechnitzer war verzweifelt. Warum verlangte sie Geduld von ihm? Welche Umstände konnten sie zwingen, ein Zusammentreffen mit ihm hinauszuschieben? Ein Mann? Er schrieb: »Bezaubernde, reizende Julia! Was hindert Dich, mich zu sehen? Ist es ein Mann, der Gewalt über Dich hat? Nenne mir seinen Namen – ich töte ihn! Bist Du finanziell von ihm abhängig? Hab keine Angst. Ich bin zwar kein Fabrikant, wie ich in meinem Inserat angab, aber ich habe ein kleines Geschäft, das uns beide ernähren kann. Zögere nicht länger – komm zu mir! Dein unglücklich-glücklicher Romeo.«
Diesmal schrieb sie expreß.«Liebster Romeo! Wie leicht machst Du es mir, gewisse Dinge zu gestehen. Du bist kein Fabrikant – und ich habe weder einen Jaguar noch ein Landhaus. Warum meine Hochstapelei? Weil ich Dir imponieren wollte. Der Mann, von dem Du schreibst, existiert. Ich bin zwar seit einiger Zeit schuldlos geschieden, aber er gibt den Gedanken nicht auf, mich zurückzugewinnen. Wenn Du mir jetzt nicht mehr schreiben würdest, könnte ich es verstehen, aber ich wäre sehr, sehr unglücklich. Deine arme Julia.«
Rechnitzer schrieb postwendend zurück: »Julia! Einzige! Geliebte! Warum sollte ich Dir nicht mehr schreiben? Wenn es Dich tröstet, Du Große, Du Hehre, Du Wunderbare, auch ich bin geschieden. Ebenfalls schuldlos. Du siehst, wir gehören zusammen. Komm, komm, ich möchte Dich schon in den Armen halten und meinen Mund auf Deine Lippen pressen! Ich vergehe vor Sehnsucht! Dein Romeo!«
Die Antwort kam bald. »Du mein geliebter Romeo! Wir gehören wirklich zusammen! Du bist mein ganzes Denken, mein ganzes Fühlen! Erwarte mich Mittwoch, um 16 Uhr, vor der Oper. Ich werde ein braunes Kostüm tragen, mit einer weißen Nelke im Knopfloch. Du, bitte, halte die ›Bunte‹ in der linken Hand, nicht zusammengefaltet, daran werde ich Dich erkennen. Ich kann es

kaum erwarten. Oh, daß es schon Mittwoch wäre! In Liebe, Deine Julia.«
Rechnitzer war außer sich. Mittwoch also! Die Tage erschienen ihm endlos, in den Nächten zählte er die Stunden, die ihn noch von seinem großen Erlebnis trennten. Endlich war es soweit. Er zog seinen schönsten Anzug an, nahm die feinste Krawatte sowie ein paar Tropfen des »Parfüms für richtige Männer« und begab sich zur Oper, die nicht zusammengefaltete »Bunte« in der linken Hand. Julia war noch nicht da. Er wartete. Endlich sah er eine Dame in einem braunen Kostüm aus einem Taxi steigen. Sie kam auf ihn zu – beide erbleichten. Julia war Rechnitzers Frau.
Die Folgen:
1. Rechnitzer und Frau brachten die Scheidungsklage ein. Sie gegen ihn, er gegen sie, weil beide bereit gewesen waren, einander zu betrügen.
2. Versöhnung vor dem Scheidungsrichter. Sie hatte in ihm, er hatte in ihr etwas geweckt, ohne zu wissen, daß noch was schlummerte.
3. Aussendung einer Geburtsanzeige: »Herr Karl und Frau Roberta Rechnitzer geben die Geburt ihrer Zwillinge bekannt. Sie hören auf die Namen: Romeo und Julia.«

Ein Experte ist ein Mann, der so lange sagt: »Das ist so!«, bis ein anderer Experte kommt und sagt, daß es anders ist. Eines Tages lernte ich sie kennen:

Die Experten

Ich hatte ein Bild gekauft. Bei einem Trödler. Es war kein schönes Bild, es war ein billiges Bild. Es sollte ja bloß den Brandfleck an der Wand über meinem Schreibtisch verdecken, der anläßlich eines Heimfeuerwerks, mit dem uns mein Neffe Ladi, 10, im vergange-

nen Fasching beglückt hatte, zurückgeblieben war. Das Bild zeigte eine ziemlich üppige nackte Schönheit, die, während sie auf einer Wiese liegt und einen Apfel ißt, von Amoretten umschwärmt wird. Meine Frau haßte das Bild. Erstens, weil ich es gekauft hatte, und zweitens – es war wirklich nicht schön. Sie nannte es einen geschmacklosen Schinken, und was ihr besonders mißfiel, war das Spinatgrün der Wiese. Ich ließ sie reden. Das Bild sollte ja nur bis zum Herbst hängen bleiben, dann lassen wir tapezieren, und Fleck und Bild werden verschwinden. So dachte ich, bis uns eines Tages unser Steuerberater, Dr. Bachmann, besuchte.
Er begrüßte mich – plötzlich fiel sein Blick auf das Bild. »Woher haben Sie dieses Bild?« stammelte er.
»Ich habe es bei einem Trödler gekauft«, sagte ich und entschuldigte mich sofort: »Es soll nur den Fleck verdecken, der –«
»Ja, Menschenskind!« unterbrach er mich. »Wissen Sie denn nicht, was Sie da für einen Schatz haben? Das ist ein echter Caneloni!«
Ich wußte nicht, was ein Caneloni ist, aber Bachmann, der etwas von Bildern verstand, erklärte es mir: »Caneloni war ein Rubensschüler. Ungefähr 1610. Seine Bilder sind momentan stark gefragt. Das Bild ist gut fünfhunderttausend Schilling wert!«
Jetzt gefiel es auch meiner Frau. »Dieses herrliche Grün!« sagte sie.
»Nicht wahr?« meinte Bachmann aufgeregt. »Das ist eine Spezialität Canelonis. Man nennt es nach ihm ›Canelonigrün‹! Unternehmen Sie nichts mit dem Bild – ich komme morgen mit einem Experten wieder.«
Weg war er.
Meine Frau setzte sich dem Bild gegenüber auf einen Stuhl und schmachtete es an. »Wundervoll!« sagte sie. »Dieses Canelonigrün!«
Aus dem Spinatgrün war plötzlich ein Canelonigrün geworden.
»Denkst du«, spielte ich mich auf, »ich habe nicht gewußt, was das für ein Kunstwerk ist?«
»Du bist ganz groß!« gab meine Frau, zum erstenmal in unserer

Ehe, zu. »Man muß es genau anschauen. Siehst du den Schmetterling, der dort auf der Blume wippt?«

Ich sah keine Blume, ich sah keinen Schmetterling, ich sah nur die fünfhunderttausend Schilling. Ich träumte von ihnen. Caneloni persönlich kam zu mir und drückte sie mir in die Hand. Er wollte sein Bild wiederhaben. Am nächsten Tag kam Dr. Bachmann mit einem Herrn. »Professor Kammetmacher«, stellte er ihn mir vor, »von der Galerie Blumenfeld. Einer der größten Caneloni-Experten, die es gibt.«

»Ich habe von Ihrem Glück gehört«, sagte Kammetmacher. »Wo haben Sie das Bild?«

Ich führte die Herren in mein Arbeitszimmer. Kammetmacher erblickte das Meisterwerk. Er blieb wie gebannt stehen. Dann ging er näher, betrachtete es von allen Seiten, prüfte es durch eine Lupe, besah auch die Rückseite, wandte sich an Bachmann und sagte: »Sie haben sich geirrt, lieber Freund, das ist kein Caneloni.«

Kein Caneloni? Wo sind meine fünfhunderttausend Schilling?

»Aber das Grün?« fragte meine Frau, die ins Zimmer gekommen war. »Dieses saftige Canelonigrün?«

»Das täuscht, gnädige Frau«, meinte Kammetmacher und fügte feierlich hinzu: »Das ist kein Caneloni – das ist ein Gelato!« Und zu mir: »Ich gratuliere Ihnen. Dieses Bild hat einen Wert von einer Million!«

Ich mußte mich setzen, sprang aber sofort wieder auf. Ich hatte mich auf meine Frau gesetzt, die in Ohnmacht gefallen war.

»Ein Gelato?« fragte ich ehrfurchtsvoll.

»Unverkennbar.«

»Und der Baum?« ereiferte sich Bachmann. »Gelato hat niemals solche Bäume gemalt!«

»Das ist es ja eben«, gab Kammetmacher zur Antwort. »Wir haben es hier mit einem frühen Gelato zu tun. Einem bisher völlig unbekannten.«

»Ich glaube es nicht. Nein, nein, nein!« Bachmann schüttelte den Kopf. Was hatte er? Warum beharrte er auf diesem Nichtskönner von einem Caneloni, der nur fünfhunderttausend wert war, während ich für einen Gelato eine Million bekommen würde? Wollte er mir fünfhunderttausend Schilling aus der Tasche stehlen?
»Es ist ein Gelato!« schrie ich.
»Ganz klar«, pflichtete Kammetmacher mir bei.
»Was wissen denn Sie?« brüllte Bachmann den größten Caneloni-Experten, den es gibt, an. »Was sind Sie denn schon? Ein Bilderhändler!«
»Und Sie?« gab Kammetmacher zurück. »Was sind Sie? Ein Steuerberater! Und noch dazu ein schlechter!« Er wandte sich mir zu. »Unternehmen Sie nichts mit dem Bild – ich habe Interessenten.«
Die beiden entfernten sich. Zwei Feinde.
Es klingelte an der Tür. Nacheinander kamen die Robinsons, Wimmers, Goldbergs, die Müllers und Meiers, die Nachbarn, die Leute vom Haus, von der Straße, vom Bezirk. Alle wollten das Kunstwerk sehen. Meine Frau mußte ununterbrochen Sandwiches und Bier servieren. Als die Leute endlich gingen, standen bereits zwei Polizisten vor unserer Tür, die den Befehl hatten, das Bild zu bewachen.
Wir sahen aus dem Fenster. Unten gab es ein Polizeiaufgebot, das die Straße absperrte. Von den Kommissaren erkannten wir Keller, Derrick, Columbo und Mike Stone. Jeder, der durch die Sperre wollte, wurde perlustriert. Einen Telegrammboten ließ man durch. Er brachte uns eine Depesche: »ankomme morgen stop kaufe gelato stop smith stop direktor national art-museum new york.«
Am nächsten Tag war er da. Er war ein Experte. Das Bild war weder ein Caneloni noch ein Gelato, sondern ein Formaggio. Wert: eine Million Dollar!
Reporter erschienen. Meine Frau und ich sagten: »No comment!« Trotzdem waren die Zeitungen voll mit Berichten über unser Bild. Ein Experte des Louvre, der das Werk als einen echten Prosciutto

erkannte, bot uns zwei Millionen Dollar, von einem Privatsammler hatten wir ein Angebot auf drei. Er behauptete, daß es sich bei dem Bild weder um einen Caneloni noch um einen Gelato, Formaggio oder Prosciutto handle, sondern um einen unbekannten Minestrone. Leider überlegten wir zu lang. Die Regierung verhängte über das Bild ein Ausfuhrverbot. Unser Haus wurde unter Denkmalschutz gestellt.

Das Wiener Kunsthistorische Museum bot für das Gemälde fünf Millionen Schilling, wovon vier an das Finanzamt gehen würden. Der Museumsexperte versicherte, daß das Bild von Risotto stamme, einem Maler der Hoch-Renaissance. Wir betrauten zwei Anwälte mit der Wahrnehmung unserer Rechte. Warum sollten wir das Bild um fünf Millionen Schilling verschleudern, wenn wir drei Millionen Dollar dafür bekommen konnten? Meine Frau gab Anzahlungen auf eine Villa im Cottageviertel, einen Zobelmantel und einen Jaguar. Und immer weiter regnete es Angebote. Amsterdam, London, Tokio. Sechs, sieben, zehn Millionen!

Wir waren einem Nervenzusammenbruch nahe. Wir beschlossen, für einige Tage dem Trubel zu entfliehen und uns irgendwo in einem kleinen Hotel zu verstecken.

»Bei dieser Gelegenheit«, schlug meine Frau vor, »könnten wir gleich die Wohnung saubermachen lassen.«

Als wir nach einer Woche zurückkamen, hatte das Bundesheer auf der Straße Stellung bezogen. Hubschrauber überflogen das Gebiet, die Polizisten trugen automatische Gewehre und Stahlhelme. Die Hausbewohner hatte man evakuiert, da man einen Terroranschlag befürchtete. Von zwei schwerbewaffneten Soldaten eskortiert, durften wir unsere Wohnung betreten.

Frau Matschek, unsere Hausbesorgerin, die die Reinigungsarbeiten leitete, kam uns entgegengelaufen. »Sie werden eine Freude haben!« rief sie. »Das Bild! Sie werden staunen!«

Ein Schreck durchzuckte uns. Das Bild? Was war mit dem Bild?

Schnell gingen wir in mein Arbeitszimmer. Frau Matschek lief hinter uns her.
»Das Bild war doch immer so dunkel«, sagte sie. »Alles Schmutz. Ich habe mir gedacht, ich wasche es mit einem ordentlichen Reinigungsmittel ab – und wissen Sie, was geschehen ist?«
»Was?!« riefen wir beide wie aus einem Mund.
»Die häßliche Farbe ist heruntergegangen. Und drunter war ein Bild – vom Kaiser Franz Joseph!«

Wir brauchten uns nicht länger den Kopf zu zerbrechen, wer der Maler des Bildes war. Es war signiert: Josef Woprschalek, Maler- und Anstreichermeister, Wien 1914.

Was dem einen recht ist, ist dem andern billig – solange sich kein Anwalt dazuschlägt. Anwälte verteuern die Sache. Sie sind gute Redner und gute Rechner, weshalb ich mich gar nicht wunderte, daß mein Freund und Anwalt Dr. Robinson einmal der einzige war, der meinem Neffen Ladi bei einer arithmetischen Hausaufgabe helfen konnte. Es war

Eine schwierige Rechnung

Ein kluger Mann sagte einmal: Anwälte sind Menschen, die uns aus all den Ärgernissen befreien, in die wir nie geraten würden, wenn es keine Anwälte gäbe. Und doch – ich bewundere sie. Wenn ich einen Anwalt kennenlerne, betrachte ich zuallererst seine Ohren. Sie kommen mir vor wie zwei Buchstützen – was dazwischen ist, sind eine Menge Bände mit einer Unzahl von Paragraphen, aus denen sie, sobald sie ihn brauchen, immer den richtigen hervorholen. Gewinnt ein Anwalt einen Prozeß, sagt er zu seinem Klienten: »Ich habe den Prozeß gewonnen«, verliert er ihn, sagt er: »Sie haben ihn verloren.« Aber ich will jetzt nicht von Prozessen reden, sondern von einer Rechenaufgabe, die nur der findige Kopf eines Anwalts lösen konnte. Wir saßen wieder einmal im Kaffeehaus: Robinson, Wronsky und ich. Plötzlich kam mein Neffe Ladi zur Tür herein und steuerte direkt auf uns zu.

»Dein Vater ist nicht hier, Ladi«, sagte ich.

»Ich weiß es«, antwortete Ladi, damals zwölf, »ich komme zu dir. Mein Mathelehrer hat uns wieder einmal eine Aufgabe gegeben, die ich nicht nicht lösen kann, und da habe ich mir gedacht, vielleicht kannst du mir helfen.«

»Was ist mit deinem Vater?« fragte ich geschmeichelt. »Hilft er dir nicht?«

»Er hat es versucht, aber nach einer halben Stunde hat er das Buch an die Wand geschleudert, hat zwei Aspirin genommen und hat sich ins Bett gelegt.«

»Und was ist mit deiner Mutter?«

»Die hat es auch versucht, die hat zwei Valium genommen.«

»Na schön«, sagte ich gütig. »Setz dich zu uns, trink eine Tasse Schokolade, und zeige mir die Rechnung.« Ladi ließ sich das nicht zweimal sagen. Er setzte sich zu uns, nahm eine Tasse Schokolade, zwei Sachertorten und ein Baiser mit Schlagobers. Inzwischen studierte ich die Rechenaufgabe, und ich muß gestehen, daß mir nach und nach schwül wurde. Da stand folgendes:

Ein Rennstallbesitzer stirbt und hinterläßt seinen drei Söhnen siebzehn Pferde. Laut Testament soll der älteste Sohn die Hälfte bekommen, der mittlere ein Drittel und der jüngste ein Neuntel. »Das ist doch ganz einfach«, sagte ich im ersten Moment. »Da sind einmal siebzehn Pferde. Der älteste Sohn bekommt die Hälfte, die Hälfte von siebzehn ist – « Moment! Ich stutzte. Die Hälfte von siebzehn ist achteinhalb. Der Vater konnte doch dem Sohn kein halbes Pferd hinterlassen. Ich ging weiter: Der zweite Sohn bekommt ein Drittel. Ein Drittel von siebzehn ist, grob gerechnet, fünfkommasechs Pferde! Der dritte Sohn bekommt ein Neuntel, das ist, wieder grob gerechnet, einskommaacht Pferde! Das ist doch nicht möglich!

»Hast du es schon?« fragte Ladi.
»Noch nicht, aber gleich.« Was sollte ich ihm sagen, wo er so an mich glaubte?
»Darf ich mir eine Cremeschnitte nehmen?«
»Nimm dir, was du willst, mein Kind«, sagte ich. Ich nahm ein Miltaun. Der Schweiß stand mir auf der Stirne.
»Was hast du?« fragte Wronsky. »Ist dir schlecht?« Wer von meinen Lesern Dr. Wronsky noch nicht kennt: Er ist mein Dentist.
Ich las ihm die Rechnung vor: Ein Rennstallbesitzer stirbt und hinterläßt seinen drei Söhnen siebzehn Pferde. Laut Testament soll der älteste Sohn die Hälfte bekommen, der mittlere ein Drittel und der jüngste ein Neuntel.
»Das kann doch nicht so schwer sein«, meinte Wronsky. »Wir haben siebzehn Pferde. Der älteste Sohn bekommt die Hälfte. Die Hälfte von siebzehn ist –« er stockte.
»Na?« fragte ich schadenfroh.
»Die Hälfte von siebzehn ist achteinhalb«, sagte Wronsky zögernd. »Das weiß jedes Kind.«
»Das weiß jedes Kind«, gab ich gereizt zu. »Aber die Hälfte von siebzehn Pferden! Du kannst doch ein Pferd nicht halbieren! Und was ist mit dem Drittel und mit dem Neuntel? Der Mann war ein Rennstallbesitzer, also dürfte es sich um Rennpferde handeln! Sollen die zerstückelten Pferde ein Rennen gewinnen?«
Wronsky nahm ein Aspirin, ein Valium und ein Miltaun. »Bei Pferden kenne ich mich nicht aus«, sagte er. »Ich bin Dentist – laß es mich mit Zähnen versuchen. Ein Rennstallbesitzer stirbt und hinterläßt seinen drei Söhnen siebzehn Zähne.«
»Das ist doch noch dümmer!« rief ich. »Was sollen die drei mit siebzehn Zähnen machen?«
»Laß mich nur«, beharrte Wronsky. »Wir legen die Zähne dann auf Pferde um.«
Ich wurde wütend. »Wie willst du die Zähne auf Pferde umlegen?«

knirschte ich. »Können Zähne beim Rennen laufen? Kannst du mit Pferden beißen?«
»Laß mich. Ich weiß, was ich will. Ein Rennstallbesitzer stirbt und hinterläßt seinen drei Söhnen siebzehn Zähne. Der älteste bekommt die Hälfte – das sind achteinhalb Zähne.« Wronsky stöhnte. »Das geht nicht«, sagte er.
Ladi freute sich, weil es uns auch nicht gelang, die Aufgabe zu lösen. »Darf ich mir eine Punschtorte nehmen?«
»Ja!« sagte ich bissig und verwünschte ihn im stillen. Robinson hatte bis dahin Zeitung gelesen. »Was habt ihr denn für ein Problem?« fragte er.
»Eines, bei dem uns nicht einmal ein Rechtsanwalt helfen kann«, entgegnete ich. Ich las ihm die Aufgabe vor: »Ein Rennstallbesitzer stirbt und hinterläßt seinen drei Söhnen siebzehn Pferde. Laut Testament soll der älteste Sohn die Hälfte bekommen, der mittlere ein Drittel und der jüngste ein Neuntel.«
»Hm«, machte Robinson. Dann schwieg er. Ich beobachtete ihn und sah, wie es in den Gesetzbüchern zwischen seinen Ohren arbeitete. »Das ist nicht schwer«, meinte er dann.
»So?« fragte Wronsky höhnisch. »Dann verrate uns doch die Lösung.«
»Ganz einfach«, sagte Robinson ruhig. »Ich gebe ein Pferd dazu.«
»Dazu?!?«
»Ja. Dann sind es achtzehn, die Hälfte von achtzehn ist neun, ein Drittel ist sechs und ein Neuntel ist zwei. Der älteste Sohn bekommt neun Pferde, der mittlere sechs und der jüngste zwei.«
Wronsky und ich starrten ihn an wie ein Wunder, Ladi schob die Torte weg, was bei ihm etwas heißen will. »Da muß ich die Probe machen«, sagte er aufgeregt und addierte: »Neun und sechs ist fünfzehn und zwei ist – siebzehn!« rief er überrascht. »Jetzt sind es wieder siebzehn! Was mache ich jetzt?«
»*Du* machst gar nichts«, sagte Robinson ruhig, »ich nehme mein

Pferd wieder zurück, und alles ist in Ordnung.« Sprach's, bezahlte und ging.
Die Sache läßt mir keine Ruhe. Siebzehn Pferde konnten in Drittel und Neuntel geteilt werden, nur weil Robinson ein Pferd dazugegeben und wieder weggenommen hatte – noch dazu ein Pferd, das er gar nicht besaß. Typisch Anwalt!

Es gibt mehr gefällige Menschen, als man glaubt, aber nicht so viele, wie man denkt.

Kennen Sie Seliger?

Seliger ist die Gefälligkeit selbst. Wenn er einem andern einen Dienst erweisen kann, ist er glücklich. Wie neulich: Es regnete in Strömen, Seliger kam aus dem Haus, stieg in sein Auto und fuhr los. Er liebte es, als erster im Büro zu sein, was von seinem Chef schon öfter anerkannt worden war. An der Kreuzung mußte er halten. Da – an der Autobushaltestelle – war das nicht sein neuer Nachbar? Seliger ließ das Fenster herunter und rief hinaus: »Sie wohnen doch neben uns?«
»Ja«, sagte der andere.
»Wohin wollen Sie?«
»Mariahilfer Straße, Gürtel.«
»Das ist auch mein Weg. Steigen Sie doch ein.«
Der andere stieg ein. »Waldmann«, stellte er sich vor.
»Seliger.«
»Es ist sehr freundlich von Ihnen, mich mitzunehmen.«
»Ich bitte Sie, das ist doch selbstverständlich. Sie werden doch nicht im Regen auf den Autobus warten, wenn wir fast dasselbe Ziel haben. Wie fühlen Sie sich in der neuen Wohnung?«

»Ausgezeichnet. Besonders jetzt, wo ich weiß, was wir für nette Nachbarn haben.«
Seliger strahlte. Waldmann erwies sich als amüsanter Plauderer. »Unsere letzte Wohnung hatten wir in einem modernen Neubau«, erzählte er. »Dort waren die Zimmer so klein – wenn ich krank war und der Arzt kam, mußte ich ihm die Zunge durch das Guckloch zeigen.« Seliger lachte. »Unserem Hund mußte ich beibringen, von oben nach unten zu wedeln, von links nach rechts hätte er keinen Platz gehabt.« Seliger brüllte vor Vergnügen. »Und die Wände waren so dünn, wenn mein Nachbar die Höhensonne einschaltete, bekam ich einen Sonnenbrand.« Seliger wischte sich die Tränen aus den Augen. Waldmann erzählte eine Schnurre nach der andern. Wie er sagte, war er in seiner Jugend Conferencier gewesen. Seliger kam der Weg heute halb so lang vor wie sonst. Er schüttelte Waldmann beim Aussteigen herzlich die Hand. Als er ins Büro kam, sah der Chef nach der Uhr. Seliger war pünktlich, aber nicht so überpünktlich wie in den letzten zehn Jahren.
Am nächsten Tag war es genauso, nur daß es nicht regnete. Seliger kam mit seinem Wagen zur Haltestelle, sah Waldmann dort stehen und forderte ihn auf, mitzufahren. Diesmal war Waldmann allerdings lange nicht so amüsant wie am Tag zuvor. Er redete zwar auch heute munter drauflos, aber Seliger fand, daß er manches von dem, was Waldmann heute erzählte, schon gestern gehört hatte. Waldmann wiederholte sich. Er war Conferencier gewesen. Macht nichts, dachte Seliger, die Zeit vergeht doch schneller, als wenn ich allein fahre. Am Ziel angelangt, erzählte Waldmann noch rasch einen Witz zu Ende. Seliger schüttelte sich vor Lachen. Waldmann ging. Als Seliger ins Büro kam, sah der Chef nach der Uhr. Seliger kam um eine Minute zu spät. Der Chef sagte nichts, er machte bloß »Hm«, aber für Seliger war dieses »Hm« ein Schlag ins Gesicht. Morgen, nahm er sich vor, werde ich wieder pünktlich sein.
Am nächsten Tag wollte Seliger eine andere Route nehmen, um

nicht an der Haltestelle vorüberzukommen. Umsonst. Waldmann stand bereits vor dem Haus.
»Ich dachte mir, ich warte gleich hier«, sagte er, »dann brauchen Sie bei der Haltestelle nicht stehenzubleiben.« – »Danke!« sagte Seliger mit verhaltener Wut. Der Wagen sprang nicht an. »Was ist denn?« fragte Waldmann ungehalten. »Wird das noch lange dauern? Mein Chef sieht es nicht gern, wenn ein Angestellter zu spät ins Büro kommt.«
»Entschuldigen Sie«, sagte Seliger, »ich werde dafür schneller fahren.« Seliger fuhr wie die Feuerwehr. An der Kreuzung mußte er abbremsen. Waldmann gab es einen Ruck nach vorn.
»Na?« herrschte er Seliger an. »Können Sie nicht aufpassen?« Seliger zuckte zusammen. »Verzeihung« sagte er. Waldmann sprach während der ganzen Fahrt kein einziges Wort mehr. Er war sichtlich verstimmt. Als er ausstieg, sagte er nicht wie gewöhnlich »Auf Wiedersehen!«, sondern bloß »Guten Tag!«. Und das nicht sehr freundlich. Seliger war selig. Jetzt würde er wieder allein fahren. Wie schön! Er schloß den Wagen ab und ging die Treppe hinauf. Diesmal war er pünktlich, wenn auch nicht überpünktlich. Der Chef sah nach der Uhr. »Gratuliere!« sagte er ironisch. »So früh sind Sie schon lange nicht zu spät gekommen.« Seliger sagte nichts. Warte nur, dachte er, morgen bin ich früher da als du.
Tags darauf kam er, fröhlich pfeifend, aus seiner Wohnung. Im Hausflur sang er nach der Melodie des Toreromarsches aus Carmen: »Heute fahr ich endlich wieder mal allein – ach, das ist schön – ach, das ist fein! Heut kann ich endlich wieder –« Der Gesang erstarb ihm auf den Lippen. Vor dem Haus stand Waldmann mit einem zweiten Herrn. »Das ist Herr Block«, stellte er ihm vor. »Er wohnt im Haus nebenan und hat sein Geschäft ein paar Schritte von meinem Büro entfernt. Ich habe ihn eingeladen, mit uns zu fahren.«
»Sie haben einen Wagen mit zwei Türen?« fragte Block enttäuscht. »Warum hast du das nicht gesagt?« wandte er sich an Waldmann.

»In einen Wagen mit zwei Türen komme ich schwer hinein.« Nach einigen Versuchen gelang es. Seliger hatte bereits einen roten Kopf. Gerade heute wollte er wieder einmal überpünktlich ins Büro kommen. Er fuhr los. Waldmann erklärte ihm noch, daß Block und er Schulkameraden seien, dann unterhielten sich die beiden, ohne ihn, Seliger, auch nur einmal ins Gespräch zu ziehen. Er hörte immer nur »Erinnerst du dich?« und »Da war doch noch«, ohne zu wissen, von wem die Rede war. Sie kamen zu Waldmanns Büro, Waldmann stieg aus und sagte zu Seliger: »Sie fahren mit Herrn Block weiter.« Seliger fuhr. Aus den »paar Schritten«, von denen Waldmann gesprochen hatte, wurden zweihundert Meter. Block stieg aus, winkte Seliger und sagte: »Auf Morgen!« Seliger kam um eine Viertelstunde zu spät ins Büro. Der Chef sah nach der Uhr und sagte: »Was ist los mit Ihnen? Sie waren doch immer so pünktlich?«
Seliger fiel nichts Besseres ein, als zu sagen: »Man hat mir meinen Wagen gestohlen. Ich sah die Diebe und rannte ihnen nach.«
»Wenn sie gerannt wären«, meinte der Chef, »wären Sie doch eher früher dagewesen als später.« Seliger sagte nichts. Morgen wird er den Herren Waldmann & Block Grobheiten geben. Die werden nicht mehr mit ihm fahren.
Leider wurde aus den Grobheiten nichts. Am nächsten Tag erwarteten ihn nicht nur Waldmann und Block, sondern auch eine Dame. »Meine Frau«, stellte Block sie vor. »Sie arbeitet dreimal in der Woche in meinem Geschäft, und da sagte ich ihr, sie könne mit uns fahren.« Vor einer Dame wollte Seliger nicht uncharmant sein. Er unterdrückte die Grobheiten, die er schon auf der Zunge gehabt hatte, und sagte: »Steigen Sie ein, bitte!« Es war ihm weh ums Herz. Man soll nicht gefällig sein. Er fuhr Waldmann ins Büro, Block in sein Geschäft, Frau Block noch rasch in ein anderes Geschäft, wo sie ein Paket abzugeben hatte. »Warten Sie hier!« sagte sie. Seliger wartete. Er brachte sie zurück zu Blocks Geschäft, dann fuhr er ins Büro. Er kam eine halbe Stunde zu spät.

»Was haben Sie heute für eine Ausrede?«
»Ich bin beim Fenster hinausgefallen«, sagte Seliger.
Der Chef runzelte die Stirn. »Dazu brauchen Sie so lange?« fragte er streng.
»Es wird nicht mehr vorkommen«, versprach Seliger. Er nahm es sich auch ernsthaft vor. Und doch!
Am nächsten Tag waren auch Blocks Kinder da. Drei Stück. »Ich dachte mir, Sie fahren sowieso an ihrer Schule vorüber«, sagte Block, »Sie müssen nur einen kleinen Umweg machen.« Seliger nickte. Auf dem kleinen Umweg gab es vier Umleitungen, was eine Verzögerung von einer halben Stunde bedeutete, und bei Blocks Geschäft angelangt, mußte er noch einmal umkehren, weil Frau Block die Geschäftsschlüssel zu Hause vergessen hatte. Seliger kam um eine Stunde zu spät ins Büro.
»Oh, Herr Seliger!« empfing ihn der Chef höhnisch. »Sie schenken uns doch noch die Ehre?« Seliger nickte unglücklich. »Wo waren Sie bis jetzt?« tobte der Chef plötzlich.
Seliger dachte an Blocks Kinder. »Meine Frau hat mir ein Kind geschenkt«, sagte er zitternd.
»Sie hätte Ihnen lieber einen Wecker schenken sollen!« brüllte der Chef. Seliger sagte nichts. Er beschloß, Waldmann und die Familie Block zu ermorden.
In der Nacht fühlte er sich nicht wohl. Seine Frau sagte: »Bleib morgen zu Hause.« – »Das geht nicht«, stöhnte Seliger. »Waldmann … Block … Frau Block … die Kinder …«
Frau Seliger, die von den Fahrgästen ihres Mannes nichts wußte, rief den Arzt an. »Er phantasiert«, sagte sie.
»Geben Sie ihm eine Beruhigungstablette und rufen Sie mich morgen wieder an.«
Frau Seliger gab ihrem Gatten eine Beruhigungstablette. Er schlief. Seine Frau wollte ihn nicht wecken, und als er aufwachte, war es nicht sieben, wie gewöhnlich, sondern halb acht. Seliger stand der

kalte Schweiß auf der Stirne. Er sprang aus dem Bett, fuhr in seinen Anzug, ließ das Frühstück unberührt und wollte so schnell wie möglich fort – da – was war das? Seine Frau hatte die Tür abgesperrt. »Gib mir die Schlüssel!« rief Seliger verzweifelt. »Nicht, ehe du mir nicht sagst, was mit dir los ist«, sagte Frau Seliger energisch. »Du bist schon die ganze letzte Zeit so komisch. Was ist mir dir? Wartet eine Freundin auf dich?«
Seliger lachte irr. »Wenn es nur das wäre … auf mich wartet keine Freundin … auf mich warten sechs Feinde …«
»Wer?« fragte Frau Seliger entsetzt. »Los! Sag es mir!«
Das Eis war gebrochen. Seliger begann zerknirscht zu beichten …
»Also so ist die Sache«, sagte Frau Seliger, als er zu Ende war.«Daran ist wieder deine dumme Sucht schuld, jedem Menschen einen Gefallen zu tun. Bleib da – ich werde das ordnen.«
Frau Seliger ging hinunter. Vor dem Haus warteten Waldmann, Herr und Frau Block, drei kleine Blöcke und noch zwei Kinder.
»Mein Mann kann Sie heute nicht mitnehmen«, sagte sie. »Er ist krank, und der Arzt hat ihm das Autofahren für längere Zeit verboten.«
Ein Tumult erhob sich. »Eine Rücksichtslosigkeit!« brüllte Waldmann.
»Das hätte er uns gestern sagen können!« schrie Herr Block.
»Ich finde das unverschämt!« kreischte seine Frau.
»Wir werden eine Strafe bekommen!« riefen die Kinder.
»Leider!« bedauerte Frau Seliger. »Es ist nicht seine Schuld.«
Seligers ehemalige Mitfahrer liefen zum Autobus. Frau Seliger aber stieg in den Wagen und fuhr ihn um die Ecke. Vor dem zweiten Ausgang des Hauses blieb sie stehen.«Dort wirst du jetzt immer parken«, sagte sie zu ihrem Mann.
Von nun an stieg Seliger ungesehen in sein Auto, er nahm einen andern Weg zum Büro, einen Weg, von dem aus er von weitem die Autobushaltestelle sehen konnte. Und es lachte sein Herz, wenn er

Waldmann, Herrn und Frau Block sowie deren Kinder dort stehen sah.
Es gibt mehr gefällige Menschen, als man glaubt, aber nicht so viele, wie man denkt. Und jetzt gibt es wieder um einen weniger.

Wer sich selbst hilft, dem hilft Gott. Wer sich nicht selbst hilft, der verlangt von seinen Verwandten, daß sie ihm helfen.

Der Glückwünscher

Mein Vetter Robert ist Schriftsteller. Er lebt von dem, was er schreibt. Seine persönliche Note? Er schreibt keine Novellen, keine Romane, keine Theaterstücke – er schreibt Glückwunsch- und Gratulationsbriefe. Seine Verwandtschaft weiß, was das zu bedeuten hat. Bekomme ich zum Beispiel einen Brief: »Lieber Vetter! Ich wünsche Euch alles Gute zum neuen Jahr!«, dann schreibe ich zurück: »Wir danken und wünschen Dir dasselbe!«, lege einen 500-Schilling-Schein in den Umschlag und trage ihn zur Post.
Es folgen dann: »Fröhliche Ostern!«, »Fröhliche Pfingsten!«, »Fröhliche Weihnachten!« – 500 Schilling, 500 Schilling, 500 Schilling. Meine Frau weiß nichts von dieser Korrespondenz, weil ich mich schäme, einen Verwandten zu haben, der sich auf diese Weise ernährt.
So geht das seit vier Jahren. Vor einigen Monaten stutzte ich. Da kam ein Schreiben: »Lieber Vetter! Ich gratuliere Dir zu Deiner bevorstehenden Premiere!« Das war etwas Neues. Sollte ich diesen Brief nicht beantworten – oder sollte ich einen Präzedenzfall schaffen und ihm die 500 Schilling schicken? Ich entschloß mich zu letzterem. Jetzt war ich erst froh, daß ich meiner Frau nie von diesen Briefen erzählt habe, sie hätte kein Verständnis dafür aufgebracht.

Auf alle Fälle hatte ich jetzt wieder Ruhe bis zum nächsten Geburtstag. Dachte ich.
Plötzlich bekam ich einen Brief: »Herzlichste Gratulation zum 583. Geburtstag von Johannes Gutenberg. Hätte er nicht die Buchdruckerkunst erfunden, könnten Deine Bücher nicht gedruckt werden.« Ich billigte Robert eine gewisse Originalität zu und schickte ihm 500 Schilling. Meine Frau hat, Gott sei Dank, keine Ahnung.
Eine Woche später – wieder ein Brief: »Herzlichste Glückwünsche zum 155. Geburtstag von Peter Mitterhofer! Hätte er nicht das Prinzip der Schreibmaschine erfunden, müßtest Du Dich jetzt mit Feder und Tinte abplagen. Bei dieser Gelegenheit möchte ich es nicht verabsäumen, Dir auch zum Geburtstag des Erfinders des Kugelschreibers zu gratulieren!« Anscheinend hoffte er, für diese doppelte Gratulation auch den doppelten Betrag zu bekommen, aber da blieb ich hart. Ich schickte ihm die gewohnten 500 Schilling. Meine Frau weiß, gottlob, noch immer nichts von diesem Briefwechsel.
Hintereinander gratulierte er mir dann zu »1872 Jahre Schreibpapier – einer Erfindung des chinesischen Ministers Tsai-Lun – sowie zu 1178 Jahre Papiermaschine. Gäbe es kein Papier«, so schrieb er, »müßtest Du Deine Werke in Steine meißeln, und wie anstrengend das wäre, kannst Du wohl selbst ermessen.« Damit hatte er recht. Ich war so geschockt von dem Gedanken, meine Geschichten mit Meißel und Hammer in Granit oder Marmor hauen zu müssen, daß ich ihm gern 1000 Schilling schickte. Ein Glück, daß meine Frau nichts davon wußte. Sie steht auf dem Standpunkt, ein gesunder Mensch hätte zu arbeiten. Und gesund war er – mein Vetter Robert.
In rascher Folge kamen nun Gratulationen zur Erfindung der Bekleidung und Beschuhung des Menschen, weil ich sonst mit nackten Füßen und mit einem Feigenblatt herumlaufen müßte, ferner zur Erfindung des Glases – ich hätte keine Fensterscheiben und nichts, woraus ich trinken könnte – sowie zur Erfindung des elek-

trischen Schalters, weil mir die schönsten Beleuchtungskörper nichts nützen würden, wenn es keinen Schalter zum Einschalten gäbe. Er schickte mir Gratulationen zum Geburtstag von Pasteur, der ein Verfahren zur begrenzten Haltbarmachung von Milch erfand, ganz zu schweigen von seiner Schutzimpfung gegen Tollwut, weiters zur Eheschließung von Madame Curie, die zweimal den Nobelpreis erhielt, und zur Anerkennung von Ignaz Philipp Semmelweis, der die Asepsis bei der Geburtshilfe einführte. Was wäre mein Leben geworden ohne sie! Es kam dann noch eine Gratulation zur Erfindung der Eisenbahn im allgemeinen und die der Bagdad-Bahn im besonderen sowie eine Gratulation zur Erfindung des Fernsehens und der Brille, weil ich ohne Brille nicht fernsehen könnte. Jetzt hatte ich genug. Ich schickte ihm für sämtliche Gratulationen eine Pauschalsumme von 200 Schilling.

Eine Woche später bekam ich einen Brief: »Lieber Vetter! Die Sache mit den 200 Schilling war wohl ein Irrtum Deinerseits. Für die Gratulationen, die ich Dir schickte, hätte ich S 5000,– zu bekommen, wobei ich kulanterweise bei Madame Curie einen Nobelpreis in Abrechnung bringe. Ich hoffe, daß Du die Angelegenheit postwendend in Ordnung bringen wirst, und verbleibe usw. usw.«

Drauf schrieb ich: »Lieber Robert! Sei nicht erstaunt, daß ich Dir nur S 200,– geschickt habe. Ich habe mein ganzes, in FSF-Aktien angelegtes Vermögen verloren – und *gratuliere Dir, daß Du* nicht auf diese Aktien hereingefallen bist. Ich erwarte, daß Du mir für vorstehende Gratulation S 500,– anweisen läßt, und bin bis dahin usw. usw.«

Ich habe nichts mehr von ihm gehört.

Von meiner Frau bekam ich ein Telegramm: Gratuliere, daß Du Deinen Vetter losgeworden bist stop Gratulationsgebühr S 500 sind an mein Konto zu überweisen.
Sie hat es immer gewußt.

Tod von Strauß

Wien, 1899

Mein Vater erzählte mir auch von der Festvorstellung der »Fledermaus« in der k.k.-Hofoper, bei der Johann Strauß die Ouvertüre dirigierte. Seine Verehrer folgten ihm bis zu seinem Haus und riefen ihn, verschwitzt wie er war, auf den Balkon. Am Abend desselben Tages wurde er von einem Schüttelfrost befallen, und obwohl die besten Ärzte sofort zur Stelle waren, war ihm nicht mehr zu helfen. Doppelseitige Rippenfellentzündung, Lungenentzündung – nach einigen Tagen wußte man, daß die Katastrophe nicht abzuwenden war. In der Nacht zum 1. Juni sang er plötzlich leise: »Scheint die Sonne noch so schön … einmal muß sie untergeh'n …«, das Lied der Jugend aus Raimunds Verschwender. Dann fiel er in einen tiefen Schlaf.

Am Nachmittag des 3. Juni 1899 war mein Vater im Volksgarten, einem Café-Restaurant, in dem eine Militärkapelle konzertierte. Plötzlich klopfte der Dirigent ab, es entstand eine kurze Pause, gefolgt von den Klängen der »Schönen, blauen Donau«. Die Wiener wußten, was das zu bedeuten hatte. Ihr Strauß, ihr »Schani«, war nicht mehr. Stehend hörten sie den Walzer an, dann gingen sie still und traurig, viele mit Tränen in den Augen, nach Hause. Die Musiker packten ihre Instrumente ein – la musica e finita …

Fast jeder Mensch hat ein Hobby, das sein Leben ausfüllt. Der eine sammelt Briefmarken, der zweite züchtet Rosen, der dritte bastelt Sprengkörper. Falls letzterer noch ein zweites Hobby besitzt, z. B. Banküberfälle, ist sein Leben als ein besonders ausgefülltes zu betrachten. Onkel Alfreds Hobby ist die Mathematik. Onkel Alfred rechnet und rechnet, in seiner Wohnung liegen mit Zahlen beschriebene Zettel verstreut, er entwarf ein todsicheres System für Roulettespieler, probierte es aus und mußte sein Haus verkaufen – aber er gab nicht auf. Im Gegenteil, er wurde kühner und kühner. Und er begann an einem Projekt zu arbeiten, das die Menschheit glücklich machen sollte.

Jeder sein eigener Millionär

Für die Familie war Onkel Alfred ein harmloser, armer Narr. Zahlen faszinierten ihn; wenn er ein Buch bekam, las er nur die Ziffern der Seiten, von »Krieg und Frieden« addierte er die ersten fünfzehn Kapitel, zog neun davon ab und dividierte die Summe durch vier; er tat keinem Menschen etwas zuleide, also ließ man ihm diese kleine Schrulle. Eines Tages gaben wir eine Party, zu der, rein zufällig und uneingeladen, auch Onkel Alfred erschien. Er warf einen kurzen Blick auf die Gäste und flüsterte mir zu: »Es sind zweiundzwanzig.« – »Wie hast du das so schnell festgestellt?« fragte ich. Drauf er: »Ich habe die Finger gezählt und durch zehn geteilt.«
Zu unseren Gästen gehörte ein Staatssekretär. Ich weiß nicht, wie es geschehen konnte, plötzlich saß er mit Onkel Alfred in einer Ecke. Onkel Alfred eifrig rechnend, der Staatssekretär uninteressiert zuhörend. Verzweifelt suchte ich ihm, mit dem Finger auf die Stirn klopfend, klarzumachen, daß Onkel Alfred einen Klaps habe. Der Staatssekretär nickte. Er war bereits dahintergekommen.
Drei Monate waren vergangen. Wir lebten in einem Wohlfahrtsstaat, dessen Regierung plötzlich den sonderbaren Beschluß faßte, dem Kampf gegen die Armut die absolute Priorität einzuräumen. Aber wie? Der Finanzminister brauchte Geld für die anderen absoluten Prioritäten, an eine Steuererhöhung war nicht mehr zu denken, man stand vor den Wahlen, es mußte etwas geschehen, um den Staatsbürger zu befriedigen. Denn wie in der Bibel hub das Volk bereits an zu murren. Da fiel dem Staatssekretär das Gespräch ein, das er auf unserer Party mit Onkel Alfred geführt hatte. Man holte Onkel Alfred vor den Ministerrat, Onkel Alfred entwickelte

seinen Plan – die Regierung war begeistert. Worin bestand dieser Plan? Onkel Alfred schlug vor, die Zahlungen an die bisherigen Prioritäten einzustellen und die dafür festgesetzten Riesensummen dem einfachen Staatsbürger zukommen zu lassen. Mit diesen Summen könne sich der Staatsbürger chancengleich bilden, soviel er wolle, er könne die Kunst produzieren, die ihm gefalle, und könne die Straßen bauen, die er wünsche. Der Ministerrat jubelte. Onkel Alfred wurde zum Minister für Ideen ernannt – ein Ressort, das es bisher nicht gegeben hatte –, der Bundespräsident hängte ihm einen Orden um den Hals, der Kanzler heftete ihm einen Stern an die Brust, die Illustrierten warfen sein Bild auf die Titelseiten, die Massenmedien seine Gedanken ins Volk, das Volk war begeistert, man holte Experten, ließ sich ausrechnen, wieviel Geld auf den einzelnen entfallen würde, die Computer arbeiteten, man kam auf die Zahl siebenhunderttausend, worauf die Opposition verlangte, daß es mindestens eine Million sein müsse, das Parlament verabschiedete einstimmig ein diesbezügliches Gesetz – einstimmig deshalb, weil durch den Vorschlag der Opposition auch jeder Abgeordnete um dreihunderttausend mehr zu bekommen hatte –, man engagierte den Werbechef einer Waschmittelfirma, um einen schlagkräftigen Slogan zu finden, der Werbechef machte drei Angebote: 1. »Reich und glücklich!«, 2. »Ein wunschloses Volk!« und 3. »Jeder sein eigener Millionär!« Die Regierung entschied sich für Angebot drei. (Ein viertes »Wir zwingen die Armut raus und den Reichtum rein!« wurde von vornherein ausgeklammert.) Bald prangte der Slogan auf allen Plakatwänden, Onkel Alfred erschien auf den Bildschirmen der Nation, er sprach im Hörfunk und bekam den Nobelpreis. Überall in der Welt griffen sich die Politiker an den Kopf. Warum hatten sie nicht diese Idee gehabt!

Natürlich fehlte es nicht an warnenden Stimmen, die einen totalen Zusammenbruch der Wirtschaft und ein furchtbares Chaos voraussagten. Aber wer hörte schon auf sie? Niemand. Im Gegenteil. Die schönste Straße der Stadt wurde in »Alfredstraße« umbenannt, zahlreiche Universitäten des In- und Auslandes machten Onkel Alfred zum Ehrendoktor, und tausende Neugeborene wurden auf den Namen »Alfred« getauft.

Mit einem Monatsersten trat das Auszahlungsgesetz in Kraft. Alle verfügbaren Geldboten begannen mit Riesentaschen zu laufen, um das Geld unters Volk zu bringen. Da fing aber auch schon das Chaos an. Niemand ging mehr zur Arbeit, alle standen an den Türen und warteten auf die Geldboten. Natürlich konnten nicht alle an einem Tag bedacht werden, es ging nach dem Alphabet. Die Aberls, Anderls und Anditscheks waren bereits Millionäre, während die Grögels, Gröschls und Grünbergers noch mindestens vierzehn Tage warten mußten. Die aufgebrachte zweite Hälfte des Alphabets stürmte das Sozialministerium, protestierte gegen eine solche Diskriminierung und verlangte das Transparentmachen des Auszahlungsvorganges. Der Minister versprach, die Geldboten durch das Bundesheer verstärken zu lassen. Nach Ablauf von drei Wochen waren auch von den Haabes bis zu den Yppens alle zufriedengestellt, und nur die Unglücklichen, deren Namen mit »Z« begannen, waren noch mittellos. Die Zahs, Ziehs und Zys überfielen und beraubten die Geldboten, und es fand sich kein Polizist, der die Täter verfolgt hätte. Es gab nur drei ZPolizisten – Zagerl, Ziegerl und Zungenschlag –, und die hüteten sich einzugreifen.

Endlich hatte jeder seinen Anteil bekommen – die letzten, die man bedacht hatte, waren die Geldboten gewesen –, und nun begannen sich die ersten Härtefälle abzuzeichnen. So war unser Hausbesorger, der eine Frau und neun Kinder hatte, plötzlich elffacher Millionär geworden, während unser Nachbar, ein unverheirateter Wissenschaftler, mit einer Million sein Auskommen finden mußte.

Nun wollte man sein Geld genießen – aber wie? Fernsehen und Funk gab es nicht mehr. Schauspieler, Regisseure, Musiker, Kameraleute – alle waren ein- oder mehrfache Millionäre. Wozu arbeiten? Dasselbe war bei Bühne und Film der Fall. Wollte man sich ein vornehmes Restaurant leisten – wer sollte kochen, wer servieren? Die reichsten Menschen rannten mit abgetragenen Kleidern herum, und bei den Damen wurde der »Fetzenlook« modern. Denn wo gab es noch einen Schneider oder eine Schneiderin? Am Abend saß man im finsteren Zimmer, weil weder die Elektrizitäts- noch die Gaswerke arbeiteten. Glücklich war der, der noch aus besseren Tagen eine Kerze besaß. Jawohl, man sprach bereits von den »besseren Tagen«, von der »Zeit, als wir noch arm waren«. Der Verkehr stand still, in den Schulen wurde nicht mehr unterrichtet, in den Spitälern nicht mehr behandelt. Die Politiker rauften sich die Haare. Man appellierte an die Vernunft des Volkes, die Arbeit wiederaufzunehmen, und als das nichts half, an die Unvernunft, die ja bekanntlich größer ist. Aber auch das nützte nichts. Der Bundespräsident nahm Onkel Alfred den Orden wieder weg, der Kanzler riß ihm den Stern von der Brust, die Universitäten entzogen ihm den Doktortitel, die Alfredstraße bekam wieder ihren Namen – und die armen Kinder, die »Alfred« hießen, blieben ihr Leben lang unglücklich.

»Eine Not muß her!« schrien einige Realpolitiker. Aber woher nehmen und nicht stehlen? Jeder weiß, daß es genug Not auf der Welt gibt, aber wenn man einmal eine braucht, ist keine zu haben. Die Opposition stellte den Antrag, die Regierung möge endlich einmal initiativ werden und sich eine Not von einem anderen Land, das genug davon habe, ausborgen. Als jedoch die anderen Länder sahen, wie wichtig eine Not für die Vernunft des Volkes ist, wollte keines mehr eine hergeben, auch nicht die geringste, im Gegenteil, man förderte sie, so schnell man konnte.

Die Politiker rasten von einem Krisengipfel zum andern. Aus den Trümmern der zusammengebrochenen Wirtschaft krochen Hungersnot und Seuchen. Viele wollten auswandern, aber die Nachbarländer schlossen hermetisch die Grenzen ab, so daß kein Mensch

mehr den sinkenden Staat verlassen konnte. Nun hatte man nicht nur eine Not, sondern viele Nöte im Lande, sogar zu viele.
Da trat ein Ereignis ein, mit dem niemand gerechnet hatte. Ein geheimnisvoller Fraß ergriff die Banknotenbündel, die überall ungenützt herumlagen, und zerstörte sie. Aber noch schlimmer: Die Menschen, die mit dem Geld in Berührung kamen, wurden von einer Allergie befallen, die die Haut rötete und gewisse Schmerzen verursachte. Plötzlich wollte niemand mit den Scheinen zu tun haben. Bündelweise warf man sie auf die Straße, in die Flüsse, in die Mülleimer. Wieder rief man Experten zusammen, sie sollten ein Gegenmittel finden – umsonst. Sie fanden nur einen Namen für die schreckliche Krankheit, sie nannten sie: Geldpest. Und sie wütete auch wie eine Pest. In jede Stadt, in jedes Dorf, ja, in jede Hütte, in der Geldscheine lagen, drang sie ein und verrichtete ihr unheimliches Zerstörungswerk. Das Volk schrie nach strengen Strafen für diejenigen, die ihr Geld noch immer nicht vernichtet hatten, aber die Regierung, die bisher alles erlaubt hatte, wollte nicht plötzlich auf scharf umschalten.
Nun hatte aber gerade die beschleunigte Ausbreitung der Pest auch ihr Gutes, denn kaum war der letzte Geldschein zerfressen, so verschwand die unheimliche Seuche, wie sie gekommen war. Volk und Regierung brachen in Jubel aus. Aber wie sollte es nun weitergehen?
Da stellte sich wieder etwas ein, womit niemand gerechnet hatte: Die Leute begannen um hartes Kleingeld, auf das man im Millionenrausch vergessen hatte, zu arbeiten. Man war auf einmal auch mit den kleinsten Löhnen zufrieden, und weil man zufrieden war, machte die Arbeit Spaß und ging flotter von der Hand als zu Zeiten des Wohlstandes. Die Wirtschaft blühte langsam wieder auf, und die allgemeine Zufriedenheit brachte es mit sich, daß man plötzlich auf etliche soziale Errungenschaften, auf die man früher so stolz war und die auch unentbehrlich schienen, ganz leicht verzichten konnte.

Aus einem Wohlfahrtsstaat war ein Staat der Glücklichen geworden, und weil sie nicht mehr wohlfahrten, so leben sie noch heute.

Geld macht nicht selig – zumindest nicht in der Geschichte, die Sie eben gelesen haben.

Es stimmt: Kinder halten eine Familie zusammen. Die Eltern gewöhnen es sich ab, am Abend auszugehen, sie bleiben zu Hause, sitzen vor dem Fernsehapparat – speziell wenn sie keinen Babysitter haben. Natürlich gibt es Gelegenheiten, bei denen man nicht nein sagen kann. Dazu gehören Einladungen zu Partys, Geschäftsjubiläen, Hochzeiten etc. In solchen Fällen sucht man im Bekanntenkreis nach einem Menschen, der bereit ist, die lieben Kleinen zu beaufsichtigen. So wurde auch ich eines Abends zum

Babysitter

Weidemanns sind unsere Nachbarn. Sie haben zwei süße Kinder: Monika 6, Herbert 8. Liebe Kinder, kluge Kinder. Eines Tages klopft Weidemann an unsere Tür. »Sie müssen mir einen Gefallen tun«, bat er. »Ich habe den Besuch eines Geschäftsfreundes aus der BRD erhalten. Ich bin ihm irgendwie verpflichtet, er will am Abend unbedingt in die Staatsoper gehen, ich habe Sitze besorgt, und weil er mit seiner Frau gekommen ist, muß auch ich meine Frau mitnehmen, nach der Vorstellung sind wir gezwungen, mit ihnen essen zu gehen – würden Sie so liebenswürdig sein und bei den Kindern bleiben? Sie wissen, wie brav sie sind – sie werden Ihnen bestimmt keine Unannehmlichkeiten bereiten. Es war uns unmöglich, einen Babysitter aufzutreiben.«
Meine Frau spielte am Abend Theater – also sittete ich. Ich versuchte vom Anfang an, mich bei den Kindern beliebt zu machen. Herbert brachte ich ein Karl May-Buch mit – »Der Schatz im Sil-

bersee« –, worauf er mir einen mitleidigen Blick zuwarf. Er interessierte sich mehr für Kybernetik und den Bau von Computern. Erst als ich ihm einredete, daß die heutigen Indianer Computer besäßen, die nicht nur die Spuren für sie lesen und die Friedenspfeifen rauchen, sondern ihnen auch verraten, in welchem Supermarkt sie die billigsten Mokassins bekommen, begann er sich für das Buch zu interessieren. Während er es durchblätterte, plauderte Monika mit mir. Sie fragte mich, ob meine Frau wirklich meine Frau sei, ob sie meine erste Frau sei – »Mami ist Papis zweite Frau« – ob ich der erste Mann meiner Frau sei – »Papi ist Mamis zweiter Mann« – und erkundigte sich schließlich: »Wenn ich groß bin, werde ich dann einen Mann bekommen wie Papi einer ist?«

»Ja«, sagte ich.

»Und wenn ich nicht heirate, werde ich dann ein altes Mädchen sein wie Tante Karoline?«

»Ja.«

Monika seufzte. »Dann bin ich in einer schrecklichen Lage.«

Herbert legte das Buch weg. »Konnte Old Shatterhands Pferd wirklich so schnell laufen?« fragte er mich.

»Wie der Teufel. Und wenn Old Shatterhand in Gefahr war und ihm leise ins Ohr sagte ›RIH! RIH!‹, flog es direkt durch die Luft.«

»Zeig mir das!« Ich kniete mich auf allen vieren auf den Boden. »Jetzt bist du mein Pferd!« rief Herbert. Ich war nicht nur ein Pferd, ich war ein Esel, ein Ochs, ein Kamel, daß ich mich auf so etwas eingelassen hatte. Herbert bestieg meinen Rücken, hauchte mir »RIH! RIH!« ins Ohr und jagte mich durch das Zimmer. »Schneller, schneller!« rief er und bohrte mir die Sporen in meine Flanken. Monika hatte sich inzwischen in einen Comanchenhäuptling verwandelt. Sie war auf einen Schrank geklettert und beschoß Old Shatterhand mit Pfeilen, wobei es ihr gelang, ganz gegen alle indianischen Gewohnheiten, mit hundertprozentiger Sicherheit immer nur das Pferd zu treffen. Es mußte etwas geschehen. »Genug jetzt!«

sagte ich. »Ich werde euch ein neues Spiel zeigen.« Es war ein Trick, den ich mir in meiner kurzen Pferdetätigkeit ausgedacht hatte.
»Was für ein Spiel?« fragte Monika und kam vom Schrank herunter. Ja, was für eines? Mir fiel im Moment keines ein, aber etwas mußte ich sagen. »Paßt auf«, begann ich. »Einer von uns sagt einen Satz. Zum Beispiel: ›Ich muß fort.‹«
»Und dann?« fragte Monika. Eine vernünftige Frage. Was wirklich dann? »Dann«, setzte ich fort, »sagt zum Beispiel, der zweite: Ich fahre zu Onkel Wanja nach Leningrad.«
»Was machst du dort?« erkundigte sich Herbert.
»Das ist der dritte Satz!« sagte ich schnell. »Drauf sagt der erste – wieder nur zum Beispiel: »Ich liebe die Donau.«
»Ein dummes Spiel«, meinte Herbert.
»Wieso?« verteidigte ich meine Idee. »Das Spiel ist gar nicht dumm – ihr müßt es nur richtig spielen. Der erste Satz heißt immer: ›Ich muß fort‹, der zweite: ›Wohin?‹, im dritten folgen ein Name und eine Stadt, die glaubhaft zueinander passen müssen, der vierte ist die Frage: ›Was machst du dort?‹, und der fünfte muß den größtmöglichen Nonsens bringen. Eine Antwort ist ein Pluspunkt, keine oder eine falsche Antwort ein Minuspunkt. Jeder von uns zahlt einen Schilling in die Kasse, ein Pluspunkt hat einen Wert von zehn Groschen und wird am Schluß des Spieles ausbezahlt.«
Das Spiel war geboren. Es war ein richtiger Einfall. Es ist lehrreich, lehrt die Kinder schnell denken und weckt ihre Reiselust. Ich nahm mir vor, es in den nächsten Tagen im Unterrichtsministerium vorzuschlagen, damit es an allen Schulen gespielt werden kann. Ich werde es im Fernsehen zeigen, werde die Spielregeln in Buchform herausgeben – Spielregeln, die ich noch erfinden mußte – man wird es in alle Sprachen übersetzen – die japanischen Kinder werden es ebenso gern spielen wie die südafrikanischen – es wird mich zum reichen Mann machen.
Monika begann: »Ich muß fort.«

Herbert: »Wohin?«
Monika: »Zu Tante Ilona nach Budapest.«
Herbert: »Was machst du dort?«
Monika: »Ich pflücke Datteln.«
Sehr gut! Monika bekam einen Pluspunkt. »Die Siegerin beginnt«, sagte ich. Monika: »Ich muß fort.« Herbert: »Wohin?« Monika: »Zu Onkel Peterson nach Hamburg.« Herbert: »Was machst du dort?« Monika: »Ich pflücke Datteln.«
»Das hast du schon gesagt!« rief Herbert. »Minuspunkt!« entschied ich. Bei dieser Gelegenheit fiel mir auf, daß ich überhaupt nicht mitspielte. »In so einem Fall«, sagte ich deshalb schnell, »beginnt der dritte Mitspielende – also ich. Ich muß fort.«
»Wohin?« fragte Herbert.
»Zu meiner Kusine Madeleine nach Paris.« Ich hatte vor vielen Jahren in Paris eine kleine Freundin, die Madeleine hieß. Ich weiß nicht, wieso sie mir gerade jetzt einfiel.
»Was machst du dort?« fragte Herbert. Was würde ich wirklich dort machen? Madeleine ist längst eine alte Dame und selbst, wenn sie jung geblieben wäre, wäre immerhin ich –? »Ich putze meine Zähne«, sagte ich. Ich glaube, zu mehr würde es nicht reichen, auch nicht in Paris.
»Pluspunkt!« riefen die Kinder. Das Spiel begann ihnen zu gefallen. Wir spielten es während der nächsten Stunden und konnten nichts anderes mehr denken, als »Ich muß fort«, »Wohin?« und »Was machst du dort?« Endlich kam meine Frau.
»Da bin ich!« sagte sie.
»Ich muß fort«, nickte ich ihr zu.
»Wohin?«
»Zu Scheich Abdul al Biri nach Saudi Arabien.«
»Was machst du dort?« fragte sie und zog erstaunt die Augenbrauen hoch.
»Ich erkundige mich, wann der nächste Zug nach Venedig geht.«

Meine Frau erschrak, die Kinder johlten. »Ich muß fort«, sprach ich weiter, da ich ja einen Pluspunkt errungen hatte.
»Wohin?« fragte Monika diesmal.
»Zu Prinz Charles nach London.«
»Was machst du dort?«
»Ich lasse meinem Wellensittich die Haare schneiden.«
Meine Frau rief den Arzt an. Weidemanns kamen nach Hause.
»Ich danke Ihnen!« rief Weidemann. »Ich hoffe, die Kinder haben Ihnen keine Scherereien gemacht.«
»Ich muß fort«, sagte ich, ich war ja schon wieder Sieger gewesen.
»Wohin?« fragte Weidemann.
»Zu Hauptmann Kephisodot nach Cypern.«
»Was machen Sie dort?« fragte Weidemann verwundert.
»Ich schaue zu, wie die Krebse fliegen.«
Meine Frau drückte sich ängstlich in eine Ecke. Weidemanns sahen bald auf sie, bald auf mich. Inzwischen hatten die Kinder protestiert. Ich hatte das mit den Krebsen schon einmal gesagt.
»Ich muß fort«, begann deshalb Herbert.
»Wohin?« fragte Monika.
»In die Konditorei Zauner nach Ischl.«
»Was machst du dort?«
»Ich spritze mir Heroin.« Weidemann stürzte sich auf mich. »Was haben Sie aus meinen Kindern gemacht?« tobte er, während seine Frau in Tränen ausbrach. Was wußte ich, woher Herbert das hatte? Wahrscheinlich hatten sie in der Schule davon gesprochen. »Ich muß fort«, sagte ich.
»Ja, gehen Sie!« wütete Weidemann. »Sie werden von uns hören, und zwar durch die Polizei! Sie Kinderverführer! Sie Rauschgifthändler!« Er warf mich hinaus.
Die Geschichte ist noch nicht zu Ende. Am nächsten Tag erzählte Herbert in der Schule davon. Natürlich wurde das Spiel sofort ausprobiert, als der Lehrer eintrat.

»Müller!« sagte er zu einem der Schüler. »Nenne mir einen reinen, einfachen Satz.«
»Ich muß fort«, antwortete Müller.
»Wohin?« riefen die Kinder.
»Zu meinem Schwager Naschi Waschi nach Tokio.«
»Was machst du dort?« schrien die Kinder im Chor. »Ich lasse mir meinen Bleistift spitzen.« Die Kinder johlten.
»Seid ihr verrückt?« wetterte der Lehrer. »Was soll das bedeuten?« Herbert erklärte es ihm und bat für die ganze Klasse um Entschuldigung.
»Okay«, sagte der Lehrer, »ich will es euch noch einmal nachsehen, aber dem Herrn Direktor muß ich davon Mitteilung machen. Verhaltet euch ruhig, ich komme sofort wieder. Ich muß fort.«
»Wohin?« riefen die Kinder.
Der Lehrer war bereits angesteckt. »Zu Ali Ismail nach Kairo.«
»Was machen Sie dort?« brüllten die Kinder.
»Ich gehe ins Hofbräuhaus«, lachte der Lehrer. Jubel, Jauchzen. Der Direktor stürzte herein. »Was geht hier vor?« fragte er mit strengem Gesicht. Der Lehrer, zutiefst bereuend, sagte es ihm. »Gehen Sie sofort in das Konferenzzimmer!« schnauzte der Direktor ihn noch an. »Wir sprechen uns noch!« Der Lehrer ging. »Und ihr«, wandte sich der Direktor an die Schüler, »ihr haltet den Mund! Ich schicke euch Herrn Professor Jedlitschka! Der wird euch wieder Zucht und Ordnung beibringen! Ich muß fort.«
»Wohin?« riefen die Kinder.
Der Direktor, bereits im Gehen begriffen, hielt an. Die Sache reizte ihn. Das Kind im Mann. »Zu meinem Kollegen Lappi Lappo«, sagte er etwas verschämt, »an den Kuskokwim in Alaska.«
»Was machen Sie dort?« fragten die Kinder, wiehernd vor Vergnügen.
»Ich lege mich in die Sonne«, antwortete der Direktor. Applaus, Stampfen mit den Füßen, Bravorufe. Das war der Moment, in dem

der Vorsitzende des Elternrates das Klassenzimmer betrat. Er war es auch, der sowohl den Lehrer als auch den Direktor in die Psychiatrische Klinik einlieferte. Dort waren sie nicht allein. Sie fanden Herrn und Frau Weidemann vor – und mich. »Wir müssen fort!« riefen wir alle, aber niemand fragte uns »Wohin?«
Das alles war passiert, weil ich einmal den Babysitter gemacht hatte. »Das kommt von diesen neumodischen Sachen!« schimpfte der Direktor, als wir wieder draußen waren. Aber Babysitten ist gar nicht neumodisch. Es ist nur ungewöhnlich für einen Mann. Frauen, die am Abend bei den Kindern blieben, waren früher etwas Alltägliches. Nur nannte man sie damals nicht Babysitter, sondern – Mütter.

Es gibt Frauen, die wie Bücher sprechen. Besonders dann, wenn sie einen neuen Einband brauchen. Bei Lisa Wimmer war dies der Fall. Ihr Wunsch war:

Ein neuer Nerz

Es war nach dem Abendessen. Lisa Wimmer und Leo, ihr Gatte, saßen in der gemütlichen Wohnzimmerecke. Leo las die Abendzeitung, Lisa, gereizt, trommelte mit den Fingern der rechten Hand auf die Tischplatte. Leo sah auf.
»Was ist los, Schatz?« fragte er. »Du hast heute abend noch keine zweitausend Worte gesprochen.«
»Es wundert mich, daß dir das auffällt«, entgegnete Lisa. Die Wohnzimmerecke hörte auf, gemütlich zu sein. »Zu wem sollte ich auch sprechen? Zu dir? Du bist doch in deine Lektüre vertieft. Ich möchte bloß wissen, was dir an der dummen Zeitung so gut gefällt.«
»Daß sie mich nicht beim Lesen stört«, antwortete Leo ruhig. »Aber bitte – wenn du mir etwas zu sagen hast?« Er legte die Zeitung weg.

Lisa suchte erst gar nicht nach einem Übergang. »Ich möchte, daß du dich morgen nachmittag für mich freihältst. Ich habe die Absicht, mir ein paar Pelze anzusehen.«
»Gut«, meinte Leo, »gehen wir in den Zoo.« Er griff wieder nach seinem Blatt.
»Laß die Zeitung!« zischte Lisa. »Du weißt genau, was ich meine! Ich brauche einen neuen Pelzmantel! Ich trage meinen Biber das fünfte Jahr!«
»Das wäre kein Grund«, konterte Leo. »Der Biber hat ihn sein ganzes Leben getragen.«
»Sehr lustig«, höhnte Lisa. »Wenn ich an die Versprechungen denke, die du mir vor unserer Ehe gemacht hast! Ich werde Brillanten haben, ich werde Pelze haben ...«
»Na und?« meinte Leo ruhig. »Hast du noch nie etwas von Wahlpropaganda gehört?«
»Schweig!« fauchte Lisa. »Diesmal kommst du nicht drum herum! Mela Robinson hat einen Zobel, Vera Wronsky hat einen Zobel, Trude Spannagl hat einen braunen Persianer ...«
»Einen braunen Persianer habe ich dir doch auch geschenkt. Zu Weihnachten.«
»Zu Weihnachten 1960! Es war der billigste Persianer, den je eine Frau getragen hat! Jede Woche mußte ich ihn zum Friseur bringen, damit er ihm die Löckchen frisch eindreht!«
»Was ist eigentlich aus ihm geworden?«
»Dem Roten Kreuz habe ich ihn geschenkt! Bei einer Altkleidersammlung!«
»Das war leichtsinnig von dir.«
»Leichtsinnig? Sie haben ihn mir zurückgeschickt, mit der Bemerkung, daß sie für alte Teppiche keine Verwendung haben! Ich brauche einen Pelz! Einen Nerz!«
Leo verlor nicht die Ruhe. »Das mußt du dir aus dem Kopf schlagen«, sagte er. »Ich muß an meine Kredite denken.«

»An deine Kredite kannst du auch denken, wenn ich einen Nerz trage«, meinte Lisa logisch.

Leo beendete das Gespräch. »Gedulde dich«, sagte er, »der Winter ist sowieso bald vorüber – nächstes Jahr reden wir weiter.« Lisa geduldete sich nicht. Sie lag die ganze Nacht wach in ihrem Bett und zermarterte sich das Gehirn. Wie komme ich zu einem Nerz? fragte sie sich immer wieder. Am Morgen wußte sie es. Sie mußte den Biber loswerden, vergessen, verlieren, irgendwo hängen lassen. Das war die Lösung. Der Mantel war versichert, mit der Summe, die sie dafür kassieren würde, könnte sie sich den ersehnten Nerz kaufen. Sie verlor keine Zeit. Zu Mittag zog sie den Mantel an und ging in ein Restaurant. Es war ein großes Lokal mit vielen Gästen, wo sie nicht weiter auffiel. Sie hängte den Biber an die Wand, aß, bezahlte und ging fort. Jetzt bin ich ihn los! triumphierte sie. Kaum war sie an der nächsten Ecke, rief eine Stimme hinter ihr: »Gnädige Frau! Gnädige Frau!« Es war der Ober des Restaurants. »Sie haben Ihren Mantel vergessen! Hier ist er!«

»Also so etwas!« versuchte Lisa zu lächeln, dabei hätte sie ihm am liebsten eine über den Kopf gegeben, daß sich zehn Minuten später die Mordkommission über eine unkenntliche Masse gebeugt hätte. »Hier!« Sie gab ihm zwanzig Schilling Trinkgeld. »Danke, gnädige Frau!« Er ging in das Lokal zurück. »Die scheint verrückt zu sein«, sagte er zu dem Gast, der ihn auf den zurückgelassenen Mantel aufmerksam gemacht hatte. »Fünf Grad unter Null, ein Schneesturm, und sie geht ohne Mantel auf die Straße!«

Lisa fuhr ziel- und planlos durch Wien. Am Eingang zum Prater hielt sie den Wagen an. Ich werde ein Stück zu Fuß gehen, dachte sie, stieg aus, machte einige Schritte, da plötzlich ein Ruck an ihrem rechten Arm – ein Mann hatte ihr die Handtasche entrissen und lief davon. »Stehenbleiben!« rief sie, »oder ich schieße!« Sie hatte zwar keinen Revolver, aber die Drohung wirkte.

Der Dieb kam zurück, gab ihr die Handtasche und bat: »Übergeben

Sie mich nicht der Polizei! Ich habe eine Frau und sieben Kinder!« Lisa sah ihn an und rief überrascht: »Meisel!« Meisel senkte verschämt den Kopf. Er war bis vor einem Jahr Bürodiener im Geschäft ihres Gatten gewesen, hatte einmal in die Kasse gegriffen und war entlassen worden. »So weit ist es also mit Ihnen gekommen?«
»Sie werden mich anzeigen?« fragte Meisel besorgt.
»Nein«, sagte Lisa. Sie hatte blitzschnell einen Plan gefaßt. »Nicht wenn Sie mir einen Gefallen tun. Sie müssen einen Mantel stehlen.«
»Einen Mantel? Was für einen Mantel?«
»Meinen Mantel. Diesen hier. Sehen Sie das Kaffeehaus gegenüber? Ich gehe hinein, hänge meinen Mantel auf, Sie kommen etwas später, trinken einen Mokka und verlassen das Kaffeehaus mit meinem Mantel unter dem Arm. Hier nehmen Sie – fünfhundert Schilling.« Meisel war überrascht. »Danke, gnädige Frau«, stammelte er. Lisa ging in das Kaffeehaus, hängte den Mantel auf und nahm einen Juice. Meisel betrat das Lokal. Er trank einen Mokka, bezahlte, nahm den Mantel und ging. Lisa atmete auf. Im selben Moment rief eine Dame: »Polizei! Der Kerl hat meinen Mantel gestohlen!« Zwei Ober hielten Meisel zurück, ein Polizist kam und verhaftete ihn. Der Trottel hatte den falschen Mantel genommen. »Dieses Gesindel!« sagte die Dame zu Lisa. »Heutzutage kann man nicht genug aufpassen!«
Lisa fluchte vor sich hin. Wieder nichts! Sie fuhr zur Donau, ohne zu wissen, warum. Inzwischen hatte es zu schneien aufgehört, die Temperatur war gestiegen, die Sonne schien – Lisa setzte sich auf eine Bank. In ihrer Nähe spielte ein kleines Hündchen. Jetzt hatte sie die Idee! Sie zog den Mantel aus und warf ihn in die Donau. Dann fuhr sie nach Hause und legte sich ins Bett.
Am Abend kam Wimmer aus dem Büro, Lisa stöhnte und zitterte.
»Was hast du?« fragte er besorgt.
»Stell dir vor«, antwortete Lisa schüttelfrostig, »was mir passiert ist! Ich hatte Kopfschmerzen, fuhr zur Donau, um ein bißchen Luft zu

schnappen, plötzlich sehe ich einen riesigen Wolfshund auf mich zukommen, ich laufe davon, er mir nach, ich rufe um Hilfe, er faßt mich am Mantel, ich ziehe ihn aus, springe in den Wagen und sehe gerade noch wie der Hund den Mantel ins Wasser wirft.«
»Schrecklich«, meint Leo bedauernd. »Was wirst du jetzt tun? Wenn du keinen Mantel hast, werde ich dir ja doch einen kaufen müssen, so schwer es mir auch im Moment fällt.« Lisa war es zumute, als ob in ihrem Inneren die Siegesglocken läuten würden, aber es war bloß die Türglocke. Ein fremder Mann stand draußen und brachte den Mantel. Er hatte ihn aus der Donau gefischt. »In der Tasche war ein Brief an die gnädige Frau, so daß ich wußte, wohin er gehört.« Leo gab ihm fünfhundert Schilling Finderlohn. Er war gerührt. »Es gibt noch ehrliche Menschen in diesem Land«, sagte er. Lisa hätte am liebsten alle Menschen in diesem Land, und besonders die ehrlichen, vergiftet.
Drei Tage später hatte sie Geburtstag. Sie gab eine kleine Party. Man brachte ihr Blumen, Bonbonnieren, kleine Bücher wie »Alles Gute zum Wiegenfest« usw. Und dann kam Leo mit dem Hauptgeschenk: einem hellen Nerz!
Lisa war außer sich vor Freude, besonders als er gestand, daß er sich nur deshalb um den neuen Mantel gedrückt hatte, weil er eine Überraschung für sie sein sollte. Die anwesenden Freundinnen Lisas waren entzückt.
»Dieser Schnitt!« sagte Mela Robinson bewundernd. »Er wirkt ausgesprochen jugendlich!«
»Mela hat recht«, stimmte Vera Wronsky ihr bei. »In diesem Mantel schaust du um zehn bis fünfzehn Minuten jünger aus!«
Lisa war überglücklich. Sie schenkte den alten Biber sofort ihrer Hausbesorgerin, der Hausbesorger war Kürschner, der würde ihn wieder auf Glanz herrichten.
Am nächsten Tag traf sie sich mit Trude Spannagl in einer der feinsten Kaffeekonditoreien der Inneren Stadt. Lisa war so gut gelaunt,

wie schon lange nicht. »Glaubst du, daß es wahr ist, was man sich von Gerda Färber erzählt?« fragte sie.
»Natürlich ist es wahr«, meinte Trude. »Was erzählt man sich?«
Lisa berichtete. Sie redete und redete, und als die Freundinnen endlich nach Hause gehen wollten und Lisa ihren neuen Mantel suchte – war er gestohlen worden. Und der war noch *nicht* versichert gewesen. Die nächste Zeit lief Lisa in einem billigen Stoffmäntelchen herum, weil Leo sich weigerte, ihr einen Pelz zu kaufen. Und so oft sie ihre Hausbesorgerin in dem renovierten Biber sah, beneidete sie sie. Das wäre eigentlich das Ende der Geschichte – ist es aber nicht.

Seit neuestem spricht man von Lisa Wimmer und dem reichen Guido Melzer. Und sie hat auch wieder einen Nerz. Und ihre Freundinnen sind sich einig, daß es Leo recht geschieht. Die eine bekommt eben einen Pelz, damit *ihr* nicht kalt ist – und die andere, damit *sie* nicht kalt ist. Das ist das Ende.

Wir Menschen äußern uns geringschätzig über den »Pferdeverstand«. Und doch sind die Pferde klüger als wir Menschen. Gäbe es z. B. Menschenrennen, kein Pferd würde so dumm sein und hingehen, um dabei sein Geld zu verlieren. Ich kannte einmal ein sehr, sehr kluges Pferd. Sein Name war

Jussuf

Meine Frau und ich gingen in Hamburg über die Mönckebergstraße. Wir waren am Hansatheater engagiert und vertraten uns – zwischen den zwei Vorstellungen, die es dort täglich gibt – ein wenig die Beine. Plötzlich trat uns ein Mann entgegen. »He, ihr beide!« rief er ziemlich laut und verstellte uns den Weg. Wer war er? Was wollte er? Er sah nicht sehr vertrauenerweckend aus. Unrasiert, verbeulte Hose, Pullover, auf dem Kopf eine Mütze wie sie die Hamburger Seeleute tragen – ich kannte ihn, aber woher? Auch meiner Frau sah ich es an, daß sie sich den Kopf darüber zerbrach. Endlich hatte ich es. »Benno!« rief ich freudig überrascht.

»Erraten, Mensch!« lachte er. »Benno, der Mann mit den sprechenden Pferden! Varieté Ronacher, Wien, neunzehnhundert – nee, wolln wa gar nich sagen, Madam! Ihr kamt *vor* der Pause dran – ich nachher. Wie geht's euch?« Er ließ uns nicht zu Wort kommen. »Das warn noch Zeiten – wa? Wien, Berlin, London, Paris – bis nach Australien bin ich gekomm'. Ich war jung und knusprig, und die Weiber liefen mir nach wie heutzutage 'nem Skiaß! Und wat for Weiber! Und alles ließen sie sich von mir gefallen! Eener richtigen Prinzessin gab ich mal ne Ohrfeige, weil sie gar keene war!« Er lachte, daß die Schaufenster des Warenhauses, vor dem wir standen, zitterten. »Aber nu sagt – wie geht es euch?« Ich setzte an – keine Chance. »Damals gab's noch Kollegen, Mensch! Erinnert ihr euch an Herkules, den Kanonenkönig? Mann, mit dem ha ick Spaß jehabt! Einmal, in Wien, kamen wir so besoffen vom Heurigen, daß wir nich nach Hause fanden. Wir gingen in ein Hotel, und ich sagte zum Portier: ›'n Bett mit zwei Zimmern!‹ Der Portier sagte: ›Sie meinen wohl'n Zimmer mit zwei Betten?‹ ›Okay‹, sagte ich – und fünf Minuten später lagen wa beide, ick hatte das Licht abgedreht, im selben Bett. Plötzlich sagt Herkules: ›In meinem Bett liegt eener!‹ Ick sagte: ›Wenn du schon davon sprichst – in meinem Bett liegt ooch eener!‹ ›Weißte was?‹ sagte der Kanonenkönig, ›schmeißen wa die zwei raus!‹ ›Okay!‹ sagte ich. Es folgt'n erbitterter Fight und nach kurzer Zeit sagte Herkules: ›Meiner ist draußen!‹ Ick sage: ›Da haste Glück gehabt, meiner hat *mich* hinausgeschmissen!‹ Drauf sagt Herkules: ›Laß man! Komm zu mir – schlafen wa zusamm!‹« Er lachte, daß in der Fußgängerzone einem Gitarrespieler die Saiten seines Instrumentes sprangen. »Wie geht es euch?« fragte er dann, ließ uns aber wieder nicht zu Wort kommen. Er wurde elegisch. »Die Zeit ist vorüber«, seufzte er. »Als das Fernsehen kam, war es aus. Een Varieté nach dem andern wurde geschlossen – uns Artisten ging's immer dreckiger. Erinnert ihr euch an Holger, den Clown mit der dressierten Ente? Er mußte sie essen.« Mir wurde für einen Moment schlecht. Ich hatte, ehe wir Benno trafen, beschlossen, am Abend Entenbraten zu essen – mein Magen disponierte um. Aber Benno hatte recht. Das Fernsehen war der Tod des Varietés. Die Direktoren engagierten die teuersten Nummern, und als sie eintrafen, hatte das Publikum sie längst auf dem Bildschirm gesehen.

»Was machst *du*, Benno?« fragte ich.

»Ich habe geheiratet. Meine Frau betreibt 'ne kleine Pension für Stripteasetänzerinnen. Läuft prima. Solange Gott mir meine Gesundheit und die Arbeitskraft meiner Frau erhält, kann nischt passieren.«

Ich wagte nicht, ihn nach seinen Pferden zu fragen.

Suleika, Salome und Jussuf. Er hatte sie geliebt wie ein anderer seine Kinder liebt. Sie brachten ihm viel Geld, aber das war nicht der Grund. Es war eine innere Verbundenheit. Und was das Sonderbare war – seine sprechenden Pferde bedienten sich keiner Tricks. Sie sprachen wirklich.

Meine Frau schien an dasselbe zu denken wie ich. »Und sonst?« fragte sie.

»Ihr meint die Pferde. Ich habe sie verkauft.« Er bemühte sich, gleichgültig zu scheinen. »Ich konnte sie nicht durchfuttern – aber es geht ihnen gut. Suleika ist Reitpferd bei der Gattin eines Generaldirektors, Salome arbeitet als Rennpferd – bloß Jussuf konnte ich lang und lang nicht ankriegen. Schließlich mußte ich ihn an einen Wiener Schausteller verkloppen. Wenn ihr wieder nach Wien kommt, erkundigt euch mal nach Jussuf. Der Mann, dem er gehört, heißt Mappel. Karl Mappel.« Wir versprachen es ihm.

Wieder in Wien, riefen wir den »Verband der Schausteller« an. Karl

Mappel war zur Zeit mit seinem Pferd in Wieselburg beim Volksfest. Wir fuhren sofort hinaus. Das Terrain war voll mit Buden, Schaukeln, Karussellen etc. Wir streiften alles ab – endlich sahen wir ein Pferd, das vor einen kleinen Wagen gespannt war. War das Jussuf? In einiger Entfernung von ihm stand ein Mann und rief im Ausruferton: »Aufsteigen, einsteigen! Die Reise geht los! Jede Fahrt pro Kind drei Schilling – jeder Ritt fünf Schilling! Aufsteigen, einsteigen, bitte!« Und wieder und wieder: »Aufsteigen, einsteigen! Die Reise geht los! Jede Fahrt pro Kind drei Schilling – jeder Ritt fünf Schilling! Aufsteigen, einsteigen, bitte!« Und wieder und wieder.

Wir traten näher. Das Pferd sah uns, spitzte die Ohren, warf den Kopf hoch und stieß ein Freudengewieher aus. Es war Jussuf! Er hatte uns erkannt! Wir gingen auf ihn zu. Jussuf hatte sich verändert. Seine Rippen waren zu zählen – seine Augen waren müd und alt geworden.

Auf seinem Rücken turnten ein paar Kinder, andere hüpften in dem Wagen herum, wieder andere zerrten an dem Gefährt, so daß es dauernd an Jussufs Hinterbeine stieß, wo sich auch zwei verkrustete Stellen zeigten.

»Jussuf!« sagte meine Frau zärtlich. »Wie geht's dir denn?«

»Ich kann nicht klagen«, meinte Jussuf, wenn auch nicht sehr überzeugend. »Natürlich – Applaus und Manege fehlen mir – aber was soll das? Ich habe mein Essen, ich bekomme jeden Morgen ein paar harte Semmeln – ein Sack Hafer wäre mir lieber – aber ich leide keinen Hunger. Anschließend ziehe ich einen Pflug – mein Herr hat einen kleinen Acker –, dann werde ich vor einen Möbelwagen gespannt. Wir machen auch Übersiedlungen – dann ziehe ich den Zirkuswagen von einem Volksfest zum andern, dort reiten die Kinder auf mir herum – ich liebe Kinder, aber sie sind so unruhig – in der Nacht ziehe ich den Wagen nach Hause, dort bekomme ich wieder ein paar harte Semmeln – dann schlafe ich drei bis vier Stunden auf einem dünnen Strohhaufen, schlafe – und träume. Von meiner Ju-

gend, und von den Erfolgen, die ich mit meinen Geschwistern hatte.«
»Wir werden dir jeden Tag einen Sack Hafer schicken«, versprach ich.
»Jede Woche würde genügen«, meinte Jussuf bescheiden. »Jeden Tag Hafer – das würde mein Magen gar nicht mehr vertragen.«
»Ich verstehe das alles nicht«, sagte meine Frau. »Man könnte dich doch ganz anders verwenden. Weiß denn dein Herr nicht, daß du sprechen kannst?«
»Nein!« rief Jussuf erschrocken aus. »Sagt es ihm bloß, um Gotteswillen nicht! Wenn der wüßte, daß ich sprechen kann, müßte ich auch noch den Ausrufer machen!«
Jussufs Besitzer kam näher. »Los, Jussuf!« befahl er.
Jussuf setzte sich mit dem Wagen in Bewegung. »Vergeßt den Hafer nicht!« raunte er uns zum Abschied noch zu.
Wir wollten Jussuf kaufen, aber Herr Mappel gab ihn nicht her. So schickten wir ihm, wie wir es vereinbart hatten, jede Woche einen Sack Hafer. Bis der Hafer eines Tages zurückkam, mit dem Vermerk: »Adressat eingegangen.«
Wir pflanzten Jussuf zum Gedenken in unserem Garten eine Linde. Und immer, wenn der Wind durch ihre Zweige fährt, sagen wir: »Jussuf spricht …«

Señor Corchea

Caracas, Venezuela, 1943

Am 6. Mai eröffneten wir also unsere Music-Box. Wie ich es vorausgesehen hatte, kamen am ersten Abend nur unsere Landsleute. Sie aßen Torten, tranken Traubensaft oder irgendein Cola, im besten Fall ein Glas Whisky. Es war keine befriedigende Einnahme. Da, als sie bereits gegangen waren und wir eben Schluß machen wollten, kam eine sehr gute venezolanische Gesellschaft, die Damen in Abendkleidern, die Herren in Smokings, anscheinend von irgendeiner Party. Und nun die Hauptsache, die ich vergessen habe zu erzählen: Ich hatte Cissy ein Couplet in spanischer Sprache geschrieben. Es gab damals eine tägliche Rubrik in der Zeitung, welche »Aunque usted no lo crea« (spr. A-unke aste no lo crea) hieß, was zu Deutsch soviel wie »Auch wenn Sie es nicht glauben« bedeutete. Die Rubrik kam aus den Staaten und nannte sich dort »Believe it or not«. Gezeigt wurden ganz unglaubliche Dinge wie Tiere, Erfindungen, Leistungen usw. Die Zeile »Aunque usted no lo crea« hatte ich für mein Couplet genommen. Die ersten drei Verse waren uninteressant, für den vierten hätte ich mich in Wien geschämt, weil er so abgebraucht war. Er handelte von einem älteren Herrn, den ich »Señor Corchea« nannte, weil ich einen Reim auf »crea« brauchte. Dieser »Señor Corchea« hatte eine junge Frau geheiratet, die, ebenfalls eines Reimes wegen, »Maria Theresa« hieß, die junge Frau hatte ein Kind bekommen. Schlußzeilen: »Und der Vater ist Señor Corchea – aunque usted no lo crea!« (Auch wenn Sie es nicht glauben.) Wie gesagt – abgebraucht. Aber es gibt Überraschungen. Ich raunte Cissy zu: »Sing das Spanische, damit wir sehen, ob es überhaupt ankommt.« Cissy sang es. Bei den ersten drei Versen hörten die Gäste amüsiert zu, bei dem vierten sahen sie einander an, lachten dann und riefen: »Noch einmal den letzten Vers, bitte!« Cissy sang den letzten Vers noch einmal, aber sie gaben sich damit nicht zufrieden. Cissy mußte ihn noch einmal und noch einmal singen. Ich dachte: So gut kann doch der Vers gar nicht sein, aber nun erfuhren wir es: Der Präsident des Landes war ein alter Herr, der eine junge Frau geheiratet hatte, die Maria Theresa hieß und die vor kurzer Zeit ein Kind bekommen hatte. »Und der Vater ist der Señor Corchea – aunque usted no lo crea!« Es war wirklich ein Zufall, aber ein Zufall, der für unser ganzes Leben entscheidend war. Am nächsten Tag hätte das Lokal fünfmal so groß sein können – wir hätten keinen Platz frei gehabt. Schon bei Tag waren unsere neun Tischchen bestellt, die Logen waren natürlich auch voll, die Leute saßen auf Coca-Cola-Kisten und Fettdosen. Und immer wieder wurde el »Señor Corchea« verlangt. Daß der Präsident von diesem Tag an, besonders bei der Gegenbewegung, »Señor Corchea« hieß, ist selbstverständlich.

Ein altes Sprichwort sagt: Zeit ist Geld. Wenn Sie mit Ihrer Frau ausgehen, um Einkäufe zu machen, nehmen Sie sich viel Zeit mit. Gehen Sie einfach nicht mit Ihrer Frau Einkäufe machen, wird der eine oder der andere von Ihnen sagen, aber der Teufel hat auch dafür gesorgt. Er hat die Versandhäuser erfunden, die uns die Versuchungen ins Haus schicken, und eine dieser Versuchungen ist

Der Versandkatalog

Trude Spannagl gehört nicht zu den Frauen, die besonderen Wert darauf legen, immer nach der letzten Mode gekleidet zu sein. Sie hält mehr auf ihre Wohnung, auf ihr Heim. Immer wieder gestaltet sie die Räume um, um sie noch gemütlicher zu machen, als sie es bereits sind, und immer wieder findet sie einen freien Platz, den man nützen könnte, damit es ungemütlicher wird. Hier, findet sie, fehlt noch ein Tischchen, dort ein Stuhl, hier ein Schränkchen, dort ein Bild. Und immer wieder geschieht es, daß Spannagl todmüde vom Büro nach Hause kommt, sich in seinen Lieblingsfauteuil fallen läßt und plötzlich am Boden sitzt. Wieso? Weil Trude einen Teppich gekauft hat, der wohl zu dem Fauteuil, aber nicht in das Wohnzimmer paßt. Er liegt deshalb im Schlafzimmer, der Fauteuil steht daneben, und an der Stelle, an der bisher der Fauteuil stand, sitzt

Spannagl am Boden. Aber Trude wird auch dieses Problem lösen. Wie wäre es, dachte sie in der Nacht anstatt zu schlafen, mit einem Schaukelstuhl, wie ihn ihre Großeltern hatten? Am nächsten Tag war der Schaukelstuhl da. Wieder kam Spannagl todmüde nach Hause, wieder ließ er sich in den Stuhl fallen, ahnte nicht, daß es ein Schaukelstuhl war und fiel nach vorne auf das Gesicht. Dem Stuhl war nichts geschehen, und Spannagl, meinte der Arzt, könne von Glück sagen, daß er sich nicht das Nasenbein gebrochen habe. Die aufgeschlagene Stirne und die Verrenkung des rechten Handgelenks seien eine Kleinigkeit.

»Der Teufel soll diesen verdammten Stuhl holen!« fluchte Spannagl, aber der Teufel holte ihn nicht, er war froh, daß er ihn los war. Dafür rächte er sich auf andere Weise. Auf seine Weise. Er schickte Trude den Katalog eines Versandhauses – und nicht nur das! Die billigen Angebote, die man darin fand, waren mit einem Preisausschreiben verbunden, bei dem man allerlei schöne Dinge gewinnen konnte. In einem an »Frau Trude Spannagl« gerichteten, persönlichen Schreiben hieß es: »Wir gratulieren, Frau Trude Spannagl, Sie haben bereits einen Preis gewonnen. Welchen, das wissen wir noch nicht, aber Ihre Nummer wurde im Beisein eines Notars gezogen. Senden Sie sie zurück, sie liegt diesem Schreiben in Form eines vierblättrigen Kleeblattes bei. Es wäre durchaus möglich, daß Sie bereits die glückliche Besitzerin eines Autos, eines Wochenendhauses, eines Weltreisetickets oder einer Million Schilling in bar sind. Natürlich ist die Wahrscheinlichkeit größer, daß Sie einen von den vielen kleineren Preisen gewonnen haben, aber auch dieser wird Ihnen große Freude bereiten. Es ist dabei absolut unwichtig, ob Sie eine Bestellung aus unserem reichhaltigen Angebot machen oder nicht – der Preis gehört bereits Ihnen.« Trude wird bestimmt keine Bestellung machen. Sie hat noch nie etwas aus einem Versandhaus gekauft, sie wird es auch diesmal nicht tun.

Als Spannagl am Abend nach Hause kam, war sie bereits anderer

Meinung. Man hätte sicherlich eine größere Chance auf einen Haupttreffer, wenn man eine Bestellung machen würde. Spannagl hielt von der Sache nichts, aber schließlich – man konnte nicht wissen. Was sollte man also bestellen? Die beiden blätterten den Katalog durch. »Wie gefält dir diese ›Fröhliche Gartenmöbelgarnitur Sunny Morning‹?« fragte Trude.

»Sie ist sehr hübsch«, meinte Spannagl, »aber wir haben keinen Garten.«

Trude hatte bereits weitergeblättert. »Hier! Das wäre doch etwas!« rief sie. »›Der Luxus für Ihr Heim! Ihr Schlafzimmer wird zum Märchenraum durch die elegante Tagesbettdecke mit den zwei Pferdeköpfen! Die 200 cm breite Decke macht Ihr Doppelbett zum Paradies!‹«

»Doppelbett?« fragte Spannagl. »Wir haben doch getrennte Schlafzimmer. Die Decke müßte entweder zehn Meter breit sein, damit wir sie durch das Wohnzimmer ziehen könnten, oder wir müßten sie auseinanderschneiden, wobei wir noch nicht wissen, in welcher Form die Pferdeköpfe angebracht sind. Es könnte sein, daß jeder von uns einen Pferdekopf bekommt oder der eine beide und der andere gar keinen. Das ist nichts für uns.«

Trude sah es ein. »Es muß ja nicht für beide sein«, sagte sie. »Es handelt sich ja bloß um eine Bestellung. Wie wäre es mit diesem Bastlerset für dich? Vierzigteilig! Dazu gratis eine Bastlertasche aus echtem Schaumkunstleder!«

»Bin ich ein Bastler?« brummte Spannagl.

»Ich denke mir, wenn du in Pension gehst ...«

»Wenn ich in Pension gehe, will ich endlich einmal Zeit zum Bridgespielen haben. Wie wäre es mit diesem Küchenroboter für dich? 14-Stufen-Schaltung! Mixt, rührt, schlägt, hackt, mahlt, schneidet –«

»Und wer wird ihn reinigen?« unterbrach ihn Trude gereizt. »Natürlich ich! Als ob ich nicht schon genug Arbeit hätte. Da ist etwas«, las sie fasziniert. »›Für Ihre Gäste! Sechs Cocktailgläser aus unserer

Komponistenserie! Jedes mit dem Porträt eines unserer großen Meister geschmückt: Bach, Beethoven, Brahms, Schubert, Mozart und Johann Strauß. Ihre Gäste werden begeistert sein und noch auf dem Nachhauseweg von den herrlichen Gläsern sprechen.‹«
»Das ist auch nichts«, meinte Spannagl.
»Da ist etwas!« rief Trude plötzlich. »Etwas, das ich mir schon lange wünsche. Ein Luster mit Wandarmen! Da, lies! ›Märchenhafte Hängelampe mit funkelndem Glasbehang und sechs Wandarmen. Fühlen Sie sich wie die Carringtons in *Dynasty*, für nur 4998 Schilling.‹«
»Nur?« knurrte Spannagl. »Außerdem – was machen wir mit unserem Luster?«
»Den werden wir schon irgendwo hinhängen.«
»Irgendwo hinhängen?« wiederholte Spannagl ärgerlich. »Den wertvollen Polenluster von meinen Eltern!«
»Es geschieht ihm ja nichts«, beruhigte ihn Trude. »Wir hängen ihn ins Vorzimmer, wo ihn jeder, der hereinkommt, auf den ersten Blick sehen muß. Da kommt er doch viel mehr zur Geltung als hier im Wohnzimmer.«
Spannagl gab sich zufrieden, also bestellte man die märchenhafte Hängelampe mit funkelndem Glasbehang und sechs Wandarmen, für nur 4998 Schilling. Nicht um sich wie die Carringtons in *Dynasty* zu fühlen, sondern um mit größerer Wahrscheinlichkeit in den Genuß eines der Hauptpreise des Versandhauspreisausschreibens zu kommen: eines Autos, eines Wochenendhauses, einer Weltreise oder gar einer Million Schilling in bar.
Trude sah sie schon über dem Tisch hängen, die märchenhafte Hängelampe mit dem funkelnden Glasbehang. Von den Wandarmen wird sie zwei an jeder Wand anbringen. Dreimal zwei ist sechs. Eine vierte Wand hatten sie nicht, da vom Wohnzimmer ein Bogen in den Salon führte. Natürlich muß sie Kabel legen lassen, dazu braucht sie einen Elektriker, und der ist gar nicht so einfach zu kriegen. Lisa

Wimmer verschaffte ihr einen. Auf Umwegen. Wimmer, Lisas Mann, war der Tennispartner eines Bundesministers, der wieder hatte eine Frau, die Frau hatte eine Köchin, die Köchin einen Lebensgefährten, der Lebensgefährte einen Stiefbruder, und der Wohnungsnachbar des Stiefbruders war Elektriker. Schon am nächsten Tag erschien er und sah sich die Sache an. »Wollen Sie die Leitungen außen?« fragte er.

»Um Gottes willen, nein!« sagte Trude. »Unter Verputz.«

»Wenn Sie die Leitungen unter Verputz haben wollen, müssen wir stemmen.«

Trude erbleichte, aber es war ja klar. Wenn sie die Leitungen unter Verputz haben wollte, mußte man stemmen. »Gut«, sagte sie, »stemmen Sie.«

»Okay«, meinte der Meister, »morgen fangen wir an.«

Morgen fing er nicht an. Morgen fing er an, ihr täglich durch seinen Lehrjungen sagen zu lassen, daß er morgen anfangen werde. Spannagl wurde ungeduldig. »Was ist mit dem Elektriker?« fragte er, sooft er am Abend nach Hause kam.

»Morgen«, antwortete Trude jedesmal, »morgen fängt er an.« Bei Nacht konnte sie nicht schlafen, bei Tag horchte sie ängstlich auf jedes Geräusch auf der Treppe. Die märchenhafte Hängelampe mit dem funkelnden Glasbehang und den sechs Wandarmen konnte jeden Tag geliefert werden, und die Leitungen waren noch nicht gelegt. Langsam fragte sie sich, ob es nicht klüger gewesen wäre, damit zu warten, bis Lampe und Wandarme eingelangt waren, aber dann sagte sie sich wieder nein, das hätte wieder Wochen gedauert, und sie wollte die Pracht so schnell wie möglich genießen. Und eines Morgens kam der Elektriker wirklich. Er stieg auf eine Leiter, stemmte und stemmte – und stemmte ein Wasserrohr auf. Rohrbruch! Das Wasser schoß in Strömen heraus – das Wohnzimmer sah aus wie Venedig im Frühling. Während Trude, außer sich vor Entsetzen, mit Hilfe des Elektrikers die Möbel in Sicherheit brachte, das Wasser abschöpfte und kübelweise in die Badewanne goß, rannte der Lehrjunge fort und holte einen Installateur. Der Installateur kam, sah sich die Sache an und meinte, daß er morgen kommen werde. Trude versperrte ihm den Weg. »Nur über meine Leiche!« rief sie. Also mußte er den Schaden sofort beheben. Er stemmte die ganze Wand auf, legte das Rohr frei und verlötete die Öffnung, durch die das Wasser gekommen war.

Spannagl kam nach Hause. In seinem Schlafzimmer standen die nassen Möbel, im Wohnzimmer fand er die nackte Ziegelmauer, die Perserbrücken sahen aus wie Fußabstreifer nach der Sintflut, und das einzige, was noch trauriger herunterhing als die Tapeten, waren Trudes Mundwinkel. Sie weinte. Eben waren auch die Mieter, die unter ihnen wohnten, nach Hause gekommen. Sie riefen wütend an, weil das Wasser von ihrer Decke tropfte, und drohten, Spannagls zu verklagen, wenn sie nicht für den Schaden aufkommen sollten. Spannagl verließ die Wohnung. Er schlief im Büro.

Am nächsten Tag gelang es Trude, einen Tapezierer aufzutreiben. Er kam mit Mustern, Trude wählte eines aus, der Tapezierer ging und ward nicht mehr gesehen. Wozu er überhaupt gekommen war, wußte man nicht. Spannagl kam nach Hause, packte die Koffer und übersiedelte ins Hotel.

Trude fand einen anderen Tapezierer. »Wird es lange dauern?« fragte sie ängstlich.

»Lange?« lachte der Tapezierer. »Das ist eine Sache von ein paar Stunden.«

Er kam, stellte die Leiter auf und machte Pause. Dann kratzte er eine Wand ab und machte Pause, dann kratzte er die zweite Wand ab und machte Pause, dann kratzte er die dritte Wand ab und ging nach Hause. Trude war verzweifelt. Am nächsten Tag aber wurde tapeziert. Und schön tapeziert. Trude gefiel die neue Tapete.

Nun stellte sie die Möbel wieder hin, aber ach, wie hatten sie unter dem Hochwasser gelitten. Besonders der Tisch, über dem die märchenhafte Hängelampe mit dem funkelnden Glasbehang hängen sollte, war nicht mehr zu gebrauchen. Trude kaufte einen neuen Tisch, und da die alten Stühle nicht dazu paßten, kaufte sie auch neue Stühle. Als Spannagl die Rechnung bekam, reichte er die Scheidung ein. Nach drei Wochen kam er zurück – das Leben im Hotel behagte ihm nicht.

Er besah sich das Wohnzimmer – Trude hatte die ganze Einrichtung erneuert.

»Aber«, fragte er, »wo ist die märchenhafte Hängelampe mit dem funkelnden Glasbehang und den sechs Wandarmen?«

»Die«, erwiderte Trude traurig, »ist noch immer nicht gekommen.«

Sie suchte den Katalog, rief das Versandhaus an und sagte: »Hören Sie, Fräulein, ich habe vor ungefähr drei Monaten ein Stück aus Ihrem Katalog bestellt. Die märchenhafte Hängelampe mit dem funkelnden Glasbehang und den sechs Wandarmen. Ich habe sie noch immer nicht bekommen.«

»Ich weiß es«, sagte die Frauenstimme am anderen Ende der Leitung bedauernd. »Die ist leider momentan nicht lieferbar, aber wir bekommen sie wieder.«

»Und wann?« erkundigte sich Trude.

»In ungefähr zwei Jahren.«

Trude legte den Hörer auf. In zwei Jahren! Zum Ausgleich dafür kam am nächsten Tag der Gewinn des Preisausschreibens. Es war natürlich nicht der Hauptpreis, sondern einer jener kleineren Preise, die man, wie im Katalog stand, mit größerer Wahrscheinlichkeit gewinnen konnte. Es war ein Cocktailglas aus der »Komponistenserie« mit dem Porträt von – ja, von wem?

»Ein hübsches Bild von Schubert«, fand Spannagl.

»Schubert?« sagte Trude. »Das ist nicht Schubert, das ist Beethoven.«

Zum Glück lag der Schachtel, in der das Glas gekommen war, ein Zettel bei: »Wir gratulieren zu dem Gewinn und hoffen, daß Ihnen das Glas mit dem Mozartporträt große Freude bereiten wird. Sollten Sie auch die fünf anderen Gläser unserer Komponistenserie besitzen wollen, können Sie sie zum Preis von Sch. 99,80 von uns beziehen.« Sie bezogen sie nicht.

Und doch – der gläserne Preis hatte allen anderen kleinen Preisen gegenüber einen Vorteil: Als er Spannagl aus der Hand fiel, brauchte er ihn nicht mehr aufzuheben.

Der Steuerzahler ist ein Mensch, dem der Staat gegen eine hohe Gebühr erlaubt, zugunsten des Staates tätig zu sein.
(ehem. CDU-Chef Helmut Kohl)

Einkommensteuererklärung

In einem gewissen Alter ist man gewissen Anforderungen nicht mehr gewachsen …
Dazu gehört das Ausfüllen von Einkommensteuererklärungen. Staatsbürger, denen dies dennoch gelingt, sollten geehrt und in eine Akademie der Unsterblichen aufgenommen werden. Außerdem sollte man sie von der Leistung der Einkommensteuer befreien.
Das Finanzamt kennt die Tücken seiner Formulare und hat deshalb eine »Anleitung zum Ausfüllen der Einkommensteuererklärung« herausgegeben. Diese Anleitung bestand vor ein paar Jahren noch aus einer einzigen Seite, während sie heute bereits einen Umfang von vier Seiten hat, wobei zu erwarten ist, daß demnächst eine »Anleitung zur Anleitung zum Ausfüllen der Einkommensteuererklärung« herauskommen wird.
Und jetzt die Tragödie. Heute stand es in den Gazetten:
»Dr. Friedl verübt Selbstmord. Dr. Kurt Friedl, 54, hat heute in den Morgenstunden in seiner Wohnung Selbstmord verübt. Anscheinend in einem Anfall von Sinnesverwirrung rannte er so lange mit

dem Kopf gegen die Wand, bis er leblos zusammenbrach. Die Ursache zu dieser ungewöhnlichen Art von Selbstmord ist vorläufig unbekannt.«

Ich kenne sie.

Es war sechs Uhr morgens. Dr. Friedl saß seit zehn Uhr abends an seinem Schreibtisch. Vor sich hatte er die »Anleitung zum Ausfüllen der Einkommensteuerklärung« liegen. Das Haar hing ihm wirr ins Gesicht, der Schweiß stand ihm auf der Stirne, er zitterte am ganzen Körper. Der Aschenbecher war voll mit Zigarettenresten. Friedl riß sich den Hemdkragen auf. Immer wieder versuchte er, sich über Punkt 5, Einkünfte aus selbständiger Arbeit (§ 22 EStG), Buchstabe c, klarzuwerden:

»Gewinnanteile der Gesellschafter von Gesellschaften, bei denen die Gesellschafter als Mitunternehmer anzusehen sind, sowie die Vergütungen, die die Gesellschafter von der Gesellschaft für ihre Tätigkeit im Dienste der Gesellschaft oder für die Hingabe von Darlehen oder für die Überlassung von Wirtschaftsgütern bezogen haben, sofern die Tätigkeit der Gesellschaft ausschließlich als selbständige Arbeit anzusehen ist und jeder einzelne Gesellschafter im Rahmen der Gesellschaft selbständig im Sinne der lit. a und b tätig wird, es sei denn, daß berufsrechtliche Vorschriften Gesellschaften mit berufsfremden Personen zulassen. Andernfalls gehören die unter lit. c genannten Einkünfte zu den Einkünften aus Gewerbebetrieb.«

Hundertemale hatte Dr. Friedl jetzt diesen Absatz gelesen. Er verstand ihn nicht. Und er war doch nicht dumm. Er hatte das Abitur mit Auszeichnung bestanden, er hatte die Abschlußprüfung an der Universität summa cum laude gemacht, er hatte vieles im Leben erreicht, und jetzt sollte er an diesem Absatz scheitern? Mit irrem Blick steckte er die Hand in den Mund und biß sich in die Finger. Dazu stieß er einen Schrei aus, daß die Nachbarn an die Wand klopften. Das brachte ihn wieder zu sich. »Ich versuche es noch

einmal«, sagte er sich und begann: »Gewinnanteile der Gesellschafter von Gesellschaften, bei denen die Gesellschafter ...«
»Nein!« brüllte er. »Ich kann es nicht!« Er schluckte das letzte Valium, das er besaß. »Ich werde den Absatz beiseite legen«, sagte er und zwang sich zur Ruhe, »und werde mir Punkt 6 ansehen.« Er las Punkt 6:
»Einkünfte aus Gewerbebetrieb (§ 23 EStG)
Einkünfte aus Gewerbebetrieb sind solche aus einer selbständigen, nachhaltigen Betätigung, die mit Gewinnabsicht unternommen wird und sich als Beteiligung am allgemeinen wirtschaftlichen Verkehr darstellt, wenn die Betätigung weder als Ausübung der Land- und Forstwirtschaft noch als selbständige Arbeit anzusehen ist.«
»Gott sei Dank!« atmete Friedl auf. »Das ist halbwegs verständlich.«
Er las weiter:
»Zu den Einkünften aus Gewerbebetrieb gehören auch Gewinnanteile der Gesellschafter von Gesellschaften, bei denen die Gesellschafter als Mitunternehmer anzusehen sind (wie insbesondere offene Handelsgesellschaften und Kommanditgesellschaften), sowie die Vergütungen, die die Gesellschafter von der Gesellschaft für ihre Tätigkeit im Dienste der Gesellschaft oder für die Hingabe von Darlehen oder für die Überlassung von Wirtschaftsgütern bezogen haben.«
Friedl stieß einen Schrei aus. Da waren sie wieder – die Gesellschafter der Gesellschaften! Ängstlich blickte er sich um. Sie kamen auf ihn zu. Langsam, drohend. Mitunternehmer von Kommanditgesellschaften krochen aus den Ecken hervor, Gesellschafter offener Handelsgesellschaften kletterten an seinen Beinen hinauf. Gesellschafter von Gesellschaften, die im Dienste der Gesellschaften Vergütungen bezogen haben, griffen nach seinem Hals. »Zurück, ihr Gesellschafter!« entrang es sich seinem Mund. Umsonst. Gesellschafter von Gesellschaften, die unter lit. c Einkünfte aus Gewerbebetrieben hatten, näherten sich ihm mit verzerrten Gesich-

tern und Dolchen in den Händen. Gesellschafter, deren Tätigkeit im Rahmen der Gesellschaft ausschließlich als selbständige Arbeit anzusehen war, wollten ihm eine Schlinge um den Hals legen. »Nein, nein!« schrie Friedl und sprang auf den Schreibtisch. Die Gesellschafter lachten höhnisch. Ihre Gesichter verwandelten sich in Paragraphen, immer mehr drangen auf ihn ein. Wie Schlangen ringelten sie sich aus den Wänden, aus dem Boden, aus der Decke. Gesellschafter von Gesellschaften, die für die Hingabe von Darlehen ein Entgelt bekommen haben, Gesellschafter von Gesellschaften, die für die Überlassung von Wirtschaftsgütern bezahlt worden sind. Riesige Gesellschafter von Gesellschaften, deren Einkünfte sich als Beteiligung am allgemeinen wirtschaftlichen Verkehr darstellen, schwirrten gleich Mammutvögeln über seinem Kopf und versuchten mit ihren Krallen nach ihm zu greifen. Das war der Augenblick, in dem Friedl vom Schreibtisch sprang und so lange mit dem Kopf gegen die Wand rannte, bis er leblos zu Boden sank.

Die Zeitungen setzten fort:
»Die Tragik an diesem ungewöhnlichen Selbstmord ist die Tatsache, daß Dr. Friedl erst gestern abend die Nachricht von seiner Ernennung zum neuen Finanzminister erhalten hatte.«

(Anmerkung des Autors: Die Textstellen, die Dr. Friedl in den Wahnsinn getrieben haben, sind original der »Anleitung zum Ausfüllen der Einkommensteuererklärung« entnommen, die das österreichische Finanzamt herausgegeben hat. Es wurde kein Wort weggelassen und keines hinzugefügt. Dem *ist* auch nichts mehr hinzuzufügen.)

Ein Einbrecher ist ein Mensch, der glaubt, daß der Himmel nur dem hilft, der sich selber hilft. (Ich weiß nicht von wem)

Einbruchsicher

Wir haben eine Wohnung in Wien und ein Haus auf dem Land. Die Wohnung in Wien ist gegen Feuer versichert, das Haus auf dem Land gegen Einbruch. In dem Haus auf dem Land hat es gebrannt, in der Wohnung in Wien wurde eingebrochen. Und das zweimal, während ich mit meiner Frau auf Weekend in dem Haus auf dem Land war. Also sprach meine Frau: »Wir brauchen ein Sicherheitsschloß.« Das Schloß wurde angebracht, zwei Wochen später wurde eingebrochen. Und nicht nur das. Auf dem Tisch lag ein Zettel: »Habe über Ihr Sicherheitsschloß sehr gelacht. Ihr Einbrecher.«
Also sprach meine Frau: »Wir brauchen einen Hund.«
»Während wir weg sind?« fragte ich. »Wer soll ihn versorgen?«
»Unsere Hausbesorgerin wird ihn Gassi führen und wird ihm zu fressen geben«, sagte meine Frau, »und in der Nacht ist er da und bewacht unsere Wohnung«.
Also ging ich hin und kaufte einen Hund. Der Tierhändler bot mir einen an. Einen großen. Eine Dogge. Sie war ein Weibchen und hieß Bella. Von seiten Bellas war es Liebe auf den ersten Blick. Sie sprang an mir hoch und leckte mir das Gesicht ab. »Sie brauchen sich nicht zu fürchten«, meinte der Tierhändler. »Bella beißt nicht.« »Beißt nicht«, sagte ich ängstlich, »aber vielleicht schluckt sie.« Ich erstand das Tier, wir bereiteten ihm einen Platz in der Küche und fuhren beruhigt auf Weekend.
Am Montag vormittag kamen wir zurück und sahen sofort: es war eingebrochen worden. Auf dem Tisch lag ein Zettel: »Danke für den freundlichen Hund. Er hat mich wedelnd begrüßt, und wir haben die ganze Nacht miteinander gespielt.« Wütend gingen wir in die Küche. Bella schlief. Das Spiel mit dem Einbrecher dürfte sie er-

müdet haben. Als sie erwachte, erzählten wir ihr, was geschehen war. Bella schlug die Augen nieder, sie schämte sich. Wir konnten ihr nicht böse sein, nichtsdestoweniger brachte ich sie dem Tierhändler zurück.

»Was hat man mitgenommen?« fragte der Tierhändler, als ich ihm von dem Einbruch berichtet hatte.

»Fünftausend Schilling«, sagte ich.

»Ja, dann!« meinte der Tierhändler. »Dann verstehe ich alles. Bella war vorher bei sehr reichen Leuten. Auf so kleine Beträge ist sie nicht dressiert.« Er tauschte mir Bella gegen Romeo aus. »Romeo ist klein«, sagte er, »aber bissig.«

Er hatte recht. Auf dem Nachhauseweg biß Romeo zwei Hunde, einen Briefträger und mich, und als ich mich auf der Unfallstation verarzten ließ, biß er den Primarius und eine Dame. Eine zweite Dame rannte schreiend aus dem Haus, zwei Pfleger verfolgten sie und brachten sie irrtümlich auf die Psychiatrische Klinik, wo man sie nach gründlicher Untersuchung als nicht gemeingefährlich bezeichnete und in häusliche Pflege entließ. Das Stückchen Weg von der Tierhandlung über die Unfallstation bis nach Hause brachte mir sechs Klagen ein, von denen ich nicht weiß, wie sie ausgehen werden. Als ich meiner Frau erzählte, daß mich der Hund gebissen habe, strahlte sie. »Das ist doch ein Glück!« sagte sie. Ich verstand nicht. »Wenn der Hund *dich* gebissen hat, wird er doch auch den Einbrecher beißen.« Sie hatte recht. Der Einbrecher, mit dem ich mich, seit er mir Briefe schrieb, schon irgendwie vertraut fühlte, tat mir leid. Aber es ist ja seine Schuld. Soll er nicht einbrechen. Zumindest bei uns nicht. Wir fuhren auf Weekend.

Am Montag kamen wir zurück und sahen: es war wieder eingebrochen worden. Auf dem Tisch lag ein Zettel: »Seien Sie nicht böse, daß ich Ihren Hund mit meiner Blendlaterne schreckte, aber ich hatte keine andere Wahl. Freundlichst Ihr Einbrecher.« Wir suchten Romeo – er lag verschüchtert unter der Couch.

Ich brachte ihn wütend zu dem Tierhändler zurück und erzählte aufgeregt von dem neuerlichen Einbruch. »Diesmal hat der Einbrecher Geld, Schmuck und Silber mitgenommen!« rief ich außer mir. »Und Ihr Hund lag unter der Couch!«

»Erstens ist das nicht *mein* Hund, sondern *Ihr* Hund«, stellte der Tierhändler sofort richtig, »und zweitens ist das nur ein Zeichen seiner Klugheit.«

»Wieso?«fragte ich.

»Weil er verhindern wollte, daß ihn der Einbrecher auch noch mitnimmt«, meinte der Tierhändler.

Ich verlor die Geduld. »Ich will endlich einen Hund haben, der Einbrecher verjagt!« schrie ich.

Der Tierhändler beruhigte mich. »Nehmen Sie den Schnauzer hier«, sagte er und zeigte auf einen Hund, der so viel Fell hatte, daß man nicht wußte, wo vorn und wo hinten ist. »Das ist ganz einfach«, erklärte mir der Tierhändler, »Sie brauchen bloß aufzupassen, von welcher Seite er bellt. Und das Bellen ist seine Spezialität. Er heißt Josef und ist ein äußerst gutmütiges Tier, aber sein Gebell wird jeden Einbrecher in die Flucht schlagen.« Wie zur Bekräftigung dieser Worte bellte Josef so laut, daß ein Hamsterweibchen vor der Zeit Junge bekam.

»O.k.«, sagte ich, »ich will es noch einmal versuchen.« Ich nahm Josef mit nach Hause. Josef bellte derart ohrenbetäubend, und das unausgesetzt, daß man von oben, von unten und von allen Seiten gegen unsere Wände klopfte. Fünfzehn Jahre lang hatten wir mit den Hausbewohnern im besten Einvernehmen gelebt – binnen einer Stunde waren wir mit allen verfeindet. Ehe wir auf Weekend fuhren, nahm sich meine Frau den Schnauzer noch einmal vor:

»Sei schön brav, Josef«, sagte sie, »sei ein gutes Hundi, und wenn das Einbrecherli kommt, bellst du es fort.« Josef bellte »ja«, und zwar so oft, daß wir es noch hörten, als wir bereits im Taxi saßen.

Am Montag kamen wir zurück: es war eingebrochen worden. Auf

dem Tisch lag ein Zettel: »Endlich sind Sie so klug und geben es auf, sich einen Hund zu halten.« Was sollte das heißen? Wo ist Josef? »Josef!!!« rief ich. Er lag auf einem Fauteuil und schlief. Er dürfte nicht verstanden haben, was »Einbrecherli« heißt. Empört stürzte ich in die Tierhandlung.
»Da haben Sie Ihren Josef zurück!« brüllte ich. »Wieder war der Einbrecher da, und der Hund hat geschlafen!«
»Wann war das?« fragte der Tierhändler.
»Gestern nacht!« schrie ich.
»Ja, in der Nacht«, meinte der Tierhändler, »da schläft er.« Aber er gab mir einen Rat: »Nehmen Sie Josef wieder mit, und kaufen Sie sich eine Eule und einen Papagei dazu. Die Eule ist ein Nachtvogel, wenn der Einbrecher kommt, wird sie den Papagei wecken, und der Papagei wird dem Hund sagen, daß er bellen soll.« Ich ließ mir auch das einreden. Den Papagei bekam ich übrigens billig, weil er einen Sprachfehler hatte. Meine Frau und ich fuhren auf Weekend. Als wir am Montag zurückkamen, was sahen wir? Es war eingebrochen worden. Auf dem Tisch fand ich den schon gewohnten Zettel. »Die Eule«, las ich, »war eine gute Idee, aber als mich der Papagei sah, war er so sprachlos, daß es ihm unmöglich war, den Hund – wie Sie es anscheinend erwartet hatten – zu wecken. Ihr getreuer Einbrecher.«
Jetzt war es aus. Ich brachte sämtliche Tiere aus dem Haus. Meine Frau wußte etwas Besseres: »Wir lassen die Türen offen und die Lichter brennen«, sagte sie, »dann wird jeder Einbrecher denken, die sind zu Hause, und wird sich hüten, die Wohnung zu betreten.« Vielleicht dachte jeder Einbrecher so, außer dem unseren. Am Montag war wieder eingebrochen worden, und auf dem Tisch lag ein Zettel: »Ich danke Ihnen, daß Sie es mir so bequem gemacht haben, ich bin sowieso nicht mehr der Jüngste. Ihr dankbarer Einbrecher.«
Jetzt war es mit meiner Geduld zu Ende. Ich war auf dem Weg zur

Polizei, als ich Strelitzer traf. Ich erzählte ihm von unserem Mißgeschick.

»Das verstehe ich nicht«, sagte Strelitzer. »Haben Sie denn noch nie von Weinzierl gehört?«

Verschämt sagte ich: »Nein. Wer ist Weinzierl?«

»Weinzierl«, klärte mich Strelitzer auf, »ist der Mann, der die besten Sicherheitsschlösser erzeugt. Er arbeitet sogar mit der Polizei zusammen. Wenn es der Polizei nicht gelingt, eine Wohnungstür oder einen Safe zu öffnen – Weinzierl gelingt es. Wenn es aber andererseits gilt, ein Schloß anzubringen, das sich nur mit dem dazugehörigen Schlüssel öffnen läßt – Weinzierl kann auch das.«

»Und wenn man diesen dazugehörigen Schlüssel verliert?« erkundigte ich mich, weil mir das schon öfter passiert war.

»Ruft man Weinzierl«, sagte Strelitzer.

»Und wie ist das mit den Einbrechern?« fragte ich.

»Die Einbrecher kennen Weinzierlschlösser schon von weitem und halten sich erst gar nicht damit auf. Sie wissen, daß sich ein Weinzierlschloß nicht gewaltsam öffnen läßt.«

Also ging ich zu Weinzierl.

Weinzierl war so stark beschäftigt wie der Generaldirektor eines großen Industrieunternehmens. Seine Sekretärin gab mir für Ende der Woche einen Termin. Weinzierl empfing mich. Er saß »wie ein Minister« hinter einem mächtigen Schreibtisch, hörte sich meine Geschichte an und meinte: »Ich werde Sie vormerken, werde aber erst in drei Wochen dazukommen, das Schloß zu montieren.« Drei Wochen! In drei Wochen raubt uns der Einbrecher arm. Ich versprach, ich bat, ich flehte. Nur dem Umstand, daß Weinzierls Gattin meine Frau gern im Fernsehen sieht, war es zu danken, daß Weinzierl sich herbeiließ, schon am nächsten Tag bei uns zu erscheinen.

Weinzierl kam. Bei der Arbeit durften wir ihm nicht zuschauen – sein Patent sollte sein Geheimnis bleiben. Er brachte drei Schlösser an, die nur mit den dazugehörigen Schlüsseln zu öffnen waren, ferner zwei Sicherheitsketten, die wieder Schlösser trugen, die auch nur mit den dazugehörigen Schlüsseln zu öffnen waren. Zur Aufbewahrung der Schlüssel bekamen wir eine kleine Stahlbox, die auch nur mit dem dazugehörigen Schlüssel zu öffnen war. Weinzierl verlangte ein kleines Vermögen, aber was tut man nicht alles für seine Sicherheit. Wegen schlechten Wetters verbrachten wir das nächste Weekend in Wien. Seit Monaten konnten wir zum erstenmal ruhig schlafen, wir hatten ja Weinzierlschlösser. In der Nacht von Samstag auf Sonntag – kein Einbrecher. In der Nacht von Sonntag auf Montag – kein Einbrecher.

Montag früh rief ich den Meister an. Frau Weinzierl war am Apparat. »Haben Sie vielleicht Ihre Schlüssel verloren?« fragte sie teilnahmsvoll, als sie meinen Namen hörte. »Mein Mann wird dafür sorgen, daß Sie hineinkommen.«

»Hineinkommen?« rief ich verzweifelt. »Hineinkommen könnte ich vielleicht. Ich möchte wissen, wie ich hinauskomme!«

Weinzierl öffnete die drei Schlösser und die zwei Sicherheitsketten. Als ich endlich aus der Wohnung konnte, sah ich einen Zettel in der Tür stecken: »Das hätte ich nicht von Ihnen gedacht. Ihr gekränkter Einbrecher.«

Peter, Peter und Peter

Wien, 1951

Im Casanova befreundete ich mich mit Fred Kraus, der mit Hilde Berndt, Peter Wehle und Gunther Philipp (später mit Rolf Olsen), die Kabarettgruppe »Die kleinen Vier« bildete, für die ich ziemlich viel schrieb. Bei dieser Gelegenheit lernte ich seinen kleinen Sohn, den Peter, kennen. Peter Kraus. Als er der deutsche Elvis Presley geworden war, schrieb ich für Vater und Sohn. Ich erinnere mich auch noch an die Radioserie »Peter & Peter«. (Der zweite Peter war Peter Weck, der mit Peter Kraus sang, tanzte und steppte.) Mit Peter Kraus komme ich noch heute bei irgendwelchen Fernsehproduktionen zusammen.

Und der dritte Peter? Die Premiere von »Kolumbus entdeckt Österreich« fand am 5. Jänner 1951 statt. Diesmal spielten, außer Cissy, Heller und Waldbrunn, bereits Fritz Muliar und Heinz Conrads mit, für kleine Rollen der Sohn Hubert Marischkas, Franz Marischka, allgemein Zwetschi genannt, und für kleinste Rollen – Peter Alexander.

Wer zuviel an die Zukunft denkt, ändert nichts an der Vergangenheit – läuft aber Gefahr, sich die Gegenwart zu verderben. Denn wer an die Zukunft denkt, muß zu der Überzeugung kommen: Wir haben

Schöne Aussichten!

In einem gewissen Alter denkt man an die Zukunft ... Peter und Paul waren Freunde von Jugend an. Peter war der Tüchtigere. Die beiden hatten, wie man so sagt, dieselbe Schulbank gedrückt, sie hatten dieselben Ansichten gehabt, dasselbe Mädchen verehrt. Peter hatte es geheiratet, was aber der Freundschaft keinen Abbruch tat. Er war eben der Tüchtigere, und Paul nahm eine andere. Sie kamen in dasselbe Büro. Peter erbte von einer Tante einige Millionen. »Warum kannst du das nicht?« fragte Pauls Frau vorwurfsvoll. Peter war eben der Tüchtigere. Er machte sich selbständig, Paul wurde sein Kompagnon. Peter machte die Büroarbeiten, während Paul für das Haus auf Reisen ging. Das Geschäft war

freundlich. Jeder, dem Paul eines anbot, lachte. Peter und Paul sahen ein, daß sie von dem Betrieb nichts verstanden. Sie nahmen Bibusch in die Firma. Bibusch war Fachmann. Er hatte die Kenntnisse, sie hatten das Geld. Nach einem Jahr hatten sie die Kenntnisse, und er hatte das Geld. Peter und Paul gingen auseinander. In Freundschaft. Trotzdem gingen zwei Jahrzehnte vorüber, ohne daß die beiden einander gesehen hätten. Aber Peter konnte den Freund nicht vergessen.
Gerade heute dachte er besonders intensiv an ihn. Es war ihm, als wäre Paul etwas zugestoßen. Ob er nach ihm sehen sollte? Hatte er überhaupt noch die alte Adresse? Peter fuhr hin, lief die Treppe hinauf – da – was war das? Er verspürte Gasgeruch. Er zog die Luft ein – der Geruch kam aus Pauls Wohnung. Peter wurde unruhig. Er klopfte – nichts. Er klingelte – nichts. Er pumperte mit den Fäusten, er trat gegen die Tür – nichts. Plötzlich fiel ihm ein, daß er von früher her noch einen Schlüssel zu Pauls Wohnung hatte. Er nahm seinen Schlüsselbund heraus, fand den Schlüssel, der Schlüssel sperrte. Peter stürzte in das Vorzimmer, schnupperte, eilte in das Schlafzimmer – seine Befürchtung bestätigte sich. Im Bett lag Paul. Die Fenster waren abgedichtet, der Gashahn war offen, Paul war noch bei Bewußtsein. Peter öffnete die Fenster, drehte den Gashahn ab und setzte sich an das Bett seines Freundes.
»Bist du verrückt geworden?« fragte er keuchend.
»Laß mich ...«, lallte Paul schwach.
»Du willst dich vergiften? Warum? Brauchst du Geld? Das hättest du doch sagen können.«
»Geld«, lächelte Paul kraftlos. »Die Zukunft ...«
»Die Zukunft? Was ist mit der Zukunft?«
»Wie stellst du sie dir vor?«
»Bestens!« strahlte Peter. »Ich habe zwei Töchter, die eine ist verlobt, die andere verheiratet, ich habe ein Enkelkind, einen Jungen.«
»Du Ärmster«, murmelte Paul müde.

Peter stutzte. »Warum Ärmster?« fragte er.
»Dein Enkel wird in den Krieg müssen.«
»Krieg?« Peter erschrak. »Wir werden Krieg führen?«
»Nicht nur wir. Die ganze Welt. Merkst du denn nicht, wie der Osten sich ein Land nach dem andern einverleibt? Das kann sich Amerika nicht gefallen lassen.«
Peter schüttelte den Kopf. »Deshalb wird es keinen Krieg geben«, sagte er.
»Deshalb vielleicht nicht. Aber nimm die Reichtümer dieser Erde. Sie sind ungerecht verteilt. Die einen haben das Öl – die andern nicht.«
»Dafür haben die andern den Weizen und die einen nicht. Nein, Paul – auch das ist kein Grund zum Kriegführen. Deshalb brauchst du dich nicht zu vergiften.«
»Und die Atomwaffen?« ereiferte sich Paul. »Die Boden-Boden- und die Luft-Luft-Raketen? Die sauberen Bomben, die die Menschen töten und die Steine leben lassen? Wenn es keinen Krieg gibt, geht die Rüstungsindustrie pleite. Dann haben wir Millionen Arbeitslose!«
»Man wird eine andere Beschäftigung für sie finden. Der Krieg wird vermieden werden. Die UNO –«
»Die UNO?« unterbrach Paul ihn höhnisch. »Weißt du, wie unnütz die UNO ist? Wie ein Fallschirm in einem U-Boot. In Afrika gärt es, in Asien gärt es …«
»Laß es gären, Paul! Wir gehen in die Schweiz – die Schweiz ist neutral.«
»Neutral?« Paul lachte bitter. »Im nächsten Krieg gibt es keine Neutralität. Die Großmächte werden es verstehen, alle Staaten hineinzuziehen.«
»Auch die Schweiz?« fragte Peter bereits etwas zaghaft. »Auch die Schweiz.«
»Und wie wird der Krieg ausgehen?«

»Wie ein Streit mit meiner Frau. Es wird keinen Sieger geben.«
»Weil es keinen Krieg geben wird. Ich glaube nicht daran.«
»Nimm an, du hast recht – es gibt keinen Krieg. Was geschieht mit der Überbevölkerung der Erde? Die Menschheit muß dezimiert werden. Dazu ist nur ein Krieg imstande.«
»Ich glaube es nicht.«
»Weißt du, was Ursache und Wirkung ist?«
»Gib mir ein Beispiel.«
»Das Wetter. Stell dir vor, im Winter herrscht ein schrecklicher Schneesturm, der ein paar Tage und ein paar Nächte anhält. Niemand geht aus – alles bleibt zu Hause. Das ist die Ursache. Was ist die Wirkung?«
»Überfüllte Entbindungsheime im Herbst.«
»Esel!« schrie Paul, der sich bereits wieder zu erholen begonnen hatte. »Eine entsetzliche Hungersnot wäre die Wirkung! Die Wintersaat ist erfroren! Womit sollen die Milliarden und Abermilliarden Menschen ernährt werden?«
»Mit Fleisch. Wir haben Schlachttiere –«
»Die haben doch selber nichts zu fressen!«
»Dann mit Gemüse. Jeder, der einen Garten besitzt, wird gezwungen, Gemüse anzubauen und allen, die keinen Garten haben, davon zu geben.«
»Und die Insekten? Wir müßten das Gemüse mit immer stärkeren Insektiziden bespritzen, weil die Schädlinge dagegen immun werden. Schwaden von Heuschrecken würden kommen, Millionen Termiten würden uns anfallen ...« »Dann müßte man eben eine andere Art der Ernährung finden. Aus dem Meer zum Beispiel.«
»Und die Wasserverschmutzung? Tanker stoßen zusammen, die Ölpest breitet sich aus, die Fische sterben wie die Fliegen. Aber selbst wenn wir zu essen hätten – wir würden erfrieren.«
»Wieso?« Peter war blaß geworden. »Ist der Schneesturm noch nicht vorüber?«

»Längst«, entgegnete Paul. »Aber wir können nicht heizen. Der Strom, der heute schon knapp ist, ist zu Ende. Wir haben keine Energie.«

»Wir können doch mit Kernkraft heizen«, bemerkte Peter schüchtern.

»Mit Kernkraft willst du heizen?« fuhr Paul ihn an. »Soll die Welt an dem Müll zugrunde gehen, nur damit du es warm hast? Merkst du denn nicht, was das Atom für Unheil anrichtet? Woher, denkst du, kommen die vielen Naturkatastrophen? Erdbeben, Orkane, Überschwemmungen? Nur von den Atomversuchen! – Aber auch ohne Atome«, setzte er leiser hinzu, »würde die Menschheit sich selber umbringen.«

»Wieso, um Gottes willen?«

»Durch die Abgase. Unmengen von Autos verpesten die Luft. Du mit deinem Wagen bist mitschuldig an dem Untergang der Menschheit.«

»Ab morgen fahre ich mit der Straßenbahn«, weinte Peter.

»Zu spät«, lachte Paul zynisch. »Fabrikschlote, Flugzeuge, ja selbst die Sprays, die uns die Werbung andreht, bedrohen unser Leben. Die Umweltverschmutzung hat ihr Vernichtungswerk begonnen. Mit jedem Atemzug, den du machst, atmest du den Tod ein. Tod! Tod! Tod!«

»Und wenn wir jeder Bequemlichkeit entsagen? Wenn wir zu Fuß gehen, wenn wir – wie unsere Urgroßväter – unsere Öfen mit Holz heizen?«

»Holz?« Paul lachte gellend auf. »Holz wird Goldwert haben. Alle Menschen werden zu der Erkenntnis kommen, zu der du jetzt gelangt bist. Aber dann werden unsere Wälder abgeholzt sein. Für ein Stück Holz wird man Menschen rauben, Geiseln nehmen, Flugzeuge entführen. Man wird Häuser niederbrennen, um seinen Körper wärmen zu können. Wir werden im Finstern in unseren Wohnungen sitzen, ohne Radio, ohne Fernsehen, werden hungern und

frieren und auf das Ende warten. Und das Ende – wird schrecklich sein.«
Da erhob Peter sich von seinem Stuhl, schloß die Fenster, drehte den Gashahn an und sagte zu Paul: »Mach Platz – ich vergifte mich mit dir!«

Die Zukunft hat ein Gutes: Sie geht vorüber.

Manche Menschen haben Geld, weil sie es sparen – und andere, weil sie es nicht ausgeben. Ich habe nichts übrig für

Übertriebene Sparsamkeit

Heute hat mir Mario sein neuestes Buch geschickt. Er macht das immer vor Weihnachten. Ist es ein gutes Buch, freut er sich – ist es ein schlechtes, freue ich mich. Einer von uns beiden freut sich auf alle Fälle, und Freude zu spenden ist ja der Sinn des Festes.
Das Buch steckte in einem jener Drucksachenumschläge, die Sie sicher kennen werden. Sie sind innen gefüttert und haben oben vier Löcher. Durch diese Löcher werden zwei Dinge gesteckt, von denen ich nicht weiß, wie sie heißen. Meine Frau nennt sie »Zwutschkerln«. Sie bestehen aus einem Kopf und zwei Beinen. Letztere werden, sobald sie die Löcher passiert haben, umgebogen, und sehen dann aus wie eine Tänzerin, wenn sie Spagat macht. Vorne auf den Umschlag klebt man ein Etikett mit Namen und Adresse des Empfängers sowie des Absenders – und ab geht es. Nicht das Etikett vom Umschlag, sondern das Paket mit der Post.
Ich sah mir das Etikett näher an und bemerkte darunter einen rosa Streifen. Mario hatte das Etikett über ein bereits vorhandenes geklebt. Ich schüttelte den Kopf. Nicht einmal einen neuen Umschlag

war ich ihm wert. Vorsichtig, mit warmem Wasser, löste ich das Etikett ab und fand darunter ein anderes, rosafarbenes, das an Mario gerichtet war, und das von unserem gemeinsamen Zahnarzt Dr. Wronsky stammte. Mario, der so viel Geld mit seinen Schlagertexten machte – mit seinen Büchern ja nicht –, entblödete sich nicht, ein neues Etikett über ein altes zu kleben, bloß um ein paar Groschen für einen Umschlag zu sparen. Aber was erblickte ich da wieder? Unter dem Etikett, auf dem Marios Name stand, lugte eine grüne Ecke hervor. Wieder holte ich warmes Wasser und löste behutsam das rosa Etikett ab. Was kam zum Vorschein? Ein grünes Etikett, das an Wronsky gerichtet war, und zwar von keinem andern als von Dr. Robinson. Also auch Wronsky verwendete keinen neuen Umschlag. Wronsky, der teuerste Zahnarzt der Welt – Wronsky, dessen Brücken soviel kosten wie einst die Golden Gate-Bridge von San Franzisco gekostet hat – Wronsky, dessen Kronen so kostspielig sind wie die Krone der Königin von England – Wronsky leistete sich keinen neuen Umschlag! Und drunter sah ich schon wieder einen Streifen. Einen gelben. Sorgfältig löste ich das grüne Etikett ab und fand ein gelbes, an Dr. Robinson adressiert. Also auch er! Robinson, der Anwalt mit der bestgehenden Kanzlei, lehnte es ab, einen neuen Umschlag zu kaufen. Was wollte er denn noch alles haben? Er fuhr einen Mercedes-Benz 280 SEL, er hatte eine feudal eingerichtete Stadtwohnung und ein Landhaus bei Salzburg, seine Frau trug die kostbarsten Pelze, von ihrem Schmuck gar nicht zu reden – und er, Robinson, schämte sich nicht, einen alten Umschlag zu verwenden, wenn er einem Freund ein Buch schickte! An solchen Beispielen lernt man die Menschen kennen.

Der Absender war übrigens – schau, schau – mein Schwager Goldmann. Er hat bestimmt nicht – doch er hat! Ich sah ein weißes Etikett unter seinem gelben Etikett. Sorglich löste ich das letztere ab und kam auf das weiße. Der Absender war durch einen Expreßstreifen überklebt – der Empfänger war Walter Goldmann. Und wieder war drunter ein anderes Etikett. Ein hellblaues. Ich war außer mir. Mein Schwager Goldmann, Besitzer eines florierenden Textilwarengeschäftes, der eben im Begriff war, ein zweites zu eröffnen – Goldmann, der an einer Großgarage sowie an einem Apartmenthaus beteiligt war – Goldmann klebte ein neues Etikett über ein altes, weil er kein Geld für einen Drucksachenumschlag ausgeben wollte. Was sind das für Menschen? Mir ekelt vor ihnen. Wie soll sich die Wirtschaft erholen, wie sollen die Arbeitsplätze erhalten bleiben, wenn die Konsumenten nichts investieren wollen? Haben denn diese Menschen kein Sozialgefühl? Wovon sollen die Papierhändler leben? Und die anderen – die Zwutschkerlerzeuger? Die Leidenschaft hatte mich gepackt. Ich mußte bis zum letzten Etikett vorstoßen. Ich bin es der Welt schuldig, die üble Gesellschaft zu entlarven, die sich nicht scheut, alte Umschläge zu verwenden, um keine neuen kaufen zu müssen. Fiebernd löste ich Goldmanns Etikett ab und stand vor dem hellblauen. Der Absender war mein Freund Joschi – der Empfänger war ich. Ich hatte den alten Umschlag wieder benützt, als ich meinem Schwager mein damals neues Buch schickte.

Die Leute haben ja recht. Warum soll man einen neuen Umschlag kaufen, wenn man den alten durch Überkleben eines Etiketts noch einmal verwenden kann?

Eine Auszeichnung

Wien, 1985

Und dann bekam ich meine erste Auszeichnung. Mein Schwager rief mich an: »Heute steht in der Wiener Zeitung, daß dir der Bundespräsident das Goldene Verdienstzeichen der Republik Österreich verliehen hat.«

»Na so etwas!« rief ich erstaunt. »Davon weiß ich ja gar nichts! Das ist aber eine freudige Nachricht!«

Natürlich wußte ich es schon längst. Um eine Auszeichnung zu bekommen, braucht man eine Institution (bei mir war es der Österreichische Schriftstellerverband), die bei dem zuständigen Ministerium (bei mir war es das Ministerium für Unterricht, Kunst und Sport) einen diesbezüglichen Antrag zu stellen hat. Diesem Antrag muß ein genauer Lebenslauf beigelegt werden, den man persönlich zu schreiben pflegt, also muß man es wissen. Und selbst wenn ein anderer den Lebenslauf schriebe, wüßte man es, weil sich das Ministerium schriftlich erkundigt, ob man überhaupt gewillt ist, die Auszeichnung anzunehmen. Ich war gewillt und nahm an. Ich wurde an jenem Tag noch mindestens zehnmal angerufen und sagte immer: »Davon weiß ich ja gar nichts! Das ist aber eine freudige Nachricht!«, und als mich mein Anwalt anrief und mir mitteilte, daß er sich den Fuß gebrochen habe, sagte ich auch: »Davon weiß ich ja gar nichts! Das ist aber eine freudige Nachricht!«

Meine Frau war bereits auf Kur, ich mußte meinen Urlaub verschieben, weil ich sonst den Tag der Verleihung versäumt hätte, und das wollte ich nicht. Ich stellte es mir so schön vor: der Minister wird natürlich da sein, vielleicht sogar einige Minister, vielleicht sogar der Bundespräsident, jemand muß doch eine Rede halten, dann werde ich antworten – ich konnte den Tag kaum erwarten. Und dann kam er heran. Ich schritt über die Schwelle des Ministeriums, ging der Feststiege zu, als mir jemand in derbem Wienerisch nachrief: »Hallo, wo wollens denn hin?«

»Ich bekomme eine Auszeichnung«, antwortete ich stolz.

»Da müaßens warten«, sagte die Stimme, die, wie ich jetzt sah, dem Portier gehörte. Er brummte: »Wenn da a jeda einikumma dadat...« und rief ins Telefon: »Hallo, Ferdl! Ham mir heut a Verleihung? –

Ah ja? Wo denn? – Erschter Stock auf siebzehne? Guat is!« Er wandte sich wieder mir zu:
»Erschter Stock auf siebzehne. Das is links von der Stiagn.«
»Danke«, sagte ich und ging hinauf. Im ersten Stock »auf siebzehne« klopfte ich an. Wahrscheinlich der Festsaal, dachte ich mir. Jemand rief: »Herein!« Ich öffnete die Tür – keine Spur von Festsaal. Es war ein Zimmer mit drei Schreibtischen, und an jedem saß ein Beamter.
»Sie wünschen?« fragte einer.
»Ich bekomme eine Auszeichnung«, antwortete ich kleinlaut.
»Ah, Sie sind der«, sagte der Beamte. »Der Herr Sektionschef wird gleich da sein.«
Der Herr Sektionschef war wirklich gleich da. »Grüß Gott«, sagte er. »Darf ich bitten?« Er führte mich in sein Büro. »Der Herr Minister«, erklärte er mir, »hat eine arabische Delegation da. So muß ich Ihnen die Auszeichnung überreichen.«
Er nahm ein rotes Etui vom Schreibtisch und öffnete es. Es war sehr beeindruckend – ein goldenes Kreuz an einem weiß-roten Band – er gratulierte, und draußen war ich. Wenn die Überreichung auch anders war, als ich sie mir vorgestellt hatte – kein Bundespräsident, keine Minister – ich freute mich trotzdem. Seit diesem Tag sammle ich Auszeichnungen, Titel und Orden und werde von meinen Kollegen nur noch der »Ordensbruder« genannt.

Nachrede

Ich liebe das Alter, und ich finde, es gibt nichts Schöneres als alt zu sein. Mit jedem Jahr, mit dem man älter wird, werden es die anderen auch – und schließlich *muß* man das Alter lieben, wenn man die einzige Alternative bedenkt, die es dazu gibt. Es ist nicht wichtig, wie alt man wird, sondern wie man alt wird. Man muß sein Alter mit Würde tragen – wer das nicht kann, muß es mit Frischzellen versuchen. Und ist denn der Unterschied zwischen jung und alt wirklich so groß? Die Jungen wissen nicht, was sie tun – und die Alten können nicht tun, was sie wissen.

Es gibt Menschen, denen die Arbeit schon mit sechzig kein Vergnügen mehr macht – dafür macht ihnen das Vergnügen mehr Arbeit. Dabei ist mit sechzig so ziemlich alles noch in Ordnung. Sechzig ist ein Zwischenalter, eine Mittelstufe zwischen romantisch und rheumatisch. Mit siebzig ist es schon anders. Mit siebzig wählt man zwischen zwei Übeln nicht das kleinere, sondern das, von dem man annimmt, daß man früher nach Haus kommt. Mit achtzig schaut man noch den jungen Mädchen nach – mit fünfundachtzig auch, aber man weiß nicht mehr, warum.

Der 85. Geburtstag, den ich erst kürzlich gefeiert habe, ist ein bemerkenswertes Datum. Man blickt zurück und findet, daß das bisherige Leben aus Wünschen bestand, von denen nicht alle erfüllt wurden. Da steht man dann vor seiner mit Kerzen bestückten Geburtstagstorte – für jedes Jahr eine Kerze – und soll beim Ausblasen dieser Kerzen einen Wunsch tun. Was wünscht man da?

Mit fünfzehn wünscht man sich beim Ausblasen der Kerzen auf seiner Geburtstagstorte, daß man bald das Ende der Schulzeit erleben möge, mit fünfundzwanzig wünscht man sich beim Ausblasen der Kerzen auf seiner Geburtstagstorte, daß man bald die große Liebe erleben möge, mit fünfunddreißig wünscht man sich, daß man das Heranwachsen seiner Kinder erleben möge, mit fünfundvierzig wünscht man sich, daß man noch ein Abenteuer erleben möge, mit fünfundfünfzig wünscht man sich beim Ausblasen der Kerzen auf seiner Geburtstagstorte, daß man die Pension erleben möge, und mit fünfundachtzig wünscht man sich beim Ausblasen der Kerzen auf seiner Geburtstagstorte, daß man das Ausblasen erleben möge.

Und wie wird ein Fünfundachtzigjähriger mit der heutigen Zeit und ihren Erfindungen fertig? Man nehme nur den Taschenrechner. Zu meiner Schulzeit bestand ein Taschenrechner aus zehn Fingern, mit denen man in der Tasche rechnete. Heute wird nur noch getippt. Oder die Computer, die immer menschenähnlicher werden. Ich habe neulich von einer deutschen Illustrierten – einer mit den gewissen Fotos – gehört, die einen Computer besitzt, der so menschenähnlich ist, daß er nur noch nackte Computerinnen im Kopf hat.

Und die Liebe? Die ist natürlich mit fünfundachtzig anders. Nicht, daß man sich die »gewissen Fotos«, von denen ich eben gesprochen habe, erklären lassen müßte, das nicht – aber wenn man eine Frau sieht, die einem nicht gefällt, atmet man direkt auf.

Und wie *wird* man fünfundachtzig? Ich hatte da immer meine drei Richtlinien: Lauf' nicht, wenn du gehen kannst, geh nicht, wenn du fahren kannst – und fahr nicht, wenn du getrunken hast.

Es ist schön, die alte Zeit gekannt zu haben und die neue zu kennen.

Und so bitte ich unsere fünf Achtziger, eines zu bedenken: Wir hören nicht auf, Dummheiten zu machen, weil wir alt werden – wir werden alt, wenn wir aufhören, Dummheiten zu machen.

In diesem Sinne wünsche ich euch, daß ihr in fünf Jahren das Leben genau so genießen möget, wie ich es heute genieße – damit auch ihr sagen könnt: Es gibt nichts Schöneres als alt zu sein!

Und das wünsche ich auch allen meinen Lesern!

ENDE

Nachwort von seiner Frau, Cissy Kraner:

Du hast Deine Nachrede selbst geschrieben. Ich kann nur, nach meinen Erfahrungen, mich an eine chinesische Weisheit halten: »Fordere viel von dir selbst und erwarte wenig von anderen. So bleibt dir Ärger erspart«.

(Konfuzius)